Charles Dickens
Weihnachtsgeschichten

Charles Dickens, 1854
Nach einem Gemälde von E. M. Ward

Charles Dickens

Weihnachtsgeschichten

Aus dem Englischen übersetzt
von Trude Fein

Nachwort von Andreas Fischer

Deutscher Taschenbuch Verlag
Manesse Verlag

Oktober 1995
Deutscher Taschenbuch Verlag GmbH & Co. KG,
München
© Manesse Verlag, Zürich
Gestaltungskonzept: Max Bartholl
Umschlagbild: ‹Happy Christmas›
von Viggo Johansen (geb. 1851)
Gesamtherstellung: C. H. Beck'sche Buchdruckerei,
Nördlingen
Printed in Germany · ISBN 3-423-24055-5

Inhalt

Ein Weihnachtslied

Zunächst einmal: Marley war tot. Darüber besteht kein Zweifel. Sein Begräbnisschein wurde vom Pfarrer, vom Küster, vom Leichenbestatter und vom Hauptleidtragenden unterschrieben. Scrooge unterschrieb ihn. Und Scrooges Name war auf der Börse gut für jeden Abschluß, den er zu tätigen gedachte.

Der alte Marley war so tot wie ein Türnagel.

Wohlgemerkt! Damit will ich nicht behaupten, daß ich aus eigener Kenntnis wüßte, was an einem Türnagel so besonders tot sein soll. Ich persönlich würde vielleicht dazu neigen, einen Sargnagel für den totesten Artikel der ganzen Eisenwarenbranche zu halten. Aber in Gleichnissen offenbart sich die Weisheit unserer Altvordern, und meine profanen Hände sollen nicht daran rühren, sonst geht das Land vor die Hunde. Man wird mir daher gestatten, nachdrücklich zu wiederholen, daß Marley so tot wie ein Türnagel war.

Ob Scrooge wußte, daß er tot war? Natürlich wußte er das. Wie konnte es anders sein? Scrooge und er waren, ich weiß nicht genau wie viele Jahre lang, Kompagnons gewesen. Scrooge war sein alleiniger Testamentsvollstrecker, sein alleiniger Nachlaßverwalter, sein alleiniger Rechtsnachfolger, sein alleiniger Nachvermächtnisnehmer, sein alleiniger Freund und der einzige Leidtragende. Und sogar Scrooge war von dem traurigen Ereignis nicht so fürchterlich mitgenommen, daß er sich nicht noch am Begräbnistag selbst als ausgezeichneter Geschäftsmann erwiesen und ihn mit einem unzweifelhaft günstigen Handel begangen hätte.

Die Erwähnung von Marleys Begräbnis bringt mich zu meinem Ausgangspunkt zurück. Es besteht kein Zweifel, daß Marley tot war. Davon ist auszugehen, sonst kann bei der Geschichte, die ich hier berichten will, nichts Wunderbares herauskommen. Wenn wir nicht vollkommen überzeugt wären, daß Hamlets Vater vor Beginn des Stückes verstarb, wäre an der Tatsache, daß er nachts bei Ostwind über seine eigenen Schloßwälle spazierte, nichts Bemerkenswerteres, als wenn sonst ein beliebiger älterer Herr sich nach Anbruch der Dunkelheit leichtsinnigerweise an einem zugigen Ort – zum Beispiel dem St.-Pauls-Friedhof – aufhielte; und nichts, um den im wahren Sinn des Wortes schwachen Geist seines Sohnes zu befremden.

Scrooge hatte Marleys Namen nicht ausgestrichen. Er stand noch viele Jahre nachher über der Tür des Kontors: «Scrooge & Marley». Die Firma war unter dem Namen Scrooge & Marley bekannt. Manchmal nannten neue Kunden Scrooge Scrooge und manchmal Marley, aber er hörte auf beide Namen. Das war ihm ganz egal.

Oh, aber er war ein knausriger Kerl und Leuteschinder, ja, das war Scrooge! Ein habgieriger alter Sünder, der gar nie genug herauspressen, herausquetschen, an sich raffen, zusammenkratzen, eisern festhalten konnte! Hart und kantig wie ein Feuerstein, aus dem aber kein Stahl je einen großmütigen Funken geschlagen hatte; einsiedlerisch und schweigsam und verschlossen wie eine Auster. Die Kälte in seinem Inneren ließ seine alten Züge in Frost erstarren, kniff seine spitze Nase ein, runzelte seine Wange, machte seinen Gang steif und seine

Lippen blau, rötete seine Augen und knirschte beißend in seiner rauhen Stimme. Er trug seine persönliche tiefe Temperatur ständig mit sich herum; er vereiste sein Kontor in den Hundstagen und taute es zu Weihnachten auch nicht um ein Grad auf.

Äußere Hitze und Kälte hatten wenig Einfluß auf Scrooge. Kein warmer Tag vermochte ihn zu erwärmen, kein winterlicher Frost ließ ihn erschauern. Kein Wind war schneidender als er, kein Schneefall hartnäckiger, kein Platzregen unerbittlicher. Doch Schnee und Regen, Hagel und Graupeln konnten sich ihm gegenüber eines Vorzugs rühmen: sie traten oft freigebig auf – das tat Scrooge nie.

Niemand hielt ihn je auf der Straße an, um mit freudigem Blick auszurufen: «Wie geht's, mein lieber Scrooge? Wann kommen Sie mich einmal besuchen?» Kein Bettler bat ihn um ein Scherflein, kein Kind fragte ihn, wieviel Uhr es sei, und in seinem ganzen Leben hatte ihn noch kein Mensch um Auskunft ersucht, wie man an diesen oder jenen Ort gelangte. Sogar die Blindenhunde schienen ihn zu kennen; wenn sie ihn kommen sahen, zerrten sie ihre Besitzer in Hauseingänge oder Nebengäßchen, und dann pflegten sie mit dem Schweif zu wedeln, als wollten sie sagen: «Keine Augen haben ist besser als ein übles Auge haben, Herrchen!»

Doch was kümmerte das Scrooge! Gerade so war es ihm lieb. Neben den wimmelnden Pfaden des Lebens einherzuschleichen und sich jede menschliche Beziehung vom Leibe zu halten, das war sein Fall.

Es begab sich einmal – von allen guten Tagen des Jahres just am Heiligen Abend –, daß der alte Scrooge emsig arbeitend in seinem Kontor saß. Es herrschte trübes, düsteres, beißend kaltes Wetter, und obendrein war es neblig. Er hörte, wie die Leute, die draußen vorbeikeuchten, sich mit den Fäusten auf die Brust schlugen und mit den Füßen aufstampften, um sich zu erwärmen. Die Uhren in der City hatten eben erst drei geschlagen, aber es war schon ganz dunkel – es war den ganzen Tag lang nicht hell gewesen –, und hinter den Fenstern der benachbarten Büros flammten die Kerzen wie rötlich verschmierte Flecken auf der zum Greifen dicken, braunen Luft. Der Nebel drang durch jede Ritze und jedes Schlüsselloch ein, und draußen lag er so dicht, daß die Häuser auf der gegenüberliegenden Seite des Gäßchens bloße Phantome zu sein schienen, obwohl es zu den allerschmälsten gehörte. Wenn man so die schmuddligen Wolken herabwallen und alles verdunkeln sah, hätte man meinen können, die Natur wohne gerade um die Ecke und braue Bier in großen Mengen.

Die Tür von Scrooges Kontor stand offen, damit er seinen Kommis im Auge behalten konnte, der nebenan in einem trübseligen Kämmerchen, einer Art Wandschrank, Briefe kopierte. Scrooge hatte ein sehr kleines Feuer, aber das Feuer des Kommis war um soviel kleiner, daß es wie eine einzelne Kohle aussah. Der Kommis konnte nicht nachlegen, denn die Kohlenkiste hielt Scrooge in seinem eigenen Zimmer, und sowie der Angestellte mit der Kohlenschaufel in der Hand eintrat, prophezeite der Chef unfehlbar, ihre Wege würden sich wohl bald trennen; weshalb der Kommis seinen langen weißen Wollschal umband und sich an der Kerze zu wärmen versuchte, doch weil er nicht viel Phantasie besaß, gelang es ihm nicht.

«Fröhliche Weihnachten, Onkel! Grüß Gott!» rief

eine muntere Stimme. Sie gehörte dem Neffen von
Scrooge, der so rasch eingetreten war, daß Scrooge
seiner erst bei diesem Anruf gewahr wurde.

«Pah!» sagte Scrooge. «Unsinn!»

Er war bei seinem raschen Gang durch Frost
und Nebel so warm geworden, dieser Neffe von
Scrooge, daß er förmlich glühte. Sein hübsches Gesicht war gerötet, seine Augen funkelten, und sein
Atem dampfte.

«Weihnachten ein Unsinn, Onkel!» rief der Neffe.
«Das meinst du doch nicht im Ernst?»

«Doch», sagte Scrooge. «Fröhliche Weihnachten!
Mit welchem Recht willst du fröhlich sein? Aus
welchem Grund willst du fröhlich sein? Du bist arm
genug.»

«Na also», erwiderte der Neffe lustig. «Mit welchem Recht willst du verdrießlich sein? Aus welchem Grund willst du mürrisch sein? Du bist reich
genug.»

Da Scrooge im Augenblick keine bessere Antwort einfiel, sagte er wieder: «Pah!» und fügte hinzu: «Unsinn!»

«Sei nicht ärgerlich, Onkel», bat der Neffe.

«Was soll ich denn sonst sein, in einer solchen
Narrenwelt!» versetzte der Onkel. «Fröhliche Weihnachten! Du mit deinen fröhlichen Weihnachten!
Was bedeutet denn Weihnachten für dich? Eine
Zeit, in der du Rechnungen zahlen mußt, ohne Geld
zu haben; eine Zeit, in der du plötzlich um ein Jahr
älter, aber um keine Stunde reicher bist; eine Zeit,
in der du Bilanz machst und jeder Posten in deinen
Büchern dir zur Zahlung präsentiert wird, auf rund
ein Dutzend Monate zurück. Wenn es nach mir
ginge», rief Scrooge ungehalten, «müßte jeder Trot-
tel, der mit einem ‹Fröhlichen Weihnachten› auf den

Lippen herumgeht, mit seinem eigenen Pudding gekocht und mit einem Stechpalmenspieß im Herzen begraben werden. Wahrhaftig!»

«Onkel!» bat der Neffe.

«Neffe!» erwiderte der Onkel hart. «Feiere Weihnachten auf deine Art und laß es mich auf die meine feiern.»

«Feiern!» wiederholte der Neffe. «Du feierst es ja eben nicht!»

«Dann laß mich damit in Frieden», entgegnete Scrooge. «Möge es dir wohl bekommen! Was es dir schon Gutes gebracht hat!»

«Es gibt gewiß viele Dinge, die mir zum Guten hätten gereichen können und die ich nicht richtig genutzt habe», versetzte der Neffe, «und Weihnachten mag dazugehören. Aber jedesmal, wenn das Christfest wiederkehrt, habe ich es – ganz abgesehen von der Verehrung, die seinem heiligen Namen und Ursprung gebührt, falls man davon überhaupt absehen kann – als eine gesegnete Zeit betrachtet, als eine freundliche, versöhnliche, barmherzige, fröhliche Zeit. Meines Wissens die einzige Zeit im langen Jahreskalender, zu der die Menschen einmütig ihr Herz aufzutun und an Tieferstehende zu denken scheinen, als wären sie tatsächlich Wandergefährten auf dem Weg zum Grabe und nicht eine andere Art von Geschöpfen, die andere Ziele verfolgen. Und darum glaube ich, Onkel, daß es mir wirklich Gutes gebracht hat, wenn es auch nie ein Bröcklein Gold oder Silber in meine Taschen zauberte, und daß es mir noch viel Gutes bringen wird, und darum sage ich: ‹Gott segne es!›»

Der Kommis in seinem Kasten klatschte unwillkürlich Beifall. Doch er wurde sich augenblicklich der Unziemlichkeit dieses Tuns bewußt und schürte aus Verlegenheit das Feuer, womit er den letzten schwachen Funken endgültig auslöschte.

«Lassen *Sie* mich noch einen Laut hören, und Sie werden zur Feier des Christfests Ihre Stellung verlieren», sagte Scrooge. «Du bist ja ein gewaltiger Redner, mein Freund», fügte er, zu seinem Neffen gewandt, hinzu. «Ich staune, daß du noch nicht im Parlament sitzt.»

«Sei nicht ärgerlich, Onkel! Komm morgen zum Essen zu uns!»

Scrooge antwortete, eher würde er ihn – ja, das sagte er tatsächlich! Er ließ kein Wort der Redensart aus und sagte, eher würde er ihn – nun ja, an jenem Ort sehen.

«Aber warum?» rief der Neffe. «Warum?»

«Warum hast du geheiratet?» fragte Scrooge.

«Weil ich mich verliebt habe.»

«Weil du dich verliebt hast!» knurrte Scrooge, als sei dies das eine und einzige Ding auf der Welt, das noch lächerlicher wäre als fröhliche Weihnachten. «Guten Abend!»

«Aber, Onkel, du hast mich ja auch vorher nie besucht. Warum soll das jetzt plötzlich der Grund sein?»

«Guten Abend», sagte Scrooge.

«Ich verlange nichts von dir. Ich habe dich nie um etwas gebeten. Warum können wir nicht gute Freunde sein?»

«Guten Abend!» sagte Scrooge.

«Es tut mir von Herzen leid, daß du so abweisend bist. Wir hatten nie einen Streit, bei dem ich mitgetan hätte. Aber ich habe Weihnachten zu Ehren mein möglichstes versucht und will meine weihnachtliche Stimmung bis zuletzt bewahren. Fröhliche Weihnachten, Onkel!»

«Guten Abend!» sagte Scrooge.

«Und ein glückliches neues Jahr!»

«Guten Abend!» sagte Scrooge.

Trotzdem verließ der Neffe das Zimmer ohne ein zorniges Wort. In der Tür blieb er stehen, um seine guten Wünsche zum Fest auch dem Kommis zu übermitteln, der, so sehr ihn auch fror, doch wärmer war als Scrooge, denn er erwiderte sie herzlich.

«Das ist auch so einer!» murmelte Scrooge, der es hörte. «Mein Schreiber mit fünfzehn Shilling pro Woche und Frau und Kindern redet von fröhlichen Weihnachten! Ich muß mich wohl ins Irrenhaus zurückziehen.»

Dieser Irre hatte, als er den Neffen von Scrooge hinausgeleitete, gleichzeitig zwei weitere Besucher eingelassen: stattliche, würdige Herren, die jetzt mit gezogenem Hut im Kontor standen. Sie hielten Bücher und Papiere in der Hand und verbeugten sich vor Scrooge.

«Scrooge und Marley, wenn ich recht bin», sagte einer der Herren nach einem Blick auf seine Liste. «Habe ich das Vergnügen mit Mr. Scrooge oder Mr. Marley?»

«Mr. Marley ist vor sieben Jahren verstorben», erwiderte Scrooge. «Heute ist es auf den Tag sieben Jahre her.»

«Wir bezweifeln nicht, daß seine Freigebigkeit von seinem Kompagnon würdig fortgesetzt wird», sagte der Herr, indem er sein Beglaubigungsschreiben vorwies.

Das traf zu, denn die beiden waren verwandte Seelen gewesen. Bei dem ominösen Wort «Freigebigkeit» runzelte Scrooge die Stirn und reichte das Papier kopfschüttelnd zurück.

«Zu dieser festlichen Jahreszeit, Mr. Scrooge»,

sagte der Herr, nach einer Feder greifend, «ist es noch wünschenswerter als sonst, daß wir der Armen und Hilflosen gedenken, die gerade jetzt besonders Not leiden. Vielen Tausenden mangelt es am Allernotwendigsten, Sir, Hunderttausenden mangelt es an den bescheidensten Bequemlichkeiten.»

«Gibt es denn keine Gefängnisse mehr?» fragte Scrooge.

«Leider nur allzu viele», sagte der Herr und legte die Feder wieder nieder.

«Und die Armenhäuser der Kirchenpflege? Sind die nicht mehr in Betrieb?» fragte Scrooge.

«Das sind sie noch immer», versetzte der Herr. «Ich wollte, ich könnte die Frage verneinen.»

«Die Tretmühle und die Armenfürsorge bestehen also noch?» fragte Scrooge.

«Und beide stark in Anspruch genommen, Sir.»

«Oh! Nach dem, was Sie sagten, hatte ich schon gefürchtet, daß etwas sie in ihrer nützlichen Tätigkeit behindert hätte», sagte Scrooge. «Es freut mich, daß dem nicht so ist.»

«Unter dem Eindruck, daß diese Einrichtungen kaum dazu angetan sind, den Menschen christliche Labung für Leib und Seele zu spenden», versetzte der Herr, «haben sich einige von uns zusammengetan. Wir bemühen uns, die Mittel aufzubringen, um den Allerärmsten Speise und Trank und Heizmaterial zu beschaffen, und wir haben bewußt diese Jahreszeit gewählt, weil gerade in dieser Zeit die Not am schmerzlichsten empfunden wird, während die Wohlhabenden im Überfluß schwelgen. Wieviel darf ich in Ihrem Namen eintragen?»

«Nichts!» erwiderte Scrooge.

«Sie wünschen ungenannt zu bleiben?»

«Ich wünsche, in Ruhe gelassen zu werden», sagte Scrooge. «Da Sie mich nach meinen Wünschen fragen, Gentlemen, ist dies meine Antwort. Ich selber gebe mich zu Weihnachten keinen Lustbarkeiten hin und kann es mir nicht leisten, Müßiggänger zu Lustbarkeiten einzuladen. Ich unterstütze die von mir erwähnten Institutionen – das kostet mich Geld genug. Wem es schlecht geht, der muß sich eben an diese Stellen wenden.»

«Viele können es nicht, und viele würden lieber sterben.»

«Wenn sie zu sterben vorziehen», sagte Scrooge, «sollten sie es tun und so den Bevölkerungsüberschuß verringern. Im übrigen müssen Sie mich entschuldigen – ich weiß nichts davon.»

«Sie könnten es aber wissen», bemerkte der Herr.

«Das geht mich nichts an», sagte Scrooge. «Es ist genug, wenn ein Mensch sein eigenes Geschäft versteht und sich nicht in anderer Leute Angelegenheiten mischt. Die meinen nehmen mich ständig in Anspruch. Guten Abend, Gentlemen.»

Die Herren sahen, daß es nutzlos wäre, ihr Anliegen weiter zu verfolgen, und entfernten sich. Scrooge wandte sich mit erhöhtem Selbstgefühl und besser aufgelegt als sonst wieder seiner Arbeit zu.

Inzwischen verdichteten sich der Nebel und die Finsternis dermaßen, daß draußen Leute mit brennenden Fackeln herumliefen und den Kutschern ihre Dienste anboten, nämlich vor den Pferden herzugehen und ihnen den Weg zu weisen. Ein uralter Kirchturm, dessen mürrische alte Glocke durch ihr gotisches Fenster hinterhältig auf Scrooge hinabzuschielen pflegte, wurde unsichtbar und schlug die Stunden und die Viertel mitten in den Wolken und mit so zittrigem Nachhall, als klapperten ihm dort oben die Zähne in seinem erfrorenen Kopf. Die Kälte wurde immer durchdringender. An dem Eck, wo das Gäßchen in die Hauptstraße mündete, wurde gerade die Gasleitung repariert. Die Arbeiter hatten ein mächtiges Feuer in einer Kohlenpfanne angezündet, und jetzt drängte sich eine Schar von zerlumpten Männern und Jungen darum herum, die sich mit wohligem Blinzeln die Hände über der Glut wärmten. Der Hydrant lag verlassen da, und das überquellende Wasser erstarrte in seiner Verdrossenheit zu misanthropischem Eis. Die strahlende Helligkeit der Kaufläden, wo die Stechpalmenzweige mit ihren roten Beeren in den von Lampen überhitzten Schaufenstern knisterten, ließ die bleichen Gesichter der Vorbeihastenden rosig erglühen. Der Handel mit Geflügel und Delikatessen wurde zu einem brillanten Scherz, einem prächtigen Schaugepränge, das unmöglich etwas mit so langweiligen Dingen wie Kauf und Verkauf zu tun haben konnte. In der mächtigen Feste von Mansion House, seinem Amtssitz, gab der Lord Mayor seinen fünfzig Köchen und Dienern Befehl, Weihnachten so zu feiern, wie es sich für den Haushalt eines Lord Mayors gehörte; und sogar das kleine Schneiderlein, das er am vergangenen Montag wegen Trunkenheit und blutdürstigen Äußerungen auf offener Straße mit fünf Shilling gebüßt hatte, rührte in seiner Dachkammer eifrig den Teig zu dem morgigen Weihnachtspudding an, während seine magere Frau mit dem Baby loszog, um den Rindsbraten zu kaufen.

Immer noch mehr Nebel und Kälte, eine durchdringende, schneidende und beißende Kälte. Hätte der gute St. Dunstan, anstatt seine herkömmlichen

Waffen anzuwenden, die Nase des Bösen nur mit einem Hauch von diesem Wetter gezwickt, hätte der wahrhaftig Grund zum Brüllen gehabt. Der Eigentümer einer dürftigen jungen Nase, an der die Kälte biß und nagte wie Hunde an einem Knochen, neigte sich zu Scrooges Schlüsselloch hinab, um ihn mit einem Weihnachtslied zu ergötzen. Doch bei den ersten Tönen griff Scrooge mit einer so energischen Bewegung nach dem Lineal, daß der Sänger entsetzt floh und das Schlüsselloch dem Nebel und einem noch geistesverwandteren Frost überließ.

Endlich kam die Stunde, zu der das Kontor geschlossen wurde. Scrooge stieg widerwillig von seinem hohen Stuhl herab und gab damit die Tatsache schweigend dem erwartungsvollen Kommis in seinem Kasten bekannt, der augenblicklich seine Kerze auslöschte und seinen Hut aufsetzte.

«Morgen werden Sie wohl den ganzen Tag freinehmen wollen?» sagte Scrooge.

«Wenn es konveniert, Sir...»

«Es konveniert mir nicht», sagte Scrooge, «und es ist ungehörig. Wenn ich Ihnen dafür eine halbe Krone vom Lohn abziehen wollte, würden Sie bestimmt finden, daß Ihnen Unrecht geschieht.»

Der Kommis lächelte matt.

«Aber Sie finden nicht, daß *mir* Unrecht geschieht, wenn ich einen Tageslohn für keine Arbeit zahle», sagte Scrooge.

Der Kommis bemerkte, daß es ja nur einmal im Jahr wäre...

«Eine schlechte Ausrede, um jeden fünfundzwanzigsten Dezember einen Menschen zu bestehlen!» sagte Scrooge, während er seinen dicken Mantel bis zum Kinn zuknöpfte. «Aber ich muß Ihnen wohl den ganzen Tag geben. Kommen Sie übermorgen um so früher!»

Der Kommis versprach es, und Scrooge entfernte sich mit einem knurrenden Laut. Das Kontor war im Nu geschlossen, und der Kommis schlitterte, Weihnachten zu Ehren, hinter eine Reihe von Buben eine Schlittelbahn in Cornhill hinunter, zwanzigmal hintereinander, wobei die Enden seines langen weißen Wollschals hinter ihm herflatterten (denn er konnte sich mit keinem Wintermantel brüsten), worauf er in höchster Geschwindigkeit nach Camden Town heimrannte, um Blindekuh zu spielen.

Scrooge nahm sein trübseliges Mahl in seiner gewohnten trübseligen Kneipe ein, und nachdem er alle Zeitungen gelesen und sich noch eine Weile lang mit seinem Bankbuch beschäftigt hatte, ging er nach Hause, um sich schlafen zu legen. Er wohnte in einer Wohnung, die ehemals seinem verstorbenen Kompagnon gehört hatte. Es war eine düstere Zimmerflucht in einem finster aufragenden Gebäudeklotz am Ende einer engen Sackgasse, der dort so wenig zu suchen hatte, daß man unwillkürlich auf die Idee kam, er wäre als junges Häuschen beim Versteckspiel mit anderen Häusern hierher geraten und hätte nicht wieder hinausgefunden. Jetzt war das Haus alt und verödet, denn es lebte kein Mensch darin außer Scrooge; alle anderen Räume waren als Büros vermietet. Die Gasse war so dunkel, daß sogar Scrooge, der hier jeden Stein kannte, sich mit den Händen weitertasten mußte, und der eisige Nebel trieb sich so dicht vor dem alten schwarzen Haustor herum, daß es schien, als säße der Wettergeist, in kummervolle Meditation versunken, auf der Schwelle.

Nun ist es Tatsache, daß der Türklopfer sich durch keinerlei Eigentümlichkeit auszeichnete – außer daß er sehr groß war. Es ist gleichfalls Tatsache, daß Scrooge ihn, seit er in dem Haus wohnte, Tag um Tag abends und morgens gesehen hatte; und auch daß Scrooge so wenig von dem besaß, was man gemeinhin Phantasie nennt, wie nur irgendein Mensch in der guten Stadt London, mit inbegriffen – und das ist ein großes Wort – Stadtbehörde, Ratsherren und Zünfte. Ebenso muß erwähnt werden, daß Scrooge seit seiner kurzen Bemerkung am Nachmittag seinem vor sieben Jahren verstorbenen Kompagnon Marley keinen einzigen Gedanken geweiht hatte. Und jetzt erkläre mir einer, wenn er kann, wie es kam, daß Scrooge, während er seinen Schlüssel ins Schloß steckte, in dem Klopfer plötzlich, ohne jeden dazwischenliegenden Verwandlungsprozeß – keinen Klopfer sah, sondern Marleys Gesicht!

Marleys Gesicht. Es lag nicht in undurchdringlichem Schatten wie die anderen Dinge in der Gasse, sondern leuchtete in einem trüben Licht, wie ein verdorbener Hummer in einem dunklen Keller. Es sah auch nicht zornig oder wild drein, sondern blickte Scrooge an, wie Marley es zu tun pflegte, die geisterhafte Brille auf die geisterhafte Stirn hinaufgeschoben. Sonderbarerweise war das Haar leicht bewegt, wie von heißer Luft oder menschlichem Atem, und die Augen starrten völlig unbeweglich, obwohl sie weit offen standen. Dieser Umstand und die fahle Farbe machten es zu etwas Grauenhaftem; doch das Grauen schien eher dem Gesicht zu Trotz und unabhängig von ihm zu bestehen und nichts mit dessen eigenem Ausdruck zu tun zu haben.

Als Scrooge seinen Blick fest auf das Phänomen richtete, war es wieder ein Türklopfer.

Es wäre eine Unwahrheit, zu behaupten, daß er nicht erschrak oder daß er sich nicht eines furchtbaren Gefühls in seinem Blut bewußt wurde, wie er es zeit seines Lebens nie gekannt hatte. Doch er legte wieder die Hand auf den Schlüssel, den er unwillkürlich losgelassen hatte, drehte ihn mit Festigkeit um, trat ein und zündete seine Kerze an.

Tatsächlich hielt er einen Augenblick unentschlossen inne, ehe er die Tür hinter sich zumachte, und tatsächlich warf er zuerst einen vorsichtigen Blick dahinter, als erwarte er halb und halb, durch den Anblick von Marleys in die Halle hereinragendem Zöpfchen erschreckt zu werden. Doch auf der Rückseite der Tür war nichts zu sehen als die Schrauben und Nieten, die den Klopfer festhielten; so sagte er: «Ach was!» und haute sie mit einem Knall zu.

Der Lärm hallte wie Donner durch das ganze Haus. Jeder Raum oben und jedes Faß im Keller des Weinhändlers unten schien sein eigenes, eigentümliches Echo zu besitzen. Scrooge war nicht der Mann, sich vor einem Echo zu fürchten. Er verriegelte die Tür und schritt durch die Eingangshalle und die Treppen hinauf – noch dazu gemächlich, da er im Gehen die Kerze zurechtmachte.

Manchmal sagt man so redensartlich, eine richtige alte Treppe aus der guten alten Zeit hätte man mit einer sechsspännigen Kutsche hinauffahren können; ich aber behaupte ganz ernsthaft, daß man auf dieser Treppe einen Leichenwagen hinaufgebracht hätte, obendrein der Breite nach, den Wagenschwengel gegen die Wand und die Tür gegen das Geländer zu, und dies bequem. Die Treppe bot

Raum genug dafür und darüber hinaus; und das ist vielleicht der Grund, warum es Scrooge dünkte, daß sich ein Leichenwagen selbsttätig in der Dämmerung vor ihm herbewegte. Ein halbes Dutzend Gaslaternen von der Straße draußen hätten das Treppenhaus nicht allzu hell beleuchtet; man kann sich also denken, daß es mit Scrooges armseliger Kerze noch ganz hübsch finster war.

Scrooge marschierte hinauf, ohne sich einen Deut darum zu scheren. Finsternis ist billig, darum war Scrooge ihr gewogen. Doch bevor er seine schwere Tür schloß, durchmaß er seine Zimmerflucht, um zu sehen, ob alles in Ordnung wäre. Die Erinnerung an das Gesicht unten war gerade noch eindrücklich genug, um ihn dazu zu veranlassen.

Wohnzimmer, Schlafzimmer, Rumpelkammer. Alles, wie es sich gehörte. Niemand unterm Tisch, niemand unterm Sofa. Ein kärgliches Feuer im Kamin; Teller und Napf griffbereit, und auf dem Kamineinsatz das Töpfchen Haferschleim (Scrooge hatte einen Schnupfen). Niemand unterm Bett, niemand im Wandschrank, niemand in seinem Morgenrock, der in einer verdächtigen Pose an der Wand hing. Rumpelkammer wie gewöhnlich: ein altes Kamingitter, alte Schuhe, zwei Fischreusen, ein dreibeiniger Waschständer und ein Schürhaken.

Völlig befriedigt schloß er die Tür, sperrte sie ab und drehte den Schlüssel – gegen seine sonstige Gewohnheit – zweimal im Schloß um. Solchermaßen gegen jede Überraschung gesichert, legte er seine Krawatte ab, schlüpfte in Morgenrock und Pantoffeln, setzte die Nachtmütze auf und nahm am Feuer Platz, um seinen Haferschleim zu essen.

Es war wahrhaftig ein sehr kärgliches Feuer, ein Nichts an einem so eiskalten Abend. Er mußte ganz

nahe heranrücken und geradezu über der Handvoll
Glut brüten, bevor ihn nur das leiseste Gefühl von
Wärme durchströmte. Der Kamin war sehr alt, vor
langer Zeit von irgendeinem holländischen Han-
delsmann erbaut und ringsum mit altmodischen
Kacheln ausgelegt, die biblische Szenen darstellten.
Da gab es Kains und Abels, Pharaos Töchter, Köni-
ginnen von Saba, Engelsboten, die auf federbett-
ähnlichen Wolken durch die Lüfte schwebten, und
Abrahams, Belsazars, Apostel, die auf einer Art
Saucieren in See stachen, Hunderte von Gestalten,
um seine Gedanken zu fesseln; und dennoch erschien jenes Gesicht, das Gesicht des seit sieben
Jahren verstorbenen Marley, wie der Stab des Pro-
pheten und verschlang das Ganze. Wenn jede Ka-
chel ursprünglich blank und leer gewesen wäre,
aber mit der Macht begabt, Scrooges unzusammenhängende Gedankenfetzen als Bild auf ihre Oberfläche zu bannen, so hätte jede einzelne das Abbild
von Marleys Haupt gezeigt.

«Unsinn!» sagte Scrooge und begann durchs
Zimmer zu wandern.

Nach ein paar Runden setzte er sich wieder hin.
Als er den Kopf im Sessel zurücklehnte, fiel sein
Blick zufällig auf eine Klingel, eine nicht mehr ge-
brauchte Klingel, die im Zimmer hing und aus
irgendeinem längst vergessenen Grund mit einem
Raum im obersten Stockwerk des Hauses in Verbindung stand. Mit großem Erstaunen und einem
seltsamen, unerklärlichen Grauen sah er, daß diese
Glocke unter seinen Augen zu schwingen begann;
zunächst so sacht, daß sie kaum einen Laut hervor-
brachte, doch bald schallte sie laut und mit ihr jede
andere Glocke im ganzen Haus.

Das dauerte vielleicht eine halbe Minute oder

eine Minute lang, aber Scrooge dünkte es eine Stunde. Die Glocken verstummten jäh, alle auf einmal, wie sie auch zu läuten begonnen hatten. Ihre Klänge wurden von einem rasselnden Geräusch in den untersten Tiefen des Hauses abgelöst – als schleppte jemand eine schwere Kette über die Fässer im Keller des Weinhändlers. Da erinnerte sich Scrooge, gehört zu haben, daß Gespenster in Spukhäusern Ketten hinter sich herschleppen sollen.

Die Kellertür flog mit einem gewaltigen Dröhnen auf, und jetzt hörte er das Geräusch viel lauter im Erdgeschoß. Dann kam es die Treppe herauf und geradewegs auf seine Tür zu.

«Unsinn!» sagte Scrooge. «Ich will es nicht glauben.»

Trotzdem erbleichte er, als es, ohne anzuhalten, durch die schwere Tür kam und vor seinen Augen ins Zimmer eindrang. Bei seinem Nahen loderte das erlöschende Feuer auf, als riefe es: «Ich kenne ihn! Marleys Geist!» und sank wieder zusammen.

Dasselbe Gesicht. Genau dasselbe Gesicht. Marley mit seinem Zöpfchen, seiner gewöhnlichen Weste, seinen Kniehosen und Stiefeln. Die Troddeln auf diesen letzteren sträubten sich, wie auch sein Zöpfchen, seine Rockschöße und sein Haupthaar. Die Kette, die er hinter sich herschleppte, war um seine Mitte geschlungen. Sie war lang und wand sich wie ein Schwanz; und sie bestand (Scrooge besah sie genau) aus eisernen Geldkassen, Schlüsseln, Vorhängeschlössern, Hauptbüchern, Geschäftsverträgen und schweren, aus Stahl gewirkten Geldbörsen. Sein Körper war durchsichtig, so daß Scrooge, der ihn aufmerksam musterte, durch seine Weste hindurch die zwei Knöpfe hinten auf seinem Frack erkennen konnte.

Scrooge hatte oft sagen gehört, Marley habe keine Eingeweide im Leibe, aber bis zum heutigen Tag hatte er es nicht geglaubt.

Nein, und sogar jetzt glaubte er es noch nicht. Obwohl er durch das Gespenst hindurchblickte und es vor sich stehen sah; obwohl er die eisige Wirkung seiner todeskalten Augen spürte und noch das Gewebe des Tuches vermerkte, mit dem sein Kinn aufgebunden war (was er vorher nicht beachtet hatte), war er noch immer ungläubig und traute seinen eigenen Sinnen nicht.

«Nanu!» sagte Scrooge, sarkastisch und kühl wie eh und je. «Was willst du von mir?»

«Viel!» Marleys Stimme – daran war nicht zu zweifeln.

«Wer bist du?»

«Frag mich, wer ich war!»

«Wer warst du also?» sagte Scrooge, die Stimme erhebend. «Für einen Schatten nimmst du es ja genau.»

«Im Leben war ich dein Kompagnon, Jacob Marley.»

«Kannst du – kannst du dich hinsetzen?» fragte Scrooge mit zweifelndem Blick.

«Das kann ich.»

«Dann nimm Platz.»

Scrooge hatte gefragt, weil er nicht wußte, ob ein dermaßen durchsichtiger Geist imstande wäre, sich zu setzen; und für den Fall, daß es nicht möglich wäre, hätte das, wie er fürchtete, peinliche Erklärungen erforderlich gemacht. Doch der Geist nahm ihm gegenüber am Kamin Platz, als ob das für ihn ganz normal wäre.

«Du glaubst nicht an mich», bemerkte der Geist.

«Nein, das tue ich nicht», sagte Scrooge.

«Deine Sinne sagen dir, daß ich wirklich bin. Welchen Beweis forderst du noch?»

«Ich weiß nicht», sagte Scrooge.

«Warum traust du deinen eigenen Sinnen nicht?»

«Weil eine Kleinigkeit sie beeinträchtigt», sagte Scrooge. «Eine leichte Magenverstimmung macht sie zu Betrügern. Du könntest ein unverdauter Bissen Rindfleisch sein, ein Klümpchen Senf, ein Stückchen Käse, ein Scheibchen von einer nicht gar gekochten Kartoffel. Was immer du bist, steigst du eher aus der Bratpfanne auf als aus dem Grabe.»

Scrooge pflegte im allgemeinen keine Witze zu reißen, und augenblicklich fühlte er sich im tiefsten Gemüt durchaus nicht zum Scherzen aufgelegt. Die Wahrheit ist, daß er forsch zu tun versuchte, um seine eigene Aufmerksamkeit abzulenken und sein Grauen zu verscheuchen, denn die Stimme des Gespenstes verstörte ihn bis ins innerste Mark.

Scrooge hatte das Gefühl, daß es eine verteufelte Sache wäre, auch nur einen Moment lang schweigend dazusitzen und in diese unbeweglichen, glasigen Augen zu starren. Grauenhaft war es auch, daß der Geist von seiner eigenen höllischen Atmosphäre umgeben zu sein schien, denn obwohl er völlig reglos dasaß, wurden seine Haare und Kleider und Schuhtroddeln wie von heißer Ofenluft bewegt.

«Siehst du diesen Zahnstocher?» fragte Scrooge, aus dem soeben erwähnten Grund rasch auf das Thema zurückkommend; außerdem wünschte er den steinernen Blick des Phantoms, wenn auch nur für einen Moment, von sich abzulenken.

«Ich sehe ihn», sagte der Geist.

«Du siehst ja gar nicht hin!»

«Ich sehe ihn dennoch», sagte der Geist.

«Nun also», versetzte Scrooge, «ich brauchte ihn nur zu schlucken, um für den Rest meiner Tage von einer Schar Kobolde verfolgt zu werden, die ich alle selbst geschaffen hätte. Unsinn, sage ich! Nichts als Unsinn!»

Daraufhin stieß das Gespenst einen so grauenhaften Schrei aus und schüttelte seine Kette mit einem so entsetzlichen und schaurigen Geräusch, daß Scrooge sich krampfhaft an seinen Sessel klammerte, um einer Ohnmacht zu widerstehen. Doch um wieviel größer war sein Grauen, als der Geist die Kinnbinde abnahm (fast als wäre es hier drinnen zu warm, um sie zu tragen) und sein Unterkiefer auf seine Brust hinunterklappte!

Scrooge fiel auf die Knie und schlug die Hände vors Gesicht.

«Gnade!» rief er. «Fürchterliche Erscheinung, warum verfolgst du mich!»

«Mann mit dem weltlichen Verstand!» erwiderte der Geist. «Glaubst du an mich oder nicht?»

«Ich glaube an dich!» rief Scrooge. «Ich muß an dich glauben! Aber warum wandeln Geister auf Erden, und warum suchst du mich heim?»

«Von jedem Menschen wird gefordert», versetzte das Gespenst, «daß der ihm innewohnende Geist unter seinen Mitmenschen umherwandere, weit und breit, und wenn der Geist es im Leben nicht tut, ist er dazu verurteilt, diese Pflicht nach seinem Tode zu erfüllen. Er ist dazu verdammt, durch die Welt zu ziehen – Weh über mich! –, um als stummer Zeuge mitanzusehen, woran er nicht mehr teilhaben kann – woran er aber in seinem Erdenlauf hätte teilnehmen können und sollen, um es zum Guten zu wenden!»

Wieder entrang sich dem Gespenst ein lauter

Schrei, und es rasselte mit seiner Kette und rang verzweifelt seine schattenhaften Hände.

«Du bist gefesselt!» murmelte Scrooge zitternd. «Sag mir warum!»

«Ich trage die Kette, die ich im Leben schmiedete», erwiderte der Geist. «Ich schuf sie Glied um Glied, Elle um Elle. Ich legte sie aus eigenem freien Willen um und trug sie aus eigenem freien Willen. Ist ihr Gefüge dir fremd?»

Scrooge zitterte mehr und mehr.

«Oder möchtest du wissen, wie lang und gewichtig die starke Kette ist, die dich selbst umwindet?» fuhr der Geist fort. «Vor sieben Weihnachtsabenden kam sie dieser hier an Gewicht und Länge gleich. Und seither hast du daran wacker weitergeschafft. Es ist eine gewaltige Kette!»

Scrooge sah sich scheu auf dem Boden um, als erwartete er, sich von einem fünfzig oder sechzig Faden langen Eisenseil umgeben zu sehen, konnte aber nichts erblicken.

«Jacob!» rief er flehend. «Sag mir mehr, mein alter Jacob Marley! Sprich mir Trost zu, Jacob!»

«Den kann ich dir nicht schenken», erwiderte der Geist. «Er kommt aus anderen Regionen, Ebenezer Scrooge, und wird, von anderen Mittlern, Menschen anderer Art gewährt. Auch kann ich dir nicht alles sagen, was ich möchte. Nur wenig mehr ist mir gestattet. Ich darf nicht ruhen, darf nicht rasten, darf nirgends verweilen. Im Leben verließ mein Geist nie unser Kontor – achte meiner Worte! Im Leben schweifte mein Geist nie über die engen Grenzen unserer Wechslerhöhle hinaus, und lange, ermüdende Wanderungen liegen vor mir.»

Wenn Scrooge in Sinnen verfiel, hatte er die Gewohnheit, die Hände in die Hosentaschen zu stekken. Das tat er auch jetzt, während er über die Worte des Geistes nachdachte, doch ohne aufzuschauen oder sich von den Knien zu erheben.

«Du mußt recht langsam vorangekommen sein, Jacob», bemerkte Scrooge sachlich, wenn auch demütig und ehrfurchtsvoll.

«Langsam!» wiederholte der Geist.

«Seit sieben Jahren tot», sagte Scrooge sinnend, «und die ganze Zeit unterwegs!»

«Die ganze Zeit!» rief der Geist. «Ohne Rast und Ruh. Die unaufhörliche Qual der Reue!»

«Und du reisest schnell?»

«Auf Flügeln des Windes», versetzte der Geist.

«Da mußt du in sieben Jahren ein gutes Stück zurückgelegt haben», sagte Scrooge.

Als er dies hörte, stieß der Geist aufs neue einen Schrei aus und rasselte in der nächtlichen Totenstille so gräßlich mit seiner Kette, daß der Nachtwächter ihn füglich wegen Ruhestörung hätte anzeigen können.

«Ach! Gefangen, gebunden, in doppeltes Eisen gelegt!» rief der Geist. «Nicht zu wissen, daß unzählige Menschenalter in die Ewigkeit eingehen müssen, bis das Gute, dessen diese Erde fähig ist, dank den unaufhörlichen Mühen höherer Wesen gänzlich vollbracht wird! Nicht zu wissen, daß jeder christliche Geist, der freundlich in seinem kleinen Umkreis wirkt, sein Erdenleben viel zu kurz finden wird für allen Nutzen, den er wirken könnte! Nicht zu wissen, daß kein Maß an Reue für die ungenutzten Möglichkeiten des Lebens Ersatz zu leisten vermag! Und so einer war ich! Weh, so einer war ich!»

«Du warst doch immer ein guter Geschäftsmann, Jacob», stammelte Scrooge, der das Gehörte allmählich auf sich selbst zu beziehen begann.

«Geschäft!» rief der Geist händeringend. «Die Menschheit wäre mein Geschäft gewesen! Das allgemeine Wohl wäre mein Geschäft gewesen! Mitleid, Barmherzigkeit, Nachsicht, Wohlwollen, dies alles wäre mein Geschäft gewesen! Meine beruflichen Unternehmungen waren nur ein Tropfen im grenzenlosen Ozean meiner Geschäfte!»

Er hielt seine Kette auf Armeslänge von sich ab, als wäre sie die Ursache seines fruchtlosen Grams, und schleuderte sie dann wieder heftig zu Boden.

«Zu dieser Zeit des rastlos abrollenden Jahres», sagte der Geist, «leide ich am meisten. Warum, ach warum, ging ich mit abgewandtem Blick durch die Scharen meiner Mitmenschen, ohne ihn je zu dem gesegneten Stern emporzuheben, der die drei Weisen zu der ärmlichen Krippe führte! Als ob es keine ärmlichen Stätten mehr gäbe, zu denen sein Licht *mir* den Weg weisen konnte!»

Scrooge war überaus bestürzt, das Gespenst in diesem Sinne weiterreden zu hören, und begann ganz erbärmlich zu zittern.

«Höre mich!» rief der Geist. «Meine Zeit ist fast um!»

«Ich höre», sagte Scrooge. «Aber sei nicht hart zu mir! Drück dich nicht blumenreich aus, Jacob! Ich bitte dich darum!»

«Wie es kommt, daß ich in sichtbarer Gestalt vor dir erscheine, das darf ich dir nicht sagen. Unsichtbar bin ich manchen Tag neben dir gesessen.»

Das war keine angenehme Vorstellung. Scrooge erschauerte und wischte sich den Schweiß von der Stirn.

«Dies ist kein geringer Teil meiner Buße», fuhr der Geist fort. «Heut nacht bin ich hier, um dich zu warnen und dir zu sagen, daß du noch eine Möglichkeit und eine Hoffnung hast, meinem Los zu entrinnen. Eine Möglichkeit und eine Hoffnung, Ebenezer, die ich dir erwirkte.»

«Danke vielmals», sagte Scrooge. «Du warst mir immer ein guter Freund.»

«Du wirst von drei Geistern heimgesucht werden», fuhr das Gespenst fort.

Scrooge machte ein fast ebenso unglückliches Gesicht wie das Gespenst.

«Ist das die Möglichkeit und die Hoffnung, die du erwähntest, Jacob?» fragte er mit stockender Stimme.

«Das ist sie.»

«Ich – ich denke – ich möchte lieber nicht...», murmelte Scrooge.

«Ohne diese Besuche kannst du nicht hoffen, den Pfad zu vermeiden, den ich wandern muß. Erwarte den Ersten morgen, wenn die Glocke die erste Tagesstunde schlägt.»

«Könnte ich sie nicht alle auf einmal abmachen und die Sache hinter mich bringen?» wagte Scrooge vorzuschlagen.

«Erwarte den Zweiten in der darauffolgenden Nacht zur gleichen Stunde und den Dritten eine Nacht später, wenn der letzte Schlag der zwölften Stunde verhallt ist. Mich wirst du nie wieder erblicken. Sieh um deiner selbst willen zu, daß du dich an dieses Gespräch erinnerst!»

Nach diesen Worten nahm das Gespenst seine Kinnbinde vom Tisch und legte sie wieder um. Scrooge merkte es an dem klappernden Geräusch der Zähne, als die Kiefer wieder zusammenschlugen. Er wagte den Blick zu heben und sah seinen übernatürlichen Besucher aufrecht vor sich stehen, die Kette aufgewunden und über den Arm gelegt.

Der Geist entfernte sich, rückwärts schreitend, von ihm, und bei jedem Schritt, den er tat, ging das Schiebefenster ein wenig mehr in die Höhe, so daß es weit offenstand, als die Erscheinung es erreichte.

Er winkte Scrooge zu sich heran, und der näherte sich. Als er zwei Schritt entfernt war, hob Marleys Geist haltgebietend die Hand, und Scrooge blieb stehen.

Nicht so sehr aus Gehorsam, als vor Überraschung und Angst. Denn als sich die Hand hob, vernahm er verworrene Geräusche in der Luft, unzusammenhängende Jammerlaute, unbeschreiblich kummervolle und reuevolle Klagen und Selbstanklagen. Das Gespenst lauschte einen Augenblick, dann stimmte es in den schauerlichen Chor ein und schwebte in die kalte schwarze Nacht hinaus.

Scrooge folgte ihm in verzweifelter Neugier bis ans Fenster und blickte hinaus.

Die Luft war von Gespenstern erfüllt, die unter jämmerlichem Stöhnen in ruheloser Hast dahin und dorthin strebten. Ein jedes trug Ketten wie Marleys Geist; manche (vielleicht schuldhafte Regierungen?) waren zu mehreren aneinandergefesselt, keiner war frei. Viele hatte Scrooge zu ihren Lebzeiten persönlich gekannt. So war er recht gut bekannt mit einem alten Gespenst in weißer Weste, das einen ungeheuerlichen eisernen Geldschrank – an seinen Knöchel gekettet – mit sich herumschleppte und kläglich weinte, weil es nicht imstande war, einem armen Weib mit einem Säugling im Arm zu Hilfe zu kommen, das es unter sich auf einer Türschwelle sitzen sah. Das Elend all dieser Geister bestand offensichtlich darin, daß sie danach lechzten, wohltätig in menschliche Schicksale einzugreifen, jedoch das Vermögen dazu unwiederbringlich verloren hatten.

Ob diese Erscheinungen sich in Nebel auflösten oder ob der Nebel sie seinen Blicken verbarg, vermochte Scrooge nicht zu sagen. Aber sie vergingen gleichzeitig mit ihren geisterhaften Stimmen, und die Nacht war wieder still wie vorhin, als er nach Hause zurückkehrte.

Scrooge schloß das Fenster und untersuchte die Tür, durch die der Geist eingetreten war. Sie war doppelt verschlossen, wie er es mit eigener Hand getan hatte, und die Riegel unberührt. Er versuchte zu sagen: «Unsinn!», kam aber nicht über die erste Silbe hinaus. Und da er sich infolge der Aufregungen oder der Mühen des Tages oder des kurzen Einblicks in die Welt des Unsichtbaren oder der langweiligen Unterhaltung mit dem Geist oder der späten Stunde äußerst ruhebedürftig fühlte, ging er geradewegs zu Bett und sank, ohne sich erst auszukleiden, augenblicklich in tiefen Schlaf.

Zweite Strophe: Der erste Geist

Als Scrooge erwachte, war es so dunkel, daß er, aus dem Bett spähend, kaum das durchsichtige Fenster von den undurchsichtigen Wänden seiner Schlafkammer zu unterscheiden vermochte. Er versuchte noch, die Finsternis mit seinen scharfen Augen zu durchdringen, als die Glocke einer benachbarten Kirche die vier Viertel schlug. So wartete er also auf die volle Stunde.

Doch zu seinem großen Erstaunen schlug die schwere Glocke weiter: sechs und sieben und acht und so fort bis zwölf. Dann verstummte sie. Zwölf!

Es war nach zwei gewesen, als er sich schlafen legte. Die Uhr ging falsch. Ein Eiszapfen mußte in das Werk geraten sein. Zwölf!

Er drückte auf die Feder seiner Repetieruhr, um diese verrückte Uhr zu korrigieren. Ihr rascher, kleiner Puls schlug zwölfmal. Und stand still.

«Es ist doch ausgeschlossen», sagte Scrooge, «daß ich den ganzen Tag und noch die halbe Nacht verschlafen haben sollte. Es ist auch ausgeschlossen, daß der Sonne etwas zugestoßen ist und daß es jetzt zwölf Uhr mittag wäre!»

Da dies ein beängstigender Gedanke war, stieg er aus dem Bett und tastete sich zum Fenster. Er mußte den Frost mit dem Ärmel seines Morgenrocks von der Scheibe wegreiben, bevor er überhaupt etwas sehen konnte, und auch dann sah er sehr wenig. Er konnte nur erkennen, daß es noch immer sehr neblig und sehr kalt war, und er vernahm auch nicht den Lärm aufgeregt hin und her rennender Menschen, was doch fraglos der Fall gewesen wäre, wenn die Nacht den hellen Tag verdrängt und von der Welt Besitz ergriffen hätte. Das war ihm eine große Erleichterung, denn wenn man nicht mehr nach Tagen hätte rechnen können, wäre «zahlbar drei Tage nach Sicht an Mr. Ebenezer Scrooge oder seine Order» und so weiter nicht mehr wert gewesen als ein amerikanisches Staatspapier.

Scrooge begab sich wieder zu Bett und dachte und dachte und dachte darüber nach und nach und nach und fand keine Erklärung. Je mehr er nachdachte, desto verdutzter war er, und je mehr er sich bemühte, nicht zu denken, desto inständiger dachte er nach.

Marleys Geist plagte ihn über die Maßen. Jedesmal, wenn er nach reiflicher Überlegung bei sich beschlossen hatte, daß alles nur ein Traum wäre, schnellten seine Gedanken zum Ausgangspunkt zurück wie eine entspannte Feder, und das Problem präsentierte sich von neuem: War es ein Traum oder nicht?

In diesem Zustand lag Scrooge da, bis die Glocke drei weitere Viertel schlug, und dann fiel ihm plötzlich ein, daß der Geist ihm auf Schlag eins einen Besuch angekündigt hatte. Er beschloß, bis zu dieser Stunde wachzubleiben, und in Anbetracht der Tatsache, daß er ebensowenig imstande gewesen wäre zu schlafen wie in den Himmel aufzufahren, war das vielleicht das klügste, was er tun konnte.

Diese letzte Viertelstunde wurde ihm so lang, daß er mehr als einmal überzeugt war, er müsse unversehens eingenickt sein und den Glockenschlag überhört haben, doch endlich tönte er an sein lauschendes Ohr.

«Bim-Bam!»

«Ein Viertel!» sagte Scrooge, der mitzählte.

«Bim-Bam!»

«Halb», sagte Scrooge.

«Bim-Bam!»

«Drei Viertel», sagte Scrooge.

«Bim-Bam!»

«Die volle Stunde!» rief Scrooge triumphierend. «Und nichts passiert!»

Er sagte es, bevor die Stundenglocke schlug, was sie jetzt mit einem tiefen, dumpfen, hohlen, melancholischen Klang tat: «Eins!» Im gleichen Augenblick flammte ein Licht im Zimmer auf, und die Vorhänge seines Bettes wurden aufgezogen.

Die Bettvorhänge, ich erkläre es ausdrücklich, wurden von einer Hand aufgezogen. Nicht die Vorhänge zu seinen Füßen und nicht die hinter seinem

Rücken, sondern die Vorhänge, denen er sein Gesicht zuwandte; und Scrooge, der sich halb liegend auf dem Ellbogen aufrichtete, sah sich von Angesicht zu Angesicht dem unheimlichen Besucher gegenüber, der sie aufgezogen hatte: so nahe, wie ich jetzt dem geneigten Leser bin, und ich stehe im Geist dicht an seiner Seite.

Es war eine seltsame Gestalt – sie glich einem Kind; doch eigentlich nicht so sehr einem Kind als einem sehr alten Mann, durch ein übernatürliches Medium betrachtet, was ihm den Anschein gab, als wäre er sehr weit entfernt und auf die Größe eines Kindes reduziert. Sein Haar, das ihm tief in den Nacken hing, war greisenhaft weiß, doch das Gesicht zeigte keine einzige Runzel, und die Wangen blühten im zarten Schmelz der Jugend. Die Arme waren auffallend lang und muskulös, die Hände ebenso, als vermöchten sie mit außerordentlicher Kraft zuzupacken. Die überaus zierlich gebildeten Beine und Füße waren, wie die oberen Extremitäten, nackt. Im übrigen trug das Wesen ein Gewand von reinstem Weiß, das mit einem Gürtel von wunderbar strahlendem Glanz zusammengefaßt war. In der Hand hielt es einen frischen grünen Stechpalmenzweig, und in eigentümlichem Gegensatz zu diesem winterlichen Sinnbild war sein Gewand mit Sommerblumen besetzt. Doch das Sonderbarste war, daß von seinem Scheitel ein hell leuchtender Lichtstrahl ausging, in dessen Schein das alles sichtbar wurde; dies war zweifellos auch der Grund, warum es in seinen schwächeren Augenblicken ein großes Löschhütchen, das es jetzt unter dem Arm hielt, als Kopfbedeckung benützte.

Doch Scrooge, der es mit wachsender Gefaßtheit betrachtete, sah bald, daß sogar dies nicht seine seltsamste Eigenschaft war; denn je nachdem der Gürtel bald hier, bald dort aufblitzte und funkelte, so daß Hell und Dunkel ständig abwechselten, schwankten auch die deutlichen Umrisse der Gestalt: bald schien sie nur einen Arm oder ein Bein zu besitzen, bald zwanzig Beine, dann ein Paar Beine ohne Kopf, dann einen Kopf ohne Körper. Von den verschwindenden Teilen war in dem dichten Dunkel, in dem sie sich auflösten, keine Spur mehr zu sehen, und während man noch darüber staunte, stand das Wesen wieder unversehrt da, so hell und deutlich erkennbar wie zuvor.

«Seid Ihr der Geist, Sir, dessen Kommen mir angekündigt wurde?» fragte Scrooge.

«Ich bin es!»

Die Stimme war weich und milde; eigentümlich leise, als käme sie aus weiter Ferne.

«Wer seid Ihr? Was seid Ihr?» fragte Scrooge.

«Ich bin der Geist der Vergangenen Weihnacht.»

«Lange vergangen?» forschte Scrooge, im Hinblick auf seine zwerghafte Gestalt.

«Nein. Im Lauf deines Lebens vergangen.»

Scrooge hätte vielleicht über Befragen den Grund nicht angeben können, doch er empfand den heftigen Wunsch, den Geist in seiner Mütze zu sehen, und bat ihn, sich zu bedecken.

«Was!» rief der Geist. «Willst du das Licht, das ich spende, so rasch mit weltlicher Hand auslöschen? Ist's nicht genug, daß du zu jenen gehörst, deren Leidenschaften diese Mütze erzeugen und mich zwingen, sie lange Jahre hindurch auf meinem Haupt zu tragen!»

Scrooge stritt mit gebührender Ehrfurcht jede Absicht ab, den Geist zu beleidigen; auch sei er sich nicht bewußt, ihm jemals willentlich die Mütze über die Ohren gezogen zu haben. Hierauf erlaubte er sich zu fragen, welches Geschäft ihn hergeführt hätte.

«Dein Wohl!» erwiderte der Geist.

Scrooge erklärte sich sehr verbunden, dachte aber unwillkürlich, daß eine ungestörte Nachtruhe diesem Zweck förderlicher gewesen wäre.

Der Geist mußte seine Gedanken vernommen haben, denn er versetzte unverzüglich: «Dann also deine Besserung. Gib acht!»

Mit diesen Worten streckte er seine starke Hand aus und umfaßte Scrooges Arm mit sanftem Griff.

«Erhebe dich! Komm mit!»

Es wäre für Scrooge ein vergebliches Unterfangen gewesen, einzuwenden, daß Zeit und Wetter sich nicht zu Spazierzwecken eigneten, daß es im Bett warm sei, während draußen das Thermometer tief unter dem Gefrierpunkt stünde, daß er in Morgenrock, Nachtmütze und Pantoffeln zu leicht gekleidet wäre und überhaupt gerade Schnupfen hätte. Obwohl der Griff so leicht war wie von einer Frauenhand, gab es keinen Widerstand dagegen. Er erhob sich; doch als er sah, daß der Geist sich dem Fenster zuwandte, packte er ihn flehend am Gewand.

«Ich bin ein Sterblicher! Ich könnte fallen!» protestierte er.

«Wenn meine Hand dich *hier* berührt», sagte der Geist, indem er sie Scrooge aufs Herz legte, «kann dir nichts zustoßen.»

Noch unter diesen Worten durchdrangen sie die Mauer und standen plötzlich auf einer offenen Landstraße mit Feldern zu beiden Seiten. Die Stadt war gänzlich verschwunden, keine Spur davon war zu sehen; verschwunden waren auch Nebel und

Finsternis. Es war ein klarer, kalter Wintertag, und Schnee lag auf dem Boden.

«Grundgütiger Himmel!» rief Scrooge, um sich blickend, und faltete unwillkürlich die Hände. «Hier bin ich aufgewachsen! Hier war ich ein Kind!»

Der Geist blickte ihn milde an. So kurz seine leichte Berührung gedauert hatte, glaubte der alte Mann sie noch zu spüren. Ihm schien, als webten unzählige Düfte in der Luft, von denen jeder unzählige, lang, lang vergessene Gedanken und Hoffnungen, Freuden und Leiden heraufbeschwor.

«Deine Lippen zittern», sagte der Geist, «und was ist dies hier auf deiner Wange?»

Scrooge murmelte mit sonderbar gepreßter Stimme, es wäre wohl ein Pickel, und bat den Geist, ihn weiterzuführen.

«Erinnerst du dich an den Weg?» fragte der Geist.

«Und ob!» rief Scrooge eifrig. «Ich könnte ihn mit verbundenen Augen gehen!»

«Seltsam, daß du ihn jahrelang vergessen hattest», bemerkte der Geist. «Laß uns weitergehen.»

Sie wanderten die Straße entlang. Scrooge erkannte jeden Zaun und Pfosten und Baum, bis in der Ferne ein kleines Marktstädtchen mit seiner Brücke, seiner Kirche und seinem sanft gewundenen Fluß auftauchte. Nun begegneten sie auch einigen Jungen, die auf zottigen Ponys ritten und muntere Grüße mit anderen Jungen in Bauernwagen und ländlichen Fuhrwerken tauschten. All diese Jungen waren in übermütiger Stimmung und riefen einander schallend an, bis die weiten Felder von der fröhlichen Musik ihrer Stimmen widerhallten und die frische Winterluft förmlich darüber zu lachen schien.

«Dies sind nur die Schatten vergangener Dinge», sagte der Geist. «Sie sehen und hören uns nicht.»

Die munteren Reisenden kamen näher, und Scrooge erkannte jeden und nannte ihn bei seinem Namen. Warum freute es ihn so übermäßig, sie zu sehen? Warum leuchtete sein kaltes Auge, warum hüpfte sein Herz vor Freude, als sie vorbeizogen? Warum machte es ihn so froh, zu hören, wie sie einander fröhliche Weihnachten wünschten, wenn sie sich an Kreuzwegen und Abzweigungen trennten? Was hatte Scrooge mit fröhlichen Weihnachten zu tun? Was hatte es ihm je für Nutzen gebracht?

«Die Schule ist nicht ganz leer», bemerkte der Geist. «Ein Kind ist einsam und verlassen zurückgeblieben.»

Ja, das wüßte er, sagte darauf Scrooge. Und er schluchzte.

Sie verließen die Landstraße auf einem wohlbekannten Seitenweg und kamen bald zu einem Landhaus, einem dunkelroten Backsteinbau mit einer kleinen Kuppel, die von einem Wetterhahn gekrönt war und ein Glöckchen beherbergte. Es war ein großes Haus, aber offenbar ins Unglück geraten. Die weitläufigen Wirtschaftsgebäude schienen kaum benützt, ihre Mauern waren feucht und moosbewachsen, die Fenster zerbrochen, die Türen verfallen. In den Pferdeställen scharrten und gakkerten Hühner, und die Wagenschuppen und Remisen waren von Gras überwuchert. Auch inwendig hatte es nicht seinen alten Stand bewahrt; als sie in die öde Eingangshalle traten und durch die offenstehenden Türen in die zahlreichen Zimmer blickten, fanden sie diese nur dürftig möbliert, kalt und leer. Ein muffiger Geruch lag in der Luft, und der ganze Ort hatte etwas Dürftiges, Frostiges an sich, was irgendwie an allzu häufiges Aufstehen bei Kerzenlicht und nicht allzu reichliche Mahlzeiten denken ließ.

Der Geist und Scrooge durchquerten die Halle und kamen zu einer Tür im Hintergrund. Sie tat sich vor ihnen auf und ließ einen trübseligen, kahlen, langgezogenen Raum sehen, der durch einige Reihen von unschönen Schulbänken und Pulten aus dem billigsten Weichholz noch kahler schien. Ein einsamer Junge saß lesend vor einem spärlichen Feuer, und Scrooge setzte sich auf eine Bank und weinte über sein armes, verlassenes, früheres Ich.

Da war kein heimliches Echo im Haus, kein Quietschen und Trippeln der Mäuse hinter der Täfelung, kein Tropfen aus der halb eingefrorenen Wassertraufe in dem vernachlässigten Hinterhof, kein Seufzer in den entblätterten Zweigen des einzigen verzagten Pappelbaums, kein sinnloses Zuschlagen der Türen in der leeren Speisekammer, kein Knistern im Feuer, das nicht eine erweichende Wirkung auf Scrooges Herz ausübte und seine Tränen ungehemmter strömen ließ.

Der Geist berührte seinen Arm und wies ihn auf sein jüngeres Ich hin, das tief in sein Buch versunken war. Und plötzlich stand draußen vor dem Fenster, ganz wunderbar deutlich und wirklich anzusehen, ein Mann in fremdartiger Kleidung; er trug eine Axt im Gürtel und führte einen holzbeladenen Esel am Zaum.

«Das ist doch Ali Baba!» rief Scrooge ganz entzückt. «Der liebe, alte, wackere Ali Baba! Ja, ja, ich weiß! Einmal zu Weihnachten, als das einsame Kind dort ganz verlassen zurückblieb, kam er wirklich, zum erstenmal, genau wie er da steht! Armer

Junge! Und Valentin!» fuhr Scrooge fort. «Und sein
wilder Bruder Orson! Dort gehen sie ja! Und der,
wie hieß er doch gleich, der schlafend vor das Stadt-
tor von Damaskus niedergelegt wurde – siehst du
ihn nicht? Und der Reitknecht des Sultans, den die
Genien einfach auf den Kopf stellten – dort drüben
steht er! Recht geschieht ihm! Wie kam er dazu, die
Prinzessin zu heiraten!»

Zu hören, wie Scrooge in höchst ungewöhnlichen
Tönen, zwischen Lachen und Weinen, die ganze
Ernsthaftigkeit seines Naturells an solche Dinge
wandte und dabei sogar Tränen vergoß; und sein
hochgerötetes, erregtes Gesicht zu sehen – das hätte
seine Geschäftsfreunde in der City wahrlich überrascht.

«Und dort ist der Papagei!» rief Scrooge. «Der
grüne Papagei mit dem gelben Schwanz und dem
salatartigen Schopf auf dem Kopf! ‹Armer Robin
Crusoe›, nannte er ihn, als der wieder heimkam,
nachdem er die Insel umsegelt hatte. ‹Armer Robin
Crusoe, wo bist du gewesen, Robin Crusoe?› Der
dachte, er träume, aber es war kein Traum. Es war
der Papagei, verstehst du. Und dort rennt Freitag
zu der kleinen Bucht hinunter, als ginge es um sein
Leben! Holla hopp, Freitag!»

Drauf rief er wieder, mit einem jähen Stim-
mungsumschwung, der seiner gewohnten Wesens-
art sehr fremd war: «Armer Junge!» und weinte aus
Mitleid mit seinem früheren Ich.

«Ich wollte...», murmelte Scrooge, die Hand in
die Tasche steckend und sich umblickend, nachdem
er sich die Augen mit dem Ärmel getrocknet hatte.
«Aber jetzt ist es zu spät...»

«Was gibt's?» fragte der Geist.

«Ach, nichts», sagte Scrooge. «Gar nichts. Gestern

abend hat ein Junge vor meiner Tür ein Weihnachtslied gesungen. Ich würde ihm gern eine Kleinigkeit geben.»

Der Geist lächelte gedankenvoll und sagte, die Hand hebend: «Wir wollen uns ein anderes Weihnachtsfest ansehen.»

Bei diesen Worten wurde Scrooges früheres Ich größer und das Zimmer noch etwas dunkler und vernachlässigter. Die Wandtäfelung war geworfen, große Stücke Mörtel fielen von der Decke und ließen das nackte Gebälk sehen – aber wie das alles geschah, begriff Scrooge ebensowenig wie der geneigte Leser. Er wußte nur, daß es stimmte, daß es wirklich so gewesen und daß er wieder allein war, während alle anderen Jungen fröhlich zum Fest heimgefahren waren.

Jetzt las er nicht, sondern ging ganz verzweifelt auf und ab. Scrooge sah den Geist an und blickte dann mit traurigem Kopfschütteln ängstlich zur Tür hin.

Sie öffnete sich, und ein kleines Mädchen, viel jünger als der Knabe, stürmte ins Zimmer. Sie flog ihm um den Hals und küßte ihn immer wieder, während sie rief: «Lieber, lieber Bruder!»

«Ich komme dich holen, lieber Bruder!» rief sie lachend und vor Freude in die kleinen Händchen klatschend. «Du darfst heim, heim, heim!»

«Heim, kleine Fanny?» wiederholte der Bruder.

«Ja!» rief die Kleine glückstrahlend. «Heim für immer und immer! Vater ist jetzt so gut und lieb geworden, daheim ist es wie im Himmel! Unlängst sprach er so zärtlich zu mir, als ich abends zu Bett ging, daß ich Mut faßte und ihn noch einmal fragte, ob du nicht heimkommen dürftest – und er hat ‹Ja› gesagt und mich in einer Kutsche hergeschickt, um dich zu holen! Und du sollst jetzt ein Mann werden!» fügte sie mit großen Augen hinzu, «und niemals hierher zurückkehren. Aber zuerst werden wir zu Weihnachten alle beisammen sein und es so lustig haben!»

«Du bist ja eine richtige kleine Frau geworden, kleine Fanny!» rief der Bruder.

Sie klatschte wieder lachend in die Hände und versuchte seinen Kopf zu umfangen, aber da sie so klein war, mußte sie sich auf die Zehenspitzen stellen, um ihm einen Kuß zu geben. Das brachte sie wieder zum Lachen, und dann zog sie ihn in ihrem kindlichen Eifer zur Tür, und er hatte gar nichts dagegen, sie zu begleiten.

Draußen schrie eine furchterregende Stimme: «Bring den Koffer von Master Scrooge herunter!», und in der Halle erschien der Schulleiter selbst, der mit ingrimmiger Herablassung auf Master Scrooge starrte und ihn in einen fürchterlichen Gemütszustand versetzte, indem er ihm die Hände schüttelte. Dann führte er ihn und seine Schwester in den frostigsten alten Brunnenschacht von einem Empfangszimmer, der je gesehen wurde, wo die Landkarten an den Wänden und die Erd- und Himmelsgloben in den Fenstern vom Frost wie von Wachs überzogen waren. Hier holte er eine Karaffe mit erstaunlich leichtem Wein und eine Platte mit einem erstaunlich schweren Kuchen aus dem Buffet und maß den jungen Leuten mit sparsamer Hand von diesen Leckereien zu. Gleichzeitig schickte er ein dünnes Dienstmädchen hinaus, um dem Postkutscher «etwas zu trinken» anzubieten, doch der ließ sagen, er danke dem Herrn ergebenst, aber wenn es aus dem gleichen Faß käme wie das letztemal, dann lieber nicht. Da der Koffer inzwischen auf dem

Dach der Chaise verstaut war, nahmen die Kinder höchst bereitwillig Abschied von dem Schulmeister, sprangen in den Wagen und fuhren dem Gartentor zu, daß unter den fröhlich dahinrollenden Rädern Reif und Schnee von den dunkel glänzenden Blättern der wintergrünen Sträucher wie Spreu davonstäubten.

«Sie war ein zartes Geschöpfchen, ein Atemzug hätte sie davonblasen können», sagte der Geist, «aber sie hatte ein großes Herz!»

«Ja, das hatte sie!» rief Scrooge. «Du hast recht, Geist. Gott bewahre, daß ich es bestreite!»

«Sie starb als junge Frau», sagte der Geist, «und hatte, wenn ich nicht irre, Kinder?»

«Ein Kind», versetzte Scrooge.

«Richtig!» rief der Geist. «Dein Neffe!»

Scrooge schien unruhig zu werden und antwortete nur kurz: «Ja.»

Obwohl sie die Schule gerade erst verlassen hatten, befanden sie sich auf einmal in den belebten Hauptstraßen einer Stadt, wo schattenhafte Menschen hin und her eilten, schattenhafte Wagen und Fuhrwerke einander die Fahrbahn streitig machten und der lebhafte Verkehr und Betrieb einer großen Stadt zu spüren war. An den festlich geschmückten Läden merkte man, daß auch hier Weihnachten gefeiert wurde. Es war Abend, und die Lichter brannten in den Straßen.

Der Geist blieb vor der Tür eines Lagerhauses stehen und fragte Scrooge, ob er es kenne.

«Und ob!» rief Scrooge. «Hier war ich doch Lehrling!»

Sie traten ein. Ein alter Herr mit einer mächtigen Perücke saß hinter einem Kassenpult, und das Pult war so hoch, daß er sich, wäre er nur zwei Zoll grö-

ßer gewesen, den Kopf an der Decke angeschlagen
hätte.

Bei seinem Anblick rief Scrooge in heller Aufregung: «Das ist doch der alte Fezziwig! Der gute
alte Fezziwig, wie er leibt und lebt!»

Der alte Fezziwig legte die Feder aus der Hand
und blickte auf die Uhr, die auf die siebente Stunde
zuging. Er rieb sich die Hände, rückte die geräu-
mige Weste zurecht, schüttelte sich vor heimlichem
Lachen (von den Schuhen bis zu seinem ausgeprägten Gutmütigkeitsorgan hinauf) und rief mit ge-
mütlicher, öliger, üppiger, fetter Stimme: «Hoho,
Jungens! Ebenezer! Dick!»

Scrooges früheres Ich, das nun zu einem jungen
Mann herangewachsen war, eilte, von seinem Mit-
lehrling begleitet, munter herbei.

«Dick Wilson, wahrhaftig!» bemerkte Scrooge
zum Geist. «Du meine Güte! Ja, das ist er. Er war
mir sehr zugetan, der gute Dick. Armer Junge!
Wahrhaftig, das ist er!»

«Hoho, Jungens!» rief Fezziwig. «Schluß mit der
Arbeit für heut! Heiliger Abend, Dick und Ebenezer! Jetzt legt die Läden vor!» rief der alte Fezziwig
und klatschte scharf in die Hände. «Rasch, eh' noch
ein Mensch Jack Robinson sagen kann!»

Es ist nicht zu glauben, wie rasch die beiden
machten! Eins, zwei, drei stürzten sie auf die Straße
– vier, fünf, sechs waren die Läden an ihrem Platz –
sieben, acht, neun eingehakt und verriegelt – und
bevor man noch hätte bis zwölf zählen können,
waren sie wieder da, keuchend wie Rennpferde.

«Jupheidi!» schrie der alte Herr, mit erstaunlicher Gelenkigkeit von seinem erhöhten Platz her-
unterspringend. «Wegräumen, Jungens! Platz geschafft! Jupheidi, Dick! Munter, Ebenezer!»

Wegräumen! Es gab nichts, was die zwei nicht weggeräumt hätten oder hätten wegräumen können, wenn der alte Fezziwig zusah. Im Nu war's getan. Jeder bewegliche Gegenstand beiseite geschafft, als wär' er auf ewig aus dem öffentlichen Leben ausgestoßen. Der Fußboden ausgefegt und mit Wasser besprengt, die Lampen geputzt, Kohle aufs Feuer gehäuft – und das Geschäftslokal war zu einem so gemütlichen, warmen, trockenen, hellerleuchteten Tanzsaal geworden, wie man sich's an einem Winterabend nur wünschen kann.

Bitte einzutreten! Es erschien ein Fiedler mit seinem Notenheft und nahm an dem hohen Pult Platz, machte ein Orchester daraus und stimmte es wie fünfzigmal Bauchweh. Es erschien Mrs. Fezziwig, ein einziges, umfangreiches, behäbiges Lächeln. Es erschienen die drei Fräulein Fezziwig, über die Maßen hold und lieblich anzusehen. Es erschienen die sechs Verehrer, deren Herzen sie brachen. Es erschienen sämtliche jungen Männer und jungen Mädchen, die im Geschäft arbeiteten. Es erschien das Stubenmädchen mit ihrem Cousin, dem Bäckerburschen. Es erschien die Köchin mit dem besten Freund ihres Bruders, dem Milchmann. Es erschien der Lehrjunge von gegenüber, von dem es hieß, sein Meister gäbe ihm nicht genug zu essen, und versteckte sich verlegen hinter dem Dienstmädchen von nebenan, von der man wußte, daß ihre Frau sie an den Ohren zog. Alle erschienen sie, einer nach dem anderen; manche schüchtern, manche keck, manche anmutig, manche unbeholfen, stoßend oder ziehend – alle erschienen sie irgendwie und auf jegliche Art. Und los ging's, zwanzig Paare aufs Mal – Hand in Hand, einmal hin, einmal her, durch die Mitte und zurück und rundherum – in den unterschiedlichsten, zärtlichsten Gruppierungen: das erste Paar immer am falschen Fleck, das nächste erste Paar immer zur falschen Zeit, schließlich lauter erste Paare und kein letztes, um den Tanz abzuschließen. Als dieses Resultat erreicht war, klatschte der alte Fezziwig in die Hände und rief: «Gut gemacht!», und der Fiedler versenkte sein erhitztes Antlitz in einem Krug Bier, der eigens zu diesem Zweck bereitstand. Doch sobald er wieder daraus auftauchte, fing er, jegliche Rast verschmähend, unverzüglich wieder an, auch ohne Tänzer, grad als wäre der erste Fiedler erschöpft von der Walstatt fortgetragen worden und er ein nagelneuer Musikant, grimmig entschlossen, den ersten zu übertreffen und siegend unterzugehen.

Es gab noch viele Tänze, und es gab Pfänderspiele und weitere Tänze, und es gab Punsch und Kuchen, und es gab ein mächtiges Stück kalten Braten und ein mächtiges Stück kaltes Siedfleisch und Pasteten, mit Äpfeln und Rosinen gefüllt, und massenhaft Bier. Doch der große Augenblick des Abends kam, als der Fiedler (ein schlauer Fuchs, müßt ihr wissen! Einer, der sein Handwerk besser verstand, als ihr und ich es ihn hätten lehren können!) *Sir Roger de Coverley* anstimmte. Da trat wahrhaftig Mr. Fezziwig persönlich mit Mrs. Fezziwig zum Tanz an! Noch dazu als erstes Paar! Und das bedeutete nicht weniger, als daß jedes von ihnen mit drei- oder vierundzwanzig anderen Partnern tanzen mußte, und zwar mit Leuten, mit denen nicht zu spaßen war, mit Leuten, die richtig tanzen wollten und nicht nur umherpromenieren!

Doch wären es doppelt so viele gewesen – ach was, viermal soviel! –, der alte Mr. Fezziwig wäre mit ihnen fertiggeworden, und Mrs. Fezziwig nicht minder. Was sie betraf, war sie ihm eine würdige Gefährtin, in jedem Sinn des Wortes, und wenn das kein hohes Lob ist, bitte ich, mir ein höheres zu nennen, und ich werde mich seiner bedienen. Von Fezziwigs Waden schien tatsächlich ein eigener Glanz auszugehen, sie leuchteten in jeder Phase des Tanzes wie zwei Monde. Man hätte zu keinem gegebenen Zeitpunkt voraussagen können, was sie im nächsten Augenblick anstellen würden. Und als der alte Fezziwig und Mrs. Fezziwig sämtliche Figuren ausgeführt hatten, vor und zurück, Hand reichen, Kompliment, «Korkenzieher», «Nadel einfädeln» und an den alten Platz zurück, und wie sie alle heißen – da tat Mr. Fezziwig einen so kühnen Sprung, daß er mit beiden Beinen gleichzeitig zu winken schien, und kam ohne jegliches Wanken wieder auf seine zwei Füße zu stehen!

Als die Uhr elf schlug, nahm der Hausball ein Ende. Mr. und Mrs. Fezziwig standen zu beiden Seiten der Tür und schüttelten einem jeden und einer jeden mit einem «Fröhlichen Weihnachten» die Hand. Als schließlich alle gegangen waren, bis auf die zwei Lehrlinge, wünschten sie ihnen ein gleiches. Die fröhlichen Stimmen verklangen, und die beiden Burschen suchten ihre Lagerstätten auf – die sich unter einem Ladentisch im Hinterzimmer befanden.

Während dieser ganzen Vorgänge hatte sich Scrooge aufgeführt, als wäre er von Sinnen. Er nahm mit Leib und Seele an der Szene und an seinem früheren Ich teil. Er erinnerte sich an alles, tat bei allem mit, freute sich über alles und verfiel in die merkwürdigste Aufregung. Erst jetzt, als sein einstiges Ich und Dick die freudestrahlenden Gesichter abwandten, besann er sich wieder auf den

Geist und wurde sich bewußt, daß dieser ihn ansah, während das Licht auf seinem Haupt einen sehr hellen Schein verbreitete.

«Wie närrisch von den beiden Dummköpfen», sagte der Geist, «wegen einer Kleinigkeit vor Dankbarkeit außer sich zu geraten.»

«Eine Kleinigkeit?» wiederholte Scrooge.

Der Geist bedeutete ihm, den beiden Lehrlingen zu lauschen, die sich an begeisterten Lobesworten für den Meister überboten, und sagte dann: «Was denn? Er hat nur ein paar Pfund von euerem sterblichen Geld ausgegeben, drei oder vier vielleicht. Verdient er dafür so großes Lob?»

«Darauf kommt es nicht an!» rief Scrooge, durch diese Bemerkung aufgestachelt und unbewußt wie sein einstiges, nicht wie sein gegenwärtiges Ich sprechend. «Es geht nicht darum, Geist! Aber er hat es in der Hand, uns glücklich oder unglücklich zu machen, unseren Dienst erfreulich oder lästig zu gestalten, ihn zur Lust oder zur Plage werden zu lassen. Seine Macht liegt vielleicht nur in Worten und Blicken, in so geringfügigen und unbedeutenden Dingen, daß es unmöglich ist, sie aufzuzählen und zu berechnen. Was tut's? Das Glück, das er uns schenkt, ist genauso groß, wie wenn es ein Vermögen kostete.»

Doch unter dem Blick des Geistes verstummte er jäh.

«Was gibt's?» fragte der Geist.

«Ach, nichts Besonderes», murmelte Scrooge.

«Etwas, dächte ich doch?» beharrte der Geist.

«Nein, wirklich nicht», sagte Scrooge. «Ich würde nur gern ein paar Worte mit meinem Kommis reden – gerade jetzt. Das ist alles.»

Während er den Wunsch aussprach, löschte sein

einstiges Ich die Lampe aus, und Scrooge und der Geist standen wieder nebeneinander im Freien.

«Schnell! Meine Zeit verfliegt», drängte der Geist.

Das Wort richtete sich nicht an Scrooge oder sonst jemanden, den er sehen konnte, doch es wirkte unverzüglich. Scrooge erblickte wieder seine eigene Person. Er war jetzt älter, ein Mann in der Blüte seiner Jahre. Sein Gesicht war noch nicht so barsch und streng wie in späteren Zeiten, doch es zeigte die ersten Spuren von Habsucht und Berechnung. In seinem Auge lag ein wachsamer, gieriger, unruhiger Blick, der anzeigte, daß die Leidenschaft Wurzel geschlagen hatte und wohin der Schatten des heranwachsenden Baumes fallen würde.

Er war nicht allein, sondern saß neben einem lieblichen jungen Mädchen in Trauerkleidung. In ihren Augen standen Tränen, die im Licht, das vom Geist der Vergangenen Weihnacht ausging, funkelten.

«Dir liegt wenig daran», sagte sie leise, «sehr wenig. Ein anderes Idol hat mich aus deinem Herzen verdrängt, und wenn es dir in deinem weiteren Leben Freude und Trost zu schenken vermag, wie ich es so gern getan hätte, steht es mir nicht zu, zu klagen.»

«Welches Idol sollte dich denn verdrängt haben?» fragte er.

«Ein goldenes.»

«Das ist die lügnerische Art der Welt», versetzte er. «Gegen nichts verfährt sie so hart wie gegen Armut, während sie vorgibt, nichts so streng zu verdammen wie das Trachten nach Reichtum!»

«Du fürchtest die Welt zu sehr», erwiderte sie sanft. «All dein Hoffen und Streben ist in der einzigen Hoffnung aufgegangen, der Welt keinen Anlaß zu ihrer schnöden Verachtung zu geben. Ich habe zugesehen, wie alle deine edleren Bestrebungen der Reihe nach zurückgedrängt wurden, bis dich schließlich nur eine Leidenschaft beherrscht – Gewinnsucht. Ist es nicht so?»

«Und wenn es so wäre?» gab er zurück. «Wenn ich wirklich soviel klüger geworden wäre? An meinem Gefühl für dich hat sich nichts geändert.»

Sie schüttelte leise den Kopf.

«Oder bin ich dir gegenüber ein anderer?»

«Unser Verlöbnis ist nicht neu», sagte sie. «Wir haben es geschlossen, als wir beide arm waren und es gern bleiben wollten, bis es uns zu guter Zeit gelingen würde, unseren weltlichen Besitz durch geduldigen Fleiß zu mehren. Du hast dich verändert. Damals warst du ein anderer.»

«Ich war ein grüner Junge», sagte er ungeduldig.

«Dein eigenes Gefühl sagt dir, daß du ein anderer warst», erwiderte sie. «Ich bin die alte geblieben. Was uns glückverheißend schien, als wir in unseren Herzen eins waren, verheißt jetzt, da wir zwei sind, Elend und Jammer. Wie oft und wie schmerzlich ich darüber nachgedacht habe, will ich nicht sagen. Es genügt, daß ich es bedacht habe – und imstande bin, dich freizugeben.»

«Habe ich das je von dir verlangt?»

«In Worten nicht. Nie.»

«Wie denn?»

«Durch dein verändertes Wesen. Durch eine mir fremde Denkungsart, eine verwandelte Atmosphäre, ein gänzlich anderes Ziel – in allen Dingen, die dir meine Liebe einst wert machten. Sag mir», fuhr das Mädchen fort, während sie ihm sanft, aber mit großer Festigkeit ins Gesicht blickte, «würdest du mich jetzt begehren und mich zu gewinnen suchen, wenn nicht das alte Versprechen zwischen uns bestünde? Nein, ganz sicher nicht!»

Er schien sich unwillkürlich der Richtigkeit ihres Spruchs zu beugen, doch er kämpfte dagegen an und sagte: «Das denkst du!»

«Der Himmel weiß, wie gern ich anders denken würde, wenn ich könnte!» erwiderte sie. «Aber daß sogar ich diese Wahrheit erkannt habe, zeigt, wie stark und unwiderstehlich sie sein muß. Wenn du heute, morgen, gestern frei wärest – wie könnte ich glauben, daß du da ein unbemitteltes Mädchen wählen würdest – du, der du in jedem vertraulichen Gespräch mit ebendiesem Mädchen alles nach Gewinn und Profit beurteilst? Und falls du sogar einen Augenblick lang deinem einen mächtigen Leitsatz untreu würdest, wie würdest du es alsbald bereuen! Das weiß ich und gebe dich frei – voller Trauer um die Liebe zu dem Mann, der du einst warst.»

Er wollte etwas sagen, doch sie fuhr mit abgewandtem Kopf fort: «Vielleicht tut es dir weh – die Erinnerung an das, was einmal zwischen uns war, läßt mich dies beinahe hoffen –, aber nach sehr kurzer Zeit wirst du jeden Gedanken daran herzlich gern verbannen, so wie einen nutzlosen Traum, aus dem du glücklicherweise erwacht bist. Sei glücklich in dem Leben, das du dir erwählt hast!»

Damit ging sie.

«Geist!» rief Scrooge. «Zeige mir nichts mehr! Bring mich nach Hause! Warum macht es dir Freude, mich zu quälen?»

«Nur noch einen Schatten!» gebot der Geist.

«Nein!» rief Scrooge. «Keinen einzigen mehr! Ich will ihn nicht sehen. Zeig mir nichts mehr!»

Doch der Geist packte ihn unerbittlich an beiden Armen und zwang ihn, die nächste Szene zu betrachten.

Sie waren an einem anderen Ort, in einem Zimmer, welches weder sehr groß noch prunkvoll, doch überaus behaglich war. Vor dem winterlichen Feuer saß ein schönes junges Mädchen, der soeben verlassenen so ähnlich, daß Scrooge sie zuerst für die gleiche Person hielt, bis er *sie*, die jetzt eine anmutige, stattliche Matrone war, der Tochter gegenübersitzen sah. Im Zimmer herrschte großer Tumult, denn es waren mehr Kinder da, als Scrooge in seinem erschütterten Gemütszustand zu zählen vermochte, und im Gegensatz zu dem berühmten Vers waren es nicht vierzig Kinder, die sich wie eines aufführten, sondern jedes Kind führte sich wie vierzig auf. Die Folge war ein unbeschreiblicher Lärm, doch das schien niemanden zu stören. Im Gegenteil, die Mutter wie die große Schwester lachten herzlich mit und hatten ihre Freude daran; die letztere, die sich bald in das lustige Treiben mischte, wurde von der jugendlichen Räuberbande erbarmungslos ausgeplündert. Was hätte ich nicht darum gegeben mitzutun! Aber so grob wäre ich nie gewesen, o nein! Um keinen Preis der Welt hätte ich die glänzenden Flechten heruntergerissen und gelöst, und den süßen kleinen Schuh hätte ich beim Himmel nie von ihrem Füßchen gerissen, um mein Leben nicht. Auch hätte ich es keineswegs über mich gebracht, zum Spaß ihren Taillenumfang zu messen, wie die dreiste junge Brut es sich vermaß. Ich hätte gefürchtet, der Arm, mit dem ich sie umfing, wäre zur Strafe alsbald festgewachsen, so daß ich ihn nimmermehr gerade gekriegt hätte. Und doch, ich muß es gestehen, hätte ich liebend gern

ihre Lippen berührt oder sie keck ausgefragt, damit
sie sie öffnete. Gern hätte ich auf die niedergeschla-
genen Wimpern geblickt, ohne sie zum Erröten zu
bringen, und hätte ich ihr gar eine Locke aus dem
üppig wallenden Haar rauben dürfen, wäre das ein
unschätzbares Andenken gewesen! Ja, ich gestehe,
ich hätte mir gern die Freiheit eines Kindes herausgenommen – falls ich daneben Manns genug geblieben wäre, um diese Freiheit richtig zu schätzen!

Doch nun ertönte ein Klopfen an der Tür, und
augenblicklich erfolgte ein solcher Sturm in diese
Richtung, daß sie mit lachendem Gesicht und ge-
plündertem Kleid von der erhitzten, lärmenden
Schar mitgerissen wurde – gerade rechtzeitig, um
den Vater zu begrüßen, welcher, von einem mit
Weihnachtsgaben beladenen Dienstmann begleitet,
heimkehrte. Nun ging es unter lautem Geschrei und
Gezappel auf den hilflosen Träger los. Wie sie mit
Hilfe von Stühlen an ihm hinaufkraxelten, um in
seinen Taschen zu wühlen, ihm seine Päckchen zu
entreißen, wie sie sich in überbordender Zärtlichkeit an seine Krawatte klammerten, seinen Hals
umschlangen, auf seinem Rücken herumtrommel-
ten und ihm Fußstöße versetzten! Und die entzück-
ten, erstaunten Ausrufe, unter denen jedes einzelne
Paket ausgepackt wurde! Die erschreckliche Mel-
dung, daß man den Kleinsten dabei ertappt hatte,
wie er eine Puppenbratpfanne in den Mund gesteckt und höchstwahrscheinlich den darauf fest-
geklebten nachgemachten Truthahn verschluckt
hätte! Die unsagbare Erleichterung, als sich dieser
Verdacht als falscher Alarm erwies! Die Freude,
die Begeisterung, die Dankbarkeit! Doch wer ver-
möchte das alles zu beschreiben! Genug, daß die
Kinder mitsamt ihren stürmischen Gefühlen nach

und nach aus dem Wohnzimmer und stufenweise die Treppe hinaufgeschafft wurden, wo sie zu Bett gingen und so von der Bildfläche verschwanden.

Doch nun sah Scrooge mit erhöhter Aufmerksamkeit zu, wie der Herr des Hauses mit der Mutter und der zärtlich an ihn geschmiegten Tochter an seinem eigenen Herd Platz nahm; und als er dachte, daß vielleicht ein ähnliches Wesen, mit der gleichen Anmut und der gleichen Glückverheißung, ihn, Scrooge, heute «Vater» nennen und im rauhen Winter seines Lebens zu seinem Frühling werden könnte, da trübte sich wahrhaftig sein Blick.

«Belle», sagte der Mann, sich lächelnd zu seiner Frau wendend, «heut nachmittag hab ich einen alten Freund von dir gesehen.»

«Wen denn?»

«Rate einmal!»

«Wie könnte ich das! Aber warte!» fügte sie, da sie ihn lachen sah, lachend hinzu. «Ich weiß es schon! Mr. Scrooge!»

«Erraten! Ich ging am Fenster seines Kontors vorbei, und da es nicht verhängt war und drinnen eine Kerze brannte, war es kaum zu vermeiden, daß ich ihn sah. Wie ich höre, soll sein Kompagnon im Sterben liegen, und er saß allein da. Ich glaube, ganz allein auf der Welt.»

«Geist!» flehte Scrooge mit gebrochner Stimme. «Bring mich fort von hier!»

«Ich sagte es dir schon: Das sind die Schatten gewesener Dinge», erwiderte der Geist. «Sie sind, was sie sind. Ich kann nichts dafür.»

«Bring mich fort!» rief Scrooge. «Ich ertrage es nicht!»

Doch als er sich dem Geist zuwandte, sah er, daß dieser ihn mit einem Gesicht anblickte, in dem auf

unbegreiflich seltsame Art, gleichsam bruchstück-
weise, alle Gesichter enthalten waren, die er zu
sehen bekommen hatte, und er begann mit dem
Geist zu ringen.

«Fort mit dir! Bring mich zurück! Laß ab von
mir!»

In diesem Kampf – sofern es ein Kampf genannt
werden kann, da der Geist, ohne irgendwelchen
merkbaren Widerstand zu leisten, von den Anstür-
men seines Gegners völlig unberührt blieb – sah
Scrooge, daß sein Licht immer höher und strahlen-
der brannte; und da er unklar einen Zusammenhang zwischen diesem Licht und der Kraft des Geistes ahnte, packte er mit jähem Griff das Löschhütchen und stülpte es dem Geist auf den Kopf.

Der Geist sank darunter zusammen, so daß das
Löschhütchen seine ganze Gestalt bedeckte, doch
obwohl Scrooge mit aller Kraft darauf drückte, vermochte er das Licht nicht auszulöschen, das unentwegt darunter hervorleuchtete und in weitem Umkreis den Erdboden erhellte.

Er fühlte sich völlig erschöpft, von unwiderstehlicher Schläfrigkeit übermannt, und war sich nur
noch bewußt, daß er sich in seinem eigenen Schlafzimmer befand. Mit erschlaffender Hand quetschte
er noch einmal das Löschhütchen zusammen und
hatte gerade noch Zeit, in sein Bett zu taumeln, bevor er in einen bleiernen Schlaf versank.

Dritte Strophe: Der zweite Geist

Als Scrooge mitten in einem besonders lauten
Schnarcher erwachte und sich im Bett aufsetzte, um
seine Gedanken zu klären, brauchte ihm niemand

ausdrücklich zu sagen, daß die Uhr gerade wieder im Begriff stand, die erste Stunde zu schlagen. Er spürte, daß er just zur rechten Zeit wieder zu sich gekommen war, zum ausdrücklichen Zweck, eine Besprechung mit dem zweiten Geist abzuhalten, der über Jacob Marleys Veranlassung zu ihm entsandt war. Doch da ihm ungemütlich kalt wurde, während er dasaß und darauf wartete, welchen Teil des Bettvorhangs das neue Phantom wohl wegziehen würde, öffnete er sie alle mit eigener Hand und kroch dann wieder unter die Decke, um weiterhin aufs schärfste nach allen Seiten Ausschau zu halten; denn er wünschte den Geist im Augenblick seines Erscheinens zur Rede zu stellen, anstatt von ihm überrascht und nervös gemacht zu werden.

Flotte Herren von freizügiger Lebensführung, die sich rühmen, den einen oder anderen Trick zu kennen und den Anforderungen der Stunde jeweils gewachsen zu sein, bedienen sich, um den weiten Kreis ihrer Leistungen zu beschreiben, bisweilen der Redensart, sie wären zu allem zu gebrauchen, «von Kopf und Adler bis zu Totschlag» – zwischen welchen beiden Extremen fraglos eine recht lange und umfassende Reihe von diversen Fähigkeiten liegt. Ohne in bezug auf Scrooge ganz so weit zu gehen, möchte ich doch behaupten, daß er auf die unterschiedlichsten Erscheinungen gefaßt war und daß nichts, was sich zwischen einem Säugling und einem Rhinozeros einreihen ließ, ihn sonderlich überrascht hätte.

Nun also, da er sozusagen auf alles gefaßt war, war er keineswegs auf gar nichts gefaßt, und darum wurde er, als die Uhr eins schlug und keinerlei Gestalt erschien, logischerweise von einem heftigen

Zittern gepackt. Fünf Minuten, zehn Minuten, eine Viertelstunde vergingen, ohne daß sich irgendwas zeigte. Dabei lag er die ganze Zeit im Brennpunkt eines rötlichen Lichtscheins, der sich seit dem ersten Stundenschlag über das Bett ergoß und ihn, da es sich bloß um Licht handelte, beängstigender dünkte als ein Dutzend Geister, eben weil er nicht zu erkennen vermochte, was es bedeutete oder bezweckte, so daß er zeitweise sogar befürchtete, daß er, Scrooge, in ebendiesem Augenblick einen wissenschaftlich interessanten Fall von Selbstentzündung darstellte, aber ohne den Trost, es selber zu wissen. Zum Schluß begann er jedoch zu denken – was der geneigte Leser und ich von Anfang an gedacht hätten, denn der Außenstehende weiß immer, was man in einer mißlichen Lage hätte tun sollen, und hätte es zweifellos auch getan –, zum Schluß, sage ich, begann er zu denken, daß die geheimnisvolle Quelle des geisterhaften Lichts vielleicht im Nebenzimmer liegen könnte, woher es, bei näherer Untersuchung, auch zu kommen schien. Da er alsbald von dieser Überzeugung durchdrungen wurde, erhob er sich leise und schlurfte in seinen Filzpantoffeln zur Tür.

Gerade als Scrooge seine Hand auf die Klinke legte, rief ihn eine fremde Stimme beim Namen und gebot ihm einzutreten. Er gehorchte.

Es war sein eigenes Wohnzimmer. Kein Zweifel. Doch es hatte sich seltsam verwandelt. Wände und Decke waren so reich mit üppigem Wintergrün behangen, daß es einem richtigen Wäldchen glich, wo rote und weiße Beeren aus dem Laub glänzten. Die frischen Blätter der Stechpalmen-, Mistel- und Efeuzweige reflektierten das Licht wie unzählige Spiegelchen, und im Kamin loderte ein so prächtiges Feuer, wie dieses Fossil einer Feuerstelle es weder in Scrooges noch in Marleys Zeit so manchen Winter lang erlebt hatte. Auf dem Fußboden häuften sich, zu einer Art Thron aufgestapelt, die leckersten Eßwaren: Truthähne, Gänse und anderes Geflügel, alle möglichen Sorten Wild, Schweinsköpfe, mächtige Lendenstücke, Spanferkel, lange Wurstkränze, Pasteten, Plumpuddings, ganze Fäßchen voll Austern, knusprig geröstete Kastanien, rotbackige Äpfel, saftige Orangen, köstliche Birnen, riesenhafte Rosinenstollen und Kannen voll leise brodelndem Punsch, aus denen der verlockendste Duft aufstieg. Auf diesem wohlschmeckenden Lager lehnte in bequem lässiger Haltung ein höchst vergnügter Riese, bei dessen Anblick einem buchstäblich warm ums Herz wurde. In der Hand hielt er eine brennende Fackel, deren Form an Fortunas Füllhorn erinnerte, und die hob er jetzt hoch empor, um ihr Licht über Scrooge zu verströmen, der vorsichtig hinter der Tür hervorlugte.

«Tritt ein!» befahl der Geist. «Tritt ein, Mensch, damit du mich besser kennenlernst!»

Scrooge trat zaghaft ein und stand mit gesenktem Kopf vor dem Geist. Er war nicht mehr der verbissene Scrooge, der er gewesen, und obwohl die Augen des Geistes hell und freundlich blickten, scheute er sich, ihnen zu begegnen.

«Ich bin der Geist der Gegenwärtigen Weihnacht!», verkündete die Erscheinung. «Sieh mich an!»

Scrooge tat es mit gebührender Ehrfurcht. Der Geist war in ein weites, grünes, mit weißem Pelz verbrämtes Gewand gekleidet. Es hing so lose um seine Gestalt, daß es die mächtige Brust bloß ließ, als verschmähte sie jeden künstlichen Schutz. Die

Füße, die aus den Falten des weiten Gewandes hervorschauten, waren gleichfalls bloß, und er trug keine andere Kopfbedeckung als einen Stechpalmenkranz, in dem hie und da Eiszapfen glitzerten. Das Haar wallte in langen dunklen Locken frei auf die Schultern herab; frei wirkten auch seine lebhaften Züge, seine weit geöffneten Hände, seine herzliche Stimme, sein ungekünsteltes Gehaben, seine freudige Miene. Er war mit einem antiken Degengehänge gegürtet, aber kein Schwert steckte darin, und die uralte Scheide war von Rost zerfressen.

«Meinesgleichen hast du nie erblickt!» rief der Geist aus.

«Niemals», bestätigte Scrooge.

«Und bist auch nie mit den jüngeren Mitgliedern meiner Familie lustwandelt? Ich meine, mit meinen älteren Brüdern (denn ich bin der Jüngste), die in den letzten Jahren das Licht der Welt erblickten?» fuhr das Phantom fort.

«Meines Wissens nicht», sagte Scrooge. «Nein, ich fürchte nicht. Hast du viele Brüder, Geist?»

«Über achtzehnhundert», versetzte der Geist.

«Eine große Familie zu versorgen», murmelte Scrooge.

Der Geist der Gegenwärtigen Weihnacht erhob sich.

«Geist», sprach nun Scrooge unterwürfig, «führe mich, wohin du willst. Gestern nacht ging ich gezwungenermaßen mit und erhielt eine Lehre, die Früchte zu tragen beginnt. Wenn du mich heute nacht etwas zu lehren hast, will ich es gut beherzigen.»

«Berühre mein Gewand!»

Scrooge gehorchte und hielt sich daran fest.

Stechpalmen, Mistelzweige, Beeren und Efeu, Puten und Gänse, Wild, Geflügel, Schweinsköpfe, Fleisch, Spanferkel und Würste, Austern, Pasteten, Puddings, Früchte und Punsch, alles war augenblicklich verschwunden. Ebenso das Zimmer, das Feuer, der rötliche Lichtschein, die Nachtstunde. Es war Weihnachtsmorgen, und sie standen auf der Straße, mitten in der City, wo allenthalben (denn das Wetter war kalt) eine rauhe, aber muntere und nicht ungefällige Musik ertönte, denn die Leute waren damit beschäftigt, den Schnee vor ihren Häusern wegzuschippen und von ihren Dächern zu fegen, zum tollen Entzücken der Gassenjungen, die jubelnd zusahen, wie er in großen Klumpen herabfiel und künstliche kleine Schneestürme hervorrief.

Schwarz und düster wirkten die Fassaden der Häuser und noch schwärzer die Fenster, im Gegensatz zu der glatten weißen Schneedecke auf den Dächern und dem schmutzigeren Schnee auf der Straße, in den die schweren Wagenräder tiefe Furchen gepflügt hatten; auf den Plätzen, wo sich mehrere große Straßen kreuzten, bildeten diese Furchen ein dichtes Gewirr und verzweigten sich zu einem komplizierten System von Kanälen, die in dem dikken gelblichen Matsch aus Schnee und halb aufgetautem Eis nur schwer zu verfolgen waren. Der Himmel war düster und die Sackgassen von einem schmierigen, halbgefrorenen Nebel verstopft, dessen schwerere Partikel in Form eines Rußregens herabsanken, als hätten sämtliche Schornsteine von Großbritannien einmütig beschlossen, Feuer zu fangen und nach Herzenslust abzubrennen. Das Klima hatte nichts Erheiterndes an sich, und doch lag eine heitere Stimmung über der Stadt, wie sie die klarste Sommerluft und die strahlendste Sommersonne nicht so leicht hätten verbreiten können.

Die Leute, die ihre Schwellen und Dächer fegten, waren so vergnügt und fröhlich! Sie riefen einander scherzhafte Worte zu und tauschten wohl auch ab und zu zum Spaß einen Schneeball – ein weit gutmütigeres Geschoß als so mancher Wortwitz –, wobei allseits herzlich gelacht wurde, wenn er traf, und nicht minder herzlich, wenn er danebenging. Die Geflügelhandlungen waren noch halb geöffnet, und die Obstgeschäfte strahlten in vollem Glanz. Da gab es große, runde, dickbauchige Körbe voll Kastanien, die an die korpulente Figur von wohlgelaunten alten Herren erinnerten, die behaglich vor der Tür standen und in ihrer schlagflüssigen Fülle die Stufen hinabzustolpern drohten. Da gab es rötlich braune spanische Zwiebeln, die den fetten spanischen Mönchen ähnelten und von ihrem Bord aus mit verstohlener Lüsternheit den jungen Mädchen zuzwinkerten, die sittsam vorbeigingen und nur einen züchtigen Blick zu dem über der Tür hängenden Mistelzweig hinaufwarfen. Da gab es Äpfel und Birnen, zu üppigen Pyramiden gehäuft; Bündel von saftigen Weintrauben, die dank der Menschenfreundlichkeit der Ladenbesitzer recht auffallend an langen Haken herabbaumelten, damit den Passanten gratis das Wasser im Munde zusammenliefe; Körbe voll glänzend braunen Haselnüssen, die mit ihrem moosigen Duft an frohe Waldwanderungen und das vergnügliche Waten im welken Laub erinnerten. Da waren handfeste englische Landäpfel, die sich feist und bräunlich vom Gelb der Apfelsinen und Zitronen abhoben und mit der ganzen Gewichtigkeit ihrer saftigen Person dringend verlangten und flehten, in Papiertüten nach Hause getragen und nach dem Dinner verspeist zu werden. Und obwohl sie doch einer stumpfen, kaltblütigen Rasse angehörten, wußten anscheinend sogar die gold- und silbergleißenden Fische, die in einem gläsernen Behältnis zwischen den erlesenen Früchten hausten, daß etwas Besonderes im Gange war, und schwammen vom ersten bis zum letzten Fisch in gemächlicher, leidenschaftsloser Erregung luftschnappend unaufhörlich rund um ihre kleine Welt herum.

Aber erst der Kolonialwarenhändler, ach, der Kolonialwarenhändler! Halb geschlossen, ein oder zwei Fensterläden bereits herabgelassen, aber welche Herrlichkeiten nahm man durch die Spalten wahr! Nicht nur, daß die auf den Ladentisch herabsinkenden Waagschalen einen so fröhlichen Klang von sich gaben und daß der Bindfaden so hurtig von seiner Rolle ablief; nicht nur, daß die Blechdosen mit jongleurartiger Gewandtheit auf und nieder klapperten oder daß die vereinten Tee- und Kaffeedüfte die Nase so angenehm kitzelten, und nicht einmal, daß die Rosinen so köstlich klebrig, die Mandeln so außergewöhnlich weiß, die Zimtrinden so lang und gerade, die anderen Gewürze so pikant, die kandierten Früchte so dick mit gesponnenem Zucker überzogen waren, daß die kaltblütigsten Betrachter schwach und infolgedessen reizbar wurden. Es lag auch nicht daran, daß die Feigen so feucht und prall glänzten, daß die französischen Pflaumen so schamhaft-neckisch aus ihren prächtig dekorierten Schachteln hervorlugten oder daß alle die guten Dinge in ihrem schönsten Weihnachtsschmuck prangten. Doch die Kunden hatten es alle so eilig, diesen verheißungsvollen Tag zu beginnen, daß sie in ihrem Eifer in der Tür zusammenstießen, wobei ihre Einkaufskörbe wild aneinanderkrachten, daß sie ihre Einkäufe auf dem Ladentisch liegenließen und zurückrennen mußten, um sie zu holen, und hundert kleine Irrtümer begingen, alles in der denkbar besten Laune; während der Kaufmann und seine jungen Leute sich so frank und frei betrugen, daß die blankpolierten Herzen, mit denen ihre Schürzen hinten zusammengehakt waren, ihre eigenen Herzen hätten sein können, die sie zwecks kostenloser Besichtigung und zur allfälligen Bedienung der Weihnachtsdohlen ausnahmsweise außen trugen.

Doch bald begannen die Glocken alle guten Leute zu Kirche und Kapelle zu rufen, und sie kamen, sie strömten in ihren besten Kleidern und mit ihren fröhlichsten Gesichtern scharenweise durch die Straßen. Und gleichzeitig tauchten aus unzähligen Seitengassen, Durchgängen und namenlosen Quersträßchen unzählige Leute auf, die ihr Festessen in die Backstuben trugen. Der Anblick dieser bescheidenen Schwelger schien den Geist besonders zu interessieren; er stellte sich mit Scrooge in die Tür einer Bäckerei und lüftete, während die Leute an ihm vorbeizogen, unbemerkt den Deckel von ihren Töpfen und Pfannen, um ihre Speisen mit Weihrauch aus seiner Fackel zu besprengen. Es war offenbar eine ganz ungewöhnliche Fackel, denn als ein- oder zweimal zwischen den bepackten Essensträgern, die einander im Gedränge in die Quere kamen, Streit auszubrechen drohte, besprengte er sie mit ein paar Tropfen Wasser aus der Fackel, und augenblicklich waren sie wieder in bester Laune. Sie sagten, es wäre doch eine Schande und lohne sich nicht, am Weihnachtstag zu zanken. Und so war es auch, bei Gott, so war es auch!

Allmählich verstummten die Glocken, und die Backstuben wurden geschlossen. Trotzdem konnte man das allmähliche Garwerden der vielen Weihnachtsmähler ganz vergnüglich gleichsam im Abbild verfolgen, denn über jedem Backofen taute das gefrorene Straßenpflaster zu einem feuchten Fleck auf und dampfte, als ob die Steine selbst gebacken würden.

«Liegt eine besondere Würze in dem, was du aus deiner Fackel versprengst?» fragte Scrooge.

«Gewiß. Meine eigene.»

«Und eignet sie sich für jedes Mahl, das heute verzehrt wird?» fragte Scrooge.

«Für jedes, das aus freundlichem Herzen dargeboten wird – vor allem für ein karges Mahl.»

«Warum vor allem für ein karges Mahl?»

«Weil sie da am notwendigsten gebraucht wird.»

«Geist», sagte Scrooge nach einigem Nachdenken, «ich wundere mich, daß von allen überirdischen Wesen gerade du darauf aus bist, die harmlosen Vergnügungen dieser armen Menschen einzuschränken.»

«Ich sollte das wünschen!» rief der Geist.

«Du möchtest sie der Gelegenheit berauben, jeden siebenten Tag ein schmackhaftes Mahl zu sich zu nehmen, nicht wahr?» sagte Scrooge. «Dabei ist dies doch in vielen Fällen der einzige Tag, an dem sie überhaupt behaglich speisen könnten.»

«Ich sollte das tun!» wiederholte der Geist.

«Du verlangst, daß Garküchen und ähnliche Plätze am siebenten Tag geschlossen bleiben – das kommt auf dasselbe heraus», sagte Scrooge.

«Ich sollte das verlangen!» rief der Geist.

«Verzeih, wenn ich etwas Falsches behaupte – aber es wird in deinem Namen oder zumindest im Namen deiner Verwandten gefordert», sagte Scrooge.

«Auf dieser euerer Erde», versetzte der Geist, «gibt es manche, die Anspruch darauf erheben, uns zu kennen, und die behaupten, Handlungen, zu denen Leidenschaft, Hochmut, Übelwollen, Haß, Neid, Engstirnigkeit und Selbstsucht sie treiben, in unserem Namen zu vollbringen. Sie sind uns und allem, was zu uns gehört, so fremd, als hätten sie nie gelebt. Denke daran und leg ihre Taten nicht uns, sondern ihnen selbst zur Last.»

Scrooge versprach es, und sie gingen unsichtbar wie bisher weiter, bis sie in die Vororte der Stadt gelangten. Es war eine merkwürdige Eigenschaft des Geistes (die Scrooge schon beim Bäcker aufgefallen war), daß er ungeachtet seiner Riesengröße an jedem Ort mit Leichtigkeit Platz fand und daß seine Haltung unter einem niedrigen Dach genauso anmutig und hoheitsvoll wirkte, als stünde er in der erhabensten Säulenhalle.

Vielleicht machte es dem guten Geist Spaß, mit dieser Fähigkeit ein bißchen großzutun, oder er ließ sich einfach von seiner herzlichen, großmütigen Natur und seiner Sympathie für die Armen und Bedrückten leiten – jedenfalls begab er sich geradewegs in die Wohnung von Scrooges Kommis und nahm Scrooge, der sich an seinem Gewand festhielt, mit. Auf der Schwelle von Bob Cratchits ärmlicher Behausung blieb der Geist lächelnd stehen und segnete sie mit einem Spritzer aus seiner Fackel. Man denke! Bob verdiente pro Woche nur fünfzehn «Bobs»*; er konnte am Samstag jeweils nur fünfzehn Abdrücke seines Taufnamens in die Tasche stecken. Und dennoch segnete der Geist der Gegen-

* Bob: Shilling (Anm. d. Übers.)

wärtigen Weihnacht sein enges Vierzimmerhäuschen!

Drinnen stand Mrs. Cratchit, Cratchits Eheliebste, in einem ärmlichen, zweimal gewendeten Kleid, aber wacker im Schmuck von Bändern prangend – denn Bänder sind billig, und für Sixpence kann man da schon einigen Staat machen –, und deckte den Tisch, unterstützt von Belinda Cratchit, ihrer zweitältesten Tochter, die gleichfalls wacker im Schmuck von Bändern prangte. Master Peter Cratchit aber prüfte mit einer Gabel, ob die Kartoffeln schon gar wären, wobei ihm die Spitzen seines gewaltigen Hemdkragens (Bobs Privateigentum, zu Ehren des Tages seinem Sohn und Erben geliehen) ständig in den Mund kamen; er sonnte sich im Bewußtsein seiner Eleganz und lechzte danach, sich damit im mondänen Zirkel des Parks zu zeigen. Und jetzt stürmten zwei kleinere Cratchits, ein Junge und ein Mädchen, herein und verkündeten mit gellender Stimme, sie hätten vor dem Bäckerladen den Gänsebraten gerochen und am Geruch ihre eigene Gans erkannt! In üppigen Phantasien von Zwiebel- und Salbeisauce schwelgend, tanzten die jugendlichen Cratchits um den Tisch herum und zollten Master Peter Cratchit bewundernden Beifall, während er (nicht hochmütig, obwohl der hohe Kragen ihn schier erstickte) ins Feuer blies und pustete, bis die schwerfälligen Kartoffeln heftig aufbrodelten und laut an den Topfdeckel pumperten, um endlich herausgenommen und geschält zu werden.

«Warum wohl euer lieber Vater mit Klein-Tim so lange ausbleibt?» sagte Mrs. Cratchit. «Und Martha ist letzte Weihnachten auch nicht so spät gekommen.»

«Martha ist da, Mutter!» rief ein junges Mädchen, zur Tür hereintretend.

«Martha ist da, Mutter!» schrien die zwei kleinen Cratchits. «Hurra! Martha, es gibt *so* eine Gans!»

«Ach du meine Güte, wie spät du dran bist, Herzchen!» rief Mrs. Cratchit, während sie ihre älteste Tochter wohl ein dutzendmal küßte und ihr geschäftig Tuch und Hut abnahm.

«Wir hatten gestern noch eine Menge Arbeit fertigzumachen, bis spät abends, und heute gab es viel aufzuräumen», erwiderte Martha.

«Wenn du nur überhaupt gekommen bist», sagte Mrs. Cratchit. «Jetzt setz dich ans Feuer und wärme dich auf, mein Schatz.»

«Nein, nein!» schrien die beiden jugendlichen Cratchits, die überall zugleich waren. «Vater kommt! Du mußt dich verstecken, Martha!»

So versteckte sich Martha, und Vater trat ein, der kleine Bob, dem sein Schal mindestens drei Fuß lang über die Brust hing, die Franse nicht mitgerechnet, das fadenscheinige Röckchen so sauber geflickt und gebürstet, daß er ganz festlich aussah, und Klein-Tim saß auf seiner Schulter. Armer Klein-Tim! Er trug eine kleine Krücke, und seine dünnen Beinchen steckten in eisernen Schienen.

«Ja, wo ist denn unsere Martha?» rief Bob Cratchit nach einem Blick in die Runde.

«Sie kommt nicht», sagte Mrs. Cratchit.

«Kommt nicht!» rief Bob mit einem jähen Absinken seiner frohen Stimmung, denn er war den ganzen Weg von der Kirche her Tims Vollblutroß gewesen und in ungebändigter Wildheit ins Haus gestürmt. «Kommt nicht – zu Weihnachten!»

Martha ertrug es nicht, ihn so enttäuscht zu sehen, nicht einmal zum Spaß; sie sprang vorzeitig hinter der Schranktür hervor und fiel ihm um den Hals, während die zwei jugendlichen Cratchits sich Klein-Tims bemächtigten und ihn schleunigst in die Waschküche schleppten, damit er hören konnte, wie der Pudding im Waschkessel bullerte.

«Und wie hat sich denn Klein-Tim benommen?» fragte Mrs. Cratchit, nachdem sie Bob wegen seiner Leichtgläubigkeit ausgelacht und Bob seine Tochter nach Herzenslust geherzt hatte.

«So gut wie Gold und noch besser», erwiderte Bob. «Manchmal verfällt er in Sinnen, weil er doch soviel allein ist, und dann kommt er auf die sonderbarsten Gedanken. Auf dem Rückweg sagte er mir, hoffentlich hätten ihn die Leute in der Kirche gesehen, weil er ein Krüppel sei und sie sich am Weihnachtstag doch sicher gern daran erinnerten, wer die Lahmen gehend und die Blinden sehend machte.»

Bob sagte es mit zitternder Stimme, und sie zitterte noch stärker, als er hinzufügte, daß Klein-Tim ja mit jedem Tag kräftiger und gesünder würde.

Doch jetzt war der Klang der geschäftigen kleinen Krücke auf dem Fußboden zu hören, und Klein-Tim kehrte, von seinem Bruder und seiner Schwester geleitet, zu seinem Stühlchen vor dem Feuer zurück; während Bob die Ärmel aufkrempelte – armer Kerl, als ob irgend etwas vermocht hätte, sie noch schäbiger zu machen, als sie schon waren! – und in einem Krug ein heißes Getränk aus Gin und Zitronen zusammenbraute, eifrig darin herumrührte und es zum Köcheln auf den Kaminvorsatz stellte. Master Peter aber und die beiden allgegenwärtigen jugendlichen Cratchits machten sich auf, um die Gans zu holen, mit welcher sie alsbald in feierlicher Prozession zurückkehrten.

Nun folgte ein so aufgeregtes Treiben, daß man hätte meinen können, eine Gans sei der allerseltenste Vogel, ein gefiedertes Phänomen, mit dem verglichen ein schwarzer Schwan etwas ganz Alltägliches wäre – und so war es ja in diesem Hause auch. Mrs. Cratchit machte die Bratensauce (die schon in einem Töpfchen bereitstand) siedend heiß. Master Peter zerstampfte die Kartoffeln mit schier unglaublicher Kraft zu Brei. Miss Belinda tat Zukker an das Apfelmus. Martha rieb die erwärmten Teller blank. Bob Cratchit setzte Klein-Tim in sein Winkelchen neben sich an den Tisch. Die beiden jugendlichen Cratchits stellten die Stühle für alle zurecht, ohne sich selber zu vergessen, und bezogen Posten, den Löffel in den Mund gezwängt, um nicht am Ende «Gans!» zu schreien, bevor sie an der Reihe wären. Schließlich wurden die Schüsseln auf den Tisch gestellt und das Tischgebet gesprochen. Eine atemlose Pause folgte, während Mrs. Cratchit ihren Blick langsam über die ganze Länge des Tranchiermessers schweifen ließ und sich bereitmachte, es in die Brust zu stoßen. Doch als sie es endlich tat und das langerwartete Zischen, mit dem die Füllung hervorquoll, zu vernehmen war, erhob sich ringsum ein einmütiges Murmeln der Begeisterung, und sogar Klein-Tim hämmerte, von den beiden jugendlichen Cratchits angespornt, mit dem Griff seines Messers auf den Tisch und schrie mit schwacher Stimme: «Hurra!»

So eine Gans hatte es nie gegeben. Bob sagte, er könne nicht glauben, daß je vorher eine solche Gans gebraten worden sei. Ihre Zartheit und ihr Wohlgeschmack, ihre Größe und ihr billiger Preis bildeten den Gegenstand der allgemeinen Bewunderung. Durch Apfelmus und Kartoffelbrei verlängert, lieferte sie eine ausreichende Mahlzeit für die ganze Familie; ja, sie hatten gar nicht alles aufessen können – wie Mrs. Cratchit, ein Atom von einem Knöchelchen auf der Schüssel betrachtend, hocherfreut erklärte! Und dabei hatte jeder genug gehabt, und insbesondere die beiden jugendlichen Cratchits troffen bis zu den Augenbrauen von Salbei- und Zwiebelsauce. Doch nun wechselte Miss Belinda die Teller, und Mrs. Cratchit verließ – allzu nervös, um Zuseher zu dulden – allein die Küche, um den Pudding aus dem Waschkessel zu fischen und aufzutischen.

Wenn er nicht ganz durchgekocht wäre! Wenn er zerfiele! Wenn jemand über die Hofmauer gestiegen wäre und ihn gestohlen hätte, während sie sich an der Gans gütlich taten – ein Gedanke, der die beiden jugendlichen Cratchits erbleichen ließ! Was konnte ihm nicht alles zugestoßen sein!

Hallo! Eine Menge Dampf! Der Pudding war aus dem Waschkessel gezogen. Ein Geruch nach Waschtag! Das war die Serviette, in der er gekocht wurde. Ein Geruch wie nach einem Gasthaus und einer Zuckerbäckerei und einer Wäscherei daneben – das war der Pudding! Gleich darauf erschien auch Mrs. Cratchit, hochrot, aber mit stolzer Siegermiene, mitsamt dem Pudding; letzterer anzusehen wie eine gesprenkelte Kanonenkugel, so hart und fest, in einem Viertelmaß Brandy lodernd und weihnachtlich geschmückt mit einem Stechpalmenzweiglein!

Ach, welch köstlicher Pudding! Bob Cratchit sagte, noch dazu mit größter Seelenruhe, er betrachte ihn als die größte Glanzleistung, die Mrs. Cratchit seit ihrer Hochzeit vollbracht hätte. Mrs. Cratchit sagte, jetzt, da es ihr wie ein Stein vom

Herzen gefallen sei, wolle sie gestehen, daß sie bezüglich der Mehlmenge ihre Zweifel gehegt hätte. Jeder hatte etwas über den Pudding zu sagen, aber keiner sagte oder dachte auch nur, daß er für eine so große Familie etwas klein geraten sei. Das wäre pure Ketzerei gewesen. Jeder der Cratchits hätte sich geschämt, so etwas auch nur anzudeuten.

Schließlich war das Mahl zu Ende, der Tisch abgeräumt, der Herd gefegt, das Feuer neu aufgebaut. Nachdem man die Mischung im Krug gekostet und für vortrefflich erklärt hatte, wurden Äpfel und Orangen auf den Tisch gestellt und eine Schaufel voll Kastanien zum Rösten über die Glut gelegt. Die ganze Familie Cratchit setzte sich im Kreis – wie Bob Cratchit sagte, womit er einen Halbkreis meinte – um den Herd, und an Bob Cratchits Seite stand, was die Familie an Trinkgläsern vorzuweisen hatte: zwei Wassergläser und ein henkelloses Saucekännchen.

Doch diese Gefäße faßten die heiße Flüssigkeit aus dem Krug genausogut, wie goldene Becher es getan hätten, und Bob schenkte mit strahlendem Gesicht ein, während die Kastanien auf dem Feuer geräuschvoll krachten und knallten.

Dann brachte Bob einen Trinkspruch aus: «Uns allen fröhliche Weihnachten, meine Lieben! Gott segne uns!»

Was die ganze Familie wiederholte.

«Gott segne jeden von uns», sagte Klein-Tim als letzter.

Er saß auf seinem Stühlchen ganz dicht neben seinem Vater, und Bob hielt das welke Händchen umfaßt, als müßte er das geliebte Kind festhalten; als fürchtete er, daß es ihm geraubt werden könnte.

«Geist!» rief Scrooge mit einer Anteilnahme, wie

er sie noch nie empfunden hatte. «Sag mir, ob Klein-Tim am Leben bleiben wird!»

Der Geist erwiderte: «Ich sehe einen leeren Platz im Winkel dieser ärmlichen Feuerstelle und eine liebevoll aufbewahrte, herrenlose kleine Krücke. Falls die Zukunft diese Schatten unverändert läßt, wird das Kind sterben.»

«Nein, nein!» rief Scrooge. «Nein, gütiger Geist! Sag, daß es am Leben bleibt!»

«Falls die Zukunft diese Schatten unverändert läßt, wird keiner meiner Brüder ihn hier vorfinden», versetzte der Geist. «Was ist dabei? Wenn er nicht lebensfähig ist, soll er lieber sterben und den Bevölkerungsüberschuß verringern.»

Als er den Geist seine eigenen Worte zitieren hörte, ließ Scrooge, von Kummer und Reue übermannt, den Kopf hängen.

«Mensch!» sprach der Geist. «Sofern dein Herz ein Menschenherz und nicht von Stein ist, laß ab von solchem sündhaften Gerede, solang du nicht entdeckt hast, *was* der Überschuß ist und *wo* er ist. Willst *du* etwa entscheiden, welche Menschen leben und welche Menschen sterben sollen? Es könnte sein, daß du in den Augen des Himmels unwürdiger und unnützer bist als dieses Kind der Armut und Millionen seinesgleichen! Herrgott! Zu hören, wie das Insekt auf dem Blatt seinen Spruch über die allzu große Zahl seiner im Staube hungernden Brüder fällt!»

Unter dem strengen Verweis des Geistes senkte Scrooge zitternd den Blick zu Boden. Doch er erhob ihn rasch wieder, als er seinen Namen hörte.

«Mr. Scrooge!» rief Bob. «Aufs Wohl von Mr. Scrooge, den Stifter des festlichen Mahls!»

«Stifter des festlichen Mahls, wahrhaftig!» rief

Mrs. Cratchit und wurde ganz rot. «Ich wollte, ich hätte ihn hier! Ich würde ihm etwas von meiner Meinung zu kosten geben und ihm guten Appetit dazu wünschen!»

«Meine Liebe!» mahnte Bob. «Die Kinder! Es ist Weihnachten.»

«Es muß wohl Weihnachten sein», erwiderte sie, «wenn man aufs Wohl eines so bösen, geizigen, hartherzigen und gefühllosen Menschen wie Mr. Scrooge trinkt! Du weißt, daß er das ist, Robert! Niemand weiß es besser als du, du Armer!»

«Meine Liebe, es ist Weihnachten!» wiederholte Bob milde.

«Dir zuliebe und dem Tag zuliebe will ich auf sein Wohl trinken», sagte Mrs. Cratchit, «obwohl er es nicht verdient. Er lebe! Fröhliche Weihnachten und ein glückliches neues Jahr für ihn! Ich bezweifle nicht, daß er sehr fröhlich und sehr glücklich sein wird.»

Die Kinder wiederholten den Trinkspruch; zum erstenmal lag keine Herzlichkeit in ihrem Ton. Klein-Tim trank als letzter, doch ohne Freude. Scrooge war für die ganze Familie der Schwarze Mann. Die Erwähnung seines Namens warf einen düsteren Schatten auf die kleine Gesellschaft, der ganze fünf Minuten lang nicht verflog.

Als er sich schließlich auflöste, waren sie noch zehnmal fröhlicher als zuvor, aus purer Erleichterung, daß der Unhold Scrooge jetzt abgetan war. Bob Cratchit berichtete, er hätte eine Stellung für Master Peter im Auge, die, falls man sie erlangen könnte, ganze fünfeinhalb Shilling wöchentlich eintragen würde. Die beiden jugendlichen Cratchits wollten sich bei der Vorstellung, daß Peter ein richtiger Geschäftsmann sein würde, schier zu Tode lachen, während Peter seinerseits zwischen seinen Kragenspitzen gedankenvoll ins Feuer starrte, als überlegte er, welche Anlagewerte er begünstigen sollte, wenn er in den Genuß dieses überwältigenden Einkommens gelangte. Dann erzählte Martha, die bei einer Putzmacherin in der Lehre stand, von ihrer Arbeit und wie viele Stunden hintereinander sie pausenlos schaffe und wie lang sie morgen früh im Bett bleiben und sich richtig ausschlafen wolle, denn den morgigen Feiertag durfte sie zu Hause verbringen; und daß sie vor ein paar Tagen eine richtige Gräfin und einen Lord gesehen hätte, und der Lord wäre ungefähr so groß wie Peter – worauf Peter seinen Kragen so hoch hinaufzog, daß ihr seinen Kopf nicht gesehen hättet, auch wenn ihr dort gewesen wäret! Der Krug und die Kastanien machten dabei die ganze Zeit die Runde, und zum Schluß gab es noch ein Lied von einem Kind, das sich im Schnee verirrt hatte, vorgetragen von Klein-Tim, der ein hübsches, klagendes Stimmchen hatte und es wirklich sehr gut sang.

An alldem war nichts Großartiges. Sie waren keine schöne, vornehme Familie und nicht elegant angezogen. Ihre Schuhe waren durchaus nicht wasserdicht, sie trugen dürftige Kleider, und Peter wußte höchstwahrscheinlich, wie es in der Bude eines Pfandleihers aussah. Aber sie waren froh und dankbar, sie liebten einander und waren zufrieden. Als der Geist sie zum Abschied noch einmal mit seiner Fackel besprengte und sie in deren letzten Aufleuchten noch glücklicher aussahen, bis sie allmählich verblaßten, behielt Scrooge sie bis zuletzt im Auge – besonders Klein-Tim.

Inzwischen begann es zu dunkeln und immer heftiger zu schneien, und als Scrooge und der Geist durch die Straßen wanderten, verbreiteten die hell lodernden Feuer in Küchen, Wohnstuben und allen möglichen anderen Räumen eine ganz wunderbare Helligkeit. Hier sah man im Licht der aufflackernden Glut die Vorbereitungen zu einem gemütlichen Weihnachtsmahl: heiße Teller, die vor dem Feuer gründlich durchbuken, und dunkelrote Vorhänge, die alsbald zugezogen wurden, um die Kälte und Finsternis auszuschließen. Dort rannten sämtliche Kinder des Hauses in den Schnee hinaus, um ihre Onkel, Tanten, Cousins und verheirateten Geschwister, die zu Besuch kamen, als erste zu begrüßen. Anderswo malten sich die Schatten der versammelten Gäste auf den Fenstervorhängen ab, und dort drüben trippelte eine ganze Schar von hübschen Mädchen, alle in Pelzkapuzen und Pelzstiefelchen und alle gleichzeitig durcheinander zwitschernd, leichtfüßig zu einem benachbarten Haus hinüber; weh dem wehrlosen Junggesellen, der sie so strahlend eintreten sah – und das wußten sie ganz genau, die listigen kleinen Hexen!

Nach der Zahl der Leute zu schließen, welche zu einer fröhlichen Gesellschaft unterwegs waren, hätte man gedacht, daß nirgends jemand daheim sein könnte, um sie willkommen zu heißen, während es doch andererseits schien, als würden in jedem Haus mit seinen lichterloh brennenden Feuerstätten Gäste erwartet! Du meine Güte, wie sich der Geist freute! Wie er seine breite Brust entblößte und seine Arme ausbreitete und mit weit geöffneten Händen seine strahlende Fröhlichkeit großzügig über alles im Umkreis ergoß! Noch der Lampenanzünder, der – schon festlich gekleidet für eine abendliche Lustbarkeit – vor ihnen herlief und die düstere Straße mit Lichtpünktchen betupfte, lachte

hell auf, als der Geist an ihm vorbeischwebte, obwohl der Lampenanzünder doch wahrhaftig nicht
wissen konnte, in welcher Gesellschaft er sich befand!

Doch plötzlich standen sie, ohne daß der Geist
ein Wort gesagt hätte, auf einem öden, verlassenen Moor, wo ungeheuere Massen von unbehaue-
nen Steinen verstreut umherlagen, als wäre es die
Begräbnisstätte von Riesen; wo sich allenthalben
Wassertümpel ausbreiteten oder es getan hätten,
wenn der Frost sie nicht hätte zu Eis erstarren lassen, und wo nichts als Moos und Dorngestrüpp
und grobes, hartes Riedgras wuchs. Tief unten am
westlichen Himmel hatte die untergehende Sonne
einen feuerroten Streifen zurückgelassen, der noch
einen Augenblick lang wie ein zorniges Auge über
der trostlosen Landschaft erglühte, bis es sich, finsterer und immer noch finsterer blickend, schließlich in der tiefen Dunkelheit der Nacht verlor.

«Wo sind wir?» fragte Scrooge. «Was ist dies für
ein Ort?»

«Hier leben Bergleute, die sich im Inneren der
Erde mühen», erwiderte der Geist. «Doch sie kennen mich. Sieh nur!»

Im Fenster einer Hütte leuchtete ein Licht. Sie
näherten sich rasch und durchdrangen die aus
Lehm und Steinen roh zusammengefügte Mauer.
Drinnen fanden sie eine fröhliche Gesellschaft um
das hell lodernde Feuer versammelt: ein uraltes
Paar mit seinen Kindern und Kindeskindern und
noch einer weiteren Generation dazu, alle in fest-
täglichem Putz. Mit einer Stimme, die sich kaum
einmal über das Heulen des Windes draußen erhob,
sang der alte Vater ihnen ein Weihnachtslied vor –
es war ein sehr altes Lied gewesen, als er noch ein

kleiner Junge war –, und von Zeit zu Zeit fielen sie alle in den Kehrreim ein. Sobald ihre hellen Stimmen sich erhoben, sang auch der Alte ganz laut und munter, und sobald sie verstummten, verging auch ihm die Kraft.

Hier verweilte der Geist nicht lange. Er gebot Scrooge, sich an seinem Gewand festzuhalten, und eilte mit ihm über das Moor hinweg – ja, wohin denn? Doch nicht aufs Meer hinaus? Jawohl, wahrhaftig aufs Meer hinaus! Als Scrooge sich umblickte, sah er zu seinem Entsetzen das letzte Stück Land, eine Reihe schreckerregender, hoher Klippen, hinter sich entschwinden, und seine Ohren waren vom donnernden Getöse des Wassers betäubt, das in den fürchterlichen, von ihm selbst ausgewaschenen Schlünden und Höhlen schäumte und wogte und raste, als wollte es in seinem wilden Grimm das ganze Land untergraben.

Eine gute Seemeile vom Ufer entfernt erhob sich auf einem unzugänglichen, halbversunkenen Felsenriff, an dem die Wogen das ganze stürmische Jahr lang wild gischtend emporbrandeten, ein einsamer Leuchtturm. Mächtige Haufen von Seetang umklammerten seinen Fuß, und Sturmschwalben – vom Wind geboren wie der Tang aus dem Wasser – umflatterten ihn, bald hoch emporsteigend, bald jäh hinabstürzend, wie die Wellen, deren Kämme sie im Flug streiften.

Doch sogar hier hatten die beiden Männer, die das Licht hüteten, ein fröhliches Feuer angezündet, dessen Schein durch den Sehschlitz in der mächtigen Steinmauer hell auf die fürchterliche See fiel. Quer über den rohen Tisch hinweg, an dem sie saßen, reichten sie sich die schwieligen Hände und tranken einander aus ihrer Blechkanne voll Grog fröhliche Weihnachten zu; und einer, noch dazu der ältere, dessen Gesicht die Spuren von Sturm und Wetter trug wie die Galionsfigur eines alten Schiffes, stimmte ein wackeres Lied an, das selbst wie eine steife Brise klang.

Auch von hier enteilte der Geist, immer weiter fort, über die schwarze, wild wogende See hinweg, bis sie, fern von jeder Küste (wie er Scrooge mitteilte), ein Schiff sichteten. Sie standen neben dem Steuermann am Ruder, neben dem Mann, der im Bug Ausguck hielt, neben dem Offizier auf Wache – dunklen, gespenstischen Gestalten allesamt; doch jeder Mann an Bord summte ein Weihnachtslied vor sich hin oder hing einem weihnachtlichen Gedanken nach oder unterhielt sich mit einem Gefährten halblaut über ein vergangenes Weihnachtsfest, an das sich heimwärts gerichtete Hoffnungen knüpften. Und jeder einzelne Mann an Bord hatte an diesem Tag, schlafend oder wachend, gut oder böse, ein freundlicheres Wort zum nächsten gesprochen als an jedem anderen Tag des Jahres, hatte auf irgendeine Art an den Festlichkeiten teilgenommen, hatte seiner Lieben in der Ferne gedacht und hatte gewußt, daß auch sie in Liebe seiner gedachten.

Es war eine große Überraschung für Scrooge, wie er so dem Heulen des Sturmes lauschte und dachte, welch ernste Sache es doch wäre, in einsamer Finsternis über unbekannte Abgründe dahinzugleiten, deren Tiefen so unergründlich waren wie der Tod – es war, sage ich, eine große Überraschung für Scrooge, mitten in diesen erhabenen Überlegungen ein herzliches Lachen zu vernehmen. Es war eine noch weit größere Überraschung für Scrooge, darin das Lachen seines eigenen Neffen zu erkennen und sich mit einem Mal in einem hellen, trockenen, festlich erleuchteten Zimmer zu sehen, während der Geist lächelnd neben ihm stand und ebendiesen Neffen mit sichtlichem Wohlgefallen betrachtete!

«Haha!» lachte Scrooges Neffe. «Hahaha!»

Sollte der geneigte Leser dank einem unwahrscheinlichen Zufall einen Mann kennen, der besser zu lachen versteht als Scrooges Neffe, kann ich nur sagen, daß ich ihn liebend gern kennenlernen würde. Bitte, man stelle mich ihm vor, und ich werde die Bekanntschaft nach besten Kräften pflegen.

Es ist eine gerechte, billige und geradezu edle Einrichtung, daß es auf dieser Welt nicht nur infektiöse Krankheiten und Sorgen gibt, sondern daß nichts so unwiderstehlich ansteckend ist wie Lachen und gute Laune! Während Scrooges Neffe sich nach seiner Art vor Lachen die Seiten hielt, den Kopf schüttelte und das Gesicht zu den sonderbarsten Grimassen verzerrte, lachte seine Frau, Scrooges angeheiratete Nichte, ebenso herzlich mit, und ihre versammelten Freunde standen ihnen in nichts nach.

«Haha! Hahahaha!»

«So wahr ich lebe, er sagte, Weihnachten wäre ein Unsinn!» lachte Scrooges Neffe. «Und das Schönste ist, daß er es wirklich glaubt!»

«Er sollte sich schämen, Fred!» rief Scrooges Nichte entrüstet. Gott segne die Frauen! Sie kennen keine Halbheiten. Sie gehen immer aufs Ganze.

Sie war sehr hübsch, ganz wunderhübsch: mit einem lieben, ständig erstaunten, ganz kapitalen Gesichtchen und einem vollen roten Mund, der eigens dazu geschaffen schien, um geküßt zu werden – was zweifellos auch geschah; mit so allerlei herzigen Grübchen ums Kinn herum, die beim Lachen ineinander verschmolzen, und den sonnigsten zwei Augen, die je in einem Köpfchen erblickt wurden. Alles in allem war sie, was man aufreizend nennen könnte, wißt ihr, aber dabei zufriedenstellend – oh, durchaus zufriedenstellend!

«Er ist ein komischer alter Kauz, das stimmt», sagte Scrooges Neffe, «und nicht so liebenswürdig, wie er allenfalls sein könnte. Aber mit seiner Art bestraft er nur sich selber, und ich habe ihm nichts vorzuwerfen.»

«Er muß doch schrecklich reich sein, Fred», meinte Scrooges Nichte. «Wenigstens erzählst du mir das immer.»

«Und wenn schon!» sagte Scrooges Neffe. «Er hat nichts von seinem Reichtum, er weiß nichts damit anzufangen. Weder vollbringt er etwas Gutes mit dem Geld, noch macht er es sich selber gemütlich. Er hat nicht einmal die Befriedigung, zu denken – hahaha! –, daß er *uns* jemals damit fördern könnte!»

«Ach was, ich mag ihn nicht!» bemerkte Scrooges Nichte. Die Schwestern von Scrooges Nichte und sämtliche anderen Damen drückten die gleiche Ansicht aus.

«Doch, ich habe ihn gern», sagte Scrooges Neffe. «Er tut mir leid – ich könnte ihm beim besten Willen nicht böse sein. Wer leidet denn unter seiner grämlichen Art? Immer nur er selber. Jetzt setzt er es sich in den Kopf, daß er uns nicht leiden kann, und will nicht zu uns kommen. Wem schadet das schon? Er hat an dem Essen wohl nicht viel verloren.»

«*Ich* meine, daß er *sehr* viel an dem Essen verloren

hat!» unterbrach ihn Scrooges Nichte. Alle anderen bestätigten es, und man muß ihnen wohl ein sachkundiges Urteil zubilligen, weil sie soeben gespeist hatten und jetzt, mit dem Dessert auf dem Tisch, beim Lampenschein rund ums Feuer saßen.

«Nun, das höre ich mit Vergnügen», sagte Scrooges Neffe, «weil ich nämlich kein großes Zutrauen zu diesen jungen Hausfrauen habe. Was meinst *du* dazu, Topper?»

Topper hatte sichtlich ein Auge auf eine der Schwestern von Scrooges Nichte geworfen, denn er antwortete, so ein armer Junggeselle sei ein elender Ausgestoßener, der nicht das Recht hätte, eine Meinung über diesen Punkt abzugeben; worauf die Schwester von Scrooges Nichte – die Mollige mit der Spitzenkrause, nicht die mit den Rosen – hold errötete.

«Erzähl doch weiter, Fred!» rief Scrooges Nichte, in die Hände klatschend. «Nie erzählt er zu Ende, was er angefangen hat! Er ist so ein lächerlicher Mensch!»

Scrooges Neffe begann aufs neue zu lachen, und da es unmöglich war, der Ansteckung zu entgehen – obwohl die mollige Schwester mit Hilfe ihres Riechfläschchens große Anstrengungen in dieser Richtung unternahm –, wurde sein Beispiel einmütig befolgt.

«Ich wollte nur bemerken», sagte Scrooges Neffe, «daß sein Entschluß, uns nicht zu mögen und nicht mit uns zu feiern, keine weiteren Folgen hat, als daß er sich selbst um ein paar angenehme Stunden bringt, die ihm nicht schaden könnten. Er verliert bestimmt eine nettere Gesellschaft, als er sie in seinen eigenen Gedanken finden kann, sei es in seinem muffigen alten Kontor oder seiner verstaubten

Wohnung. Ich gedenke ihm jedes Jahr wieder die Chance dazu zu geben, ob es ihm paßt oder nicht, weil er mir einfach leid tut. Er mag bis zu seinem seligen Ende über Weihnachten lästern, aber ich möchte doch sehen, ob er nicht etwas besser davon denken *muß*, wenn ich ihn Jahr für Jahr in der gleichen versöhnlichen Stimmung besuche und ihn frage: ‹Wie geht's, Onkel Scrooge?› Wenn es ihn nur dazu veranlaßt, seinem armen Kommis fünfzig Pfund zu vermachen, wäre das schon allerlei; und ich glaube, gestern habe ich ihn doch aufgerüttelt.»

Jetzt war es an den anderen, ihn auszulachen: die Idee, daß er Onkel Scrooge aufgerüttelt hätte! Doch da es ihm in seiner vollkommenen Gutmütigkeit ziemlich egal war, worüber sie lachten, wenn sie nur überhaupt lachten, stimmte er in ihre Lustigkeit ein und ließ fröhlich die Flasche kreisen.

Nach dem Tee gab es Musik, denn sie waren eine musikalische Familie und wußten, worauf sie sich einließen, wenn sie ein mehrstimmiges Lied oder einen Rundgesang anstimmten, das kann ich versichern – vor allem Topper, der einen Baß hinlegte wie ein rechter Mann, ohne daß ihm je die Stirnadern anschwollen oder daß er ein puterrotes Gesicht bekam. Scrooges Nichte spielte sehr hübsch Harfe, und unter anderem spielte sie ein einfaches kleines Lied (ein Nichts von einem Liedchen, in zwei Minuten konnte man es nachpfeifen), das dem kleinen Mädchen, das Scrooge dazumal aus der Schule abgeholt hatte, sehr vertraut gewesen war – wie es ihm der Geist der Vergangenen Weihnacht in Erinnerung gerufen hatte. Als diese Melodie ertönte, kam Scrooge alles in den Sinn, was der Geist ihm gezeigt hatte; er wurde weicher und weicher und dachte, wenn er es vor vielen Jahren öfter hätte hören können – ja, dann hätte er wohl die Freuden des Lebens mit eigener Hand und zu seinem eigenen Glück pflanzen und pflegen gelernt, ohne auf die Schaufel von Jacob Marleys Totengräber angewiesen zu sein.

Doch sie widmeten nicht den ganzen Abend der Musik. Nach einer Weile gab es Pfänderspiele, denn manchmal tut es einem gut, wieder ein Kind zu sein, und niemals besser als zu Weihnachten, der Zeit, da der mächtige Begründer des Festes selbst noch ein Kind war. Doch nein, halt! Zuerst spielten sie Blindekuh. Natürlich. Ich glaube eben denn welcher nicht! Und ich glaube ebensowenig, daß Topper blind war, wie ich glaube, daß er Augen in den Schuhen hatte. Meine bescheidene Meinung ist die, daß es zwischen ihm und Scrooges Neffe abgekartet war und daß der Geist der Gegenwärtigen Weihnacht darum wußte! Denn die Art und Weise, wie Topper der molligen Schwester mit der Spitzenkrause nachsetzte, war ein gröblicher Mißbrauch der menschlichen Leichtgläubigkeit. Die Schürhaken herunterschlagend, über die Stühle stolpernd, ins Klavier hineinrennend, sich in die Vorhänge verwickelnd – wo sie hinlief, mußte er auch hin! Und er wußte immer, wo die mollige Schwester war. Er wollte niemanden anderen fangen. Wenn man ihm absichtlich in die Arme lief (wie es manche taten), führte er ein Scheinmanöver aus, das geradezu einem Affront gleichkam, und schwenkte unverzüglich in die Richtung der molligen Schwester ab. Sie rief oft ärgerlich, das wäre nicht fair, und das war es auch wirklich nicht. Doch als er sie schließlich erwischte, als er sie all ihrem seidenen Rascheln und ihrem flinken Vorbeiflitzen zum Trotz in einen Winkel kriegte, wo sie ihm nicht entkommen konnte, da wurde seine Aufführung ganz abscheulich; denn daß er tat, als erkenne er sie nicht, daß er behauptete, er müsse ihren Kopfputz berühren und sich auch sonst noch ihrer Identität versichern, indem er ihr einen gewissen Ring an den Finger steckte und eine Kette um den Hals hängte – das war gemein, das war ungeheuerlich! Zweifellos sagte sie ihm tüchtig ihre Meinung, als sie sich dann während der Fortsetzung der Partie so überaus vertraulich hinter dem Fenstervorhang unterhielten.

Scrooges Nichte beteiligte sich nicht an dem Blindekuh-Spiel, sondern mußte es sich in einem großen Lehnstuhl und mit einem Fußbänkchen im behaglichsten Winkel am Kamin bequem machen, wo der Geist und Scrooge dicht hinter ihr standen. Aber bei den Pfänderspielen tat sie wacker mit und liebte ihre Liebe durch alle Buchstaben des Alphabets hindurch. Auch beim «Wie? Was? Wo?» hielt sie sich großartig und schlug, zur heimlichen Freude von Scrooges Neffen, ihre Schwestern mit Abstand – obwohl die ebenfalls äußerst aufgeweckte Mädchen waren, wie Topper hätte bestätigen können. Alles in allem waren sie etwa zwanzig Leute, Jung und Alt, aber sie spielten sämtlich mit und Scrooge auch. Denn da er in seinem Interesse für die lustigen Rätselfragen völlig vergaß, daß seine Stimme für irdische Ohren unhörbar war, platzte er manchmal ganz laut mit seiner Antwort heraus und traf sehr oft das Richtige; denn die feinste Nähnadel, Marke Whitechapel – sticht garantiert nicht ins Auge –, war nicht feiner als Scrooges Verstand, so grob er sich auch zu stellen beliebte.

Der Geist freute sich sehr, ihn in dieser Stimmung zu sehen, und betrachtete ihn so wohlwollend, daß Scrooge wie ein Kind bettelte, bleiben zu dürfen, bis alle nach Hause gingen. Doch das, sagte der Geist, ließe sich nicht machen.

«Jetzt kommt ein neues Spiel!» rief Scrooge. «Nur noch eine halbe Stunde, Geist, eine einzige halbe Stunde!»

Das Spiel hieß «Ja und Nein». Scrooges Neffe dachte sich etwas aus, und die anderen mußten durch Fragen herauskriegen, was es war, wobei er nur mit «Ja» oder «Nein» antworten durfte. Das erste Trommelfeuer von Fragen, die auf ihn herabprasselten, ergab, daß er an ein Geschöpf dachte, ein lebendiges Geschöpf, ein ziemlich unangenehmes Geschöpf, ein wildes Geschöpf, ein Geschöpf, das manchmal knurrte und brummte und manchmal sprach und in London lebte und in den Straßen herumging und nicht für Geld gezeigt und von niemandem an der Kette geführt wurde und nicht in einer Menagerie lebte und nie geschlachtet wurde und weder ein Pferd noch ein Esel, noch eine Kuh, noch ein Stier, noch ein Tiger, noch ein Hund, noch ein Schwein, noch eine Katze, noch ein Bär war.

Bei jeder neuen Frage, die ihm gestellt wurde, brach der Neffe in ein neues helles Gelächter aus und amüsierte sich so unbeschreiblich, daß er vom Sofa aufspringen und mit den Füßen aufstampfen mußte, bis schließlich die mollige Schwester in einen ähnlichen Zustand geriet und rief: «Ich hab's! Ich weiß, was es ist, Fred! Ich hab's erraten!»

«Nun, was ist es?» rief Fred.

«Dein Onkel Scrooge!»

Und das war es tatsächlich! Das vorherrschende Gefühl war Bewunderung, wiewohl manche einwandten, die Antwort auf die Frage «Ist es ein Bär?» hätte «Ja» lauten müssen, insofern eine verneinende Antwort genügte, um die Gedanken, vorausgesetzt sie hätten diese Richtung eingeschlagen, von Mr. Scrooge abzulenken.

«Nun, jedenfalls hat er uns viel Spaß gemacht, und es wäre undankbar, nicht auf seine Gesundheit zu trinken», sagte Fred. «Hier haben wir gerade ein Glas Punsch zur Hand, und ich erhebe es auf sein Wohl. Onkel Scrooge soll leben!»

«Onkel Scrooge soll leben!» riefen alle.

«Fröhliche Weihnachten und ein glückliches neues Jahr dem alten Herrn!» fuhr Scrooges Neffe fort. «Er wollte es nicht von mir annehmen, aber es sei ihm trotzdem gewünscht. Auf Onkel Scrooge!»

Onkel Scrooge war unversehens so lustig und übermütig geworden, daß er der nichtsahnenden Gesellschaft seinerseits zugetrunken und in einer unhörbaren Ansprache gedankt hätte, wenn der Geist ihm nur Zeit gelassen hätte. Doch die ganze Szene verschwand im gleichen Atemzug wie das letzte Wort seines Neffen, und er und der Geist setzten ihre Reise fort.

Vieles sahen sie, weit führte sie ihr Weg, so manches Heim besuchten sie, und überall verbreiteten sie Glück. Der Geist stand an Krankenbetten, und die Kranken waren heiter; auf fremder Erde, und die Menschen fühlten sich der Heimat nahe; neben solchen, die schwer zu kämpfen hatten, und neue Hoffnung verlieh ihnen Kraft; bei Armen, und sie dünkten sich reich. In Armenhaus, Hospital und Kerker, in jedem Schlupfwinkel des menschlichen Elends, wo der Mensch in seiner Eitelkeit und seiner kurzen Machtvollkommenheit nicht die Tür verrammelt und den Geist ausgesperrt hatte, ließ er seinen Segen zurück und lehrte Scrooge seine Gebote.

Es war eine lange Nacht, sofern es bloß eine einzige Nacht war; doch daran zweifelte Scrooge, weil die ganzen Weihnachtstage in die Zeitspanne, die sie miteinander verbrachten, zusammengedrängt schienen. Es war auch seltsam, daß der Geist sichtlich älter und älter wurde, während Scrooge äußerlich unverändert blieb. Scrooge hatte diesen Wandel beobachtet, sprach aber nie davon, bis sie in der Dreikönigsnacht eine fröhliche Kindergesellschaft verließen und wieder im Freien standen; da sah er den Geist an und merkte, daß er weiße Haare hatte.

«Ist das Leben der Geister so kurz?» fragte Scrooge.

«Mein Leben auf dieser Erde ist sehr kurz bemessen», erwiderte der Geist. «Es endet heute.»

«Heute!» rief Scrooge.

«Heut um Mitternacht. Horch! Der Augenblick naht.»

Die Glocken schlugen soeben das dritte Viertel nach elf.

«Verzeih mir, falls ich zu dieser Frage nicht berechtigt bin», sagte Scrooge, der aufmerksam das Gewand des Geistes musterte, «aber ich sehe etwas Sonderbares, das nicht zu dir gehört, aus deinem Kleid hervorlugen. Ist es ein Fuß oder eine Klaue?»

«Es könnte eine Klaue sein, so wenig Fleisch ist daran», erwiderte der Geist bekümmert. «Sieh her!»

Aus den Falten seines Gewandes holte er zwei Kinder hervor, zwei elende, gemeine, abstoßende, scheußliche Jammergestalten. Sie warfen sich vor ihm auf die Knie und klammerten sich an den Saum seines Kleides.

«O Mensch, sieh her! Blicke hinab!» rief der Geist aus.

Ein Knabe und ein Mädchen. Mit fahler Haut,

abgemagert, zerlumpt, mit wölfischem Blick, doch gleichzeitig geduckt in ihrer Unterwürfigkeit. Wo die Anmut der Jugend ihre Züge hätte runden und mit den frischesten Farben schmücken sollen, hatte eine dürre, verrunzelte Hand, der Hand des Alters ähnlich, sie entstellt und verzerrt. Wo Engel hätten thronen können, grölten drohend lauernde Teufel. In aller Rätselhaftigkeit des Schöpfungswunders hat keine wie immer geartete Veränderung, keine Erniedrigung, keine Entstellung der menschlichen Natur auch nur annähernd so grauenhafte Ungeheuer hervorgebracht.

Scrooge wich entsetzt zurück. Da man sie ihm gleichsam zur Schau stellte, versuchte er zu sagen, es wären prächtige Kinder, doch die Worte gaben sich nicht zu einer so ungeheuerlichen Lüge her und blieben ihm in der Kehle stecken.

«Geist! Sind das deine Kinder?» Mehr vermochte Scrooge nicht herauszubringen.

«Es sind Kinder des Menschen», erwiderte der Geist, auf sie hinabblickend, «und sie klammern sich an mich, um Anklage gegen ihren Vater zu erheben. Dieser Knabe ist der Mangel, dieses Mädchen die Unwissenheit. Fürchte beide und alle ihrer Art, doch am meisten das Mädchen, denn auf seiner Stirn sehe ich die Zeichen geschrieben, die Verderben bedeuten, falls sie nicht gelöscht werden. Wage es zu leugnen!» rief der Geist, seine Hand gegen die Stadt ausstreckend. «Wage, die es behaupten, der Verleumdung zu bezichtigen! Wage, es zu deinen parteilichen Zwecken zuzugeben und dadurch noch schlimmer zu machen! Und du wirst sehen, wie es endet!»

«Finden sie nirgends Zuflucht? Nirgends Hilfe?» stammelte Scrooge.

«Gibt es keine Gefängnisse?» fragte der Geist, sich mit seinen eigenen Worten zum letztenmal an ihn wendend. «Gibt es keine Armenhäuser?»

Die Glocke schlug zwölf.

Scrooge schaute sich nach dem Geist um und sah ihn nicht mehr. Als der letzte Schlag verklang, erinnerte er sich der Ankündigung seines alten Jacob Marley. Er hob die Augen auf und erblickte eine seltsame Erscheinung, die tief verhüllt auf ihn zuglitt, wie ein über den Boden dahinziehender Nebel.

Vierte Strophe: Der letzte Geist

Das Phantom kam langsam, in feierlichem Schweigen heran. Als es nahe war, beugte Scrooge die Knie, denn noch die Luft, durch die sich der Geist bewegte, schien von düsterem Geheimnis erfüllt.

Er war in ein tiefschwarzes Gewand gehüllt, das sein Haupt, sein Antlitz, seine ganze Gestalt verbarg und nichts sehen ließ als eine ausgestreckte Hand. Ohne diese wäre es schwer gewesen, die Erscheinung von der nächtlichen Dunkelheit, die sie umgab, zu trennen.

Als die Gestalt vor ihm anhielt, spürte Scrooge, daß sie groß und stattlich war und daß ihre geheimnisvolle Gegenwart ihn mit feierlichem Grauen erfüllte. Mehr wußte er nicht, denn der Geist sprach nicht und bewegte sich nicht.

«Stehe ich vor dem Geist der Künftigen Weihnacht?» fragte Scrooge.

Statt aller Antwort wies der Geist mit der Hand nach vorn.

«Du willst mir die Schatten von Dingen zeigen, die sich noch nicht ereignet haben, sich aber in Zukunft ereignen werden», fuhr Scrooge fort. «Ist dem so, Geist?»

Die Falten im oberen Teil des Gewandes zogen sich einen Augenblick lang dichter zusammen, als hätte der Geist das Haupt geneigt. Das war die einzige Antwort, die Scrooge erhielt.

Obwohl er unterdessen schon an geisterhafte Gesellschaft gewöhnt war, empfand Scrooge solche Angst vor der schweigenden Gestalt, daß ihm die Beine unter dem Leibe zitterten, und als er sich ihr zu folgen anschickte, vermochte er sich kaum aufrecht zu halten. Der Geist blieb einen Moment lang stehen, als merke er Scrooges Zustand und ließe ihm Zeit, sich zu fassen.

Doch darum wurde Scrooge nur noch schlimmer zumute. Es erfüllte ihn mit einem undeutlichen, unbestimmten Grauen, daß sich hinter dem dunklen Tuch geisterhafte Augen eindringlich auf ihn richteten, während er, so sehr er auch seinen Blick anstrengte, nichts erkennen konnte als eine gespenstische Hand und eine große schwarze Masse.

«Geist der Zukunft!» rief er. «Ich fürchte dich mehr als alle anderen Geister, die ich sah! Doch da ich weiß, daß du es gut mit mir meinst, und da ich hoffe, daß es mir vergönnt sein wird, als ein gewandelter Mensch weiterzuleben, bin ich gewillt, dir zu folgen, und tue es dankbaren Herzens. Willst du nicht zu mir sprechen?»

Der Geist gab ihm keine Antwort. Seine Hand wies nach vorn.

«Führe mich!» bat Scrooge. «Geh voran! Die Nacht schwindet rasch, und ich weiß, daß ihre Zeit für mich kostbar ist. Geh voran, Geist!»

Das Phantom schritt weiter, wie es gekommen war. Scrooge folgte im Schatten seines Gewandes,

das ihn, wie ihn dünkte, aufhob und mit sich fort-
trug.

Es war kaum, als begäben sie sich in die Stadt,
eher schien die Stadt rings um sie aufzuschießen.
Jedenfalls befanden sie sich plötzlich in ihrem Herzen, auf der Börse, mitten unter den Handeltreiben-
den, die hin und her hasteten, mit dem Geld in
ihren Taschen klimperten, sich gruppenweise miteinander unterhielten, auf die Uhr schauten und
nachdenklich mit ihren großen goldenen Petschaf-
ten spielten – ganz wie Scrooge sie so oft gesehen
hatte.

Der Geist hielt neben einem kleinen Häuflein
von Geschäftsleuten an. Da Scrooge bemerkte, daß
die Hand ihn auf sie hinwies, trat er näher, um
ihrem Gespräch zu lauschen.

«Nein, ich weiß auch nichts Näheres», sagte ein
großer, dicker Mann mit einem gewaltigen Doppelkinn. «Ich weiß nur, daß er tot ist.»

«Wann ist er gestorben?» fragte ein anderer.

«Heut nacht, glaube ich.»

«Was hat ihm denn gefehlt?» erkundigte sich ein
dritter, während er eine mächtige Prise aus einer
großmächtigen Tabaksdose nahm. «Ich hätte gedacht, der würde nie sterben.»

«Weiß Gott», erwiderte der erste gähnend.

«Wie hat er über sein Geld verfügt?» fragte ein
schlagflüssiger Herr mit einem Auswuchs an der
Nasenspitze, der herabbaumelte wie die Kehllap-
pen eines Truthahns.

«Davon habe ich nichts gehört», sagte der Herr
mit dem Doppelkinn unter neuerlichem Gähnen.
«Vielleicht hat er es seiner Firma hinterlassen. *Mir*
hat er es nicht vermacht. Das ist alles, was ich
weiß.»

Dieser Scherz wurde mit allgemeinem Lachen aufgenommen.

«Es wird vermutlich ein sehr billiges Leichenbegängnis sein», fuhr der Sprecher fort. «Ich wüßte wahrhaftig nicht, wer sich daran beteiligen sollte. Vielleicht gehen wir gemeinsam hin?»

«Sofern ein Lunch vorgesehen ist, hätte ich nichts dagegen», bemerkte der Herr mit dem Gewächs an der Nase. «Aber wenn ich ihm die letzte Ehre erweise, will ich auch zu essen bekommen.»

Neues Gelächter.

«Nun, ich scheine der Uneigennützigste von Ihnen zu sein», sagte der erste Sprecher. «Ich trage nie schwarze Handschuhe und esse nie Lunch, aber trotzdem bin ich bereit hinzugehen, wenn noch jemand mitkommt. Wenn ich's recht bedenke, bin ich gar nicht sicher, ob ich nicht sein allerbester Freund war, denn wenn wir einander begegneten, pflegten wir jedesmal stehenzubleiben und ein paar Worte zu wechseln. Also auf später!»

Sprecher und Zuhörer trieben auseinander und vermischten sich mit anderen Gruppen. Scrooge kannte die Herren alle und blickte den Geist fragend an.

Dieser glitt weiter, auf die Straße hinaus, und wies mit der Hand auf zwei Leute, die einander gerade begegneten. Scrooge dachte, daß er hier vielleicht die Erklärung für die ihm unverständlichen Reden vernehmen würde, und lauschte wieder.

Auch diese Herren kannte er gut. Sie waren beide sehr reiche und sehr angesehene Geschäftsleute, und er hatte stets großes Gewicht auf ihre Wertschätzung gelegt – das heißt, vom geschäftlichen Standpunkt, ausschließlich vom geschäftlichen Standpunkt.

«Wie geht's?» sagte der erste.

«Wie geht's?» sagte der zweite.

«Na, jetzt hat unser alter Harpagon auch das Zeitliche gesegnet», sagte der erste.

«Ja, das habe ich gehört», sagte der zweite. «Kalt, nicht?»

«Richtiges Weihnachtswetter. Sie sind wohl auch kein Schlittschuhläufer?»

«Ich? Nein. Da habe ich andere Sorgen. Guten Morgen.»

Kein Wort mehr. Das war ihre Begegnung, ihr Gespräch, ihr Abschied.

Zuerst wollte es Scrooge erstaunen, daß der Geist so alltäglichen Gesprächen überhaupt Beachtung schenkte, doch dann dachte er, sie müßten irgendeine geheime Bedeutung haben, und begann Überlegungen anzustellen. Auf den Tod seines alten Kompagnons, Jacob Marley, konnten sie sich kaum beziehen, denn der lag in der Vergangenheit, und das Reich dieses Geistes war die Zukunft. Es fiel ihm aber auch niemand anderer in seinem unmittelbaren Umkreis ein, auf den er sie hätte anwenden können. Da er jedoch überzeugt war, daß alle diese Worte, auf wen sie sich auch beziehen mochten, eine verborgene Nutzanwendung zu seinem eigenen Besten enthielten, beschloß er, alles, was er zu sehen und zu hören bekäme, sorgsam in seiner Erinnerung aufzubewahren und vor allem seinen eigenen Schatten, sobald er auftauchen würde, scharf zu beobachten. Er erwartete nämlich, daß das Verhalten seines künftigen Ich ihm die fehlenden Anhaltspunkte liefern und die Lösung all dieser Rätsel leichtmachen würde.

Er sah sich gleich hier, vor der Börse, nach seinem Abbild um, doch ein anderer stand an seinem gewohnten Platz, und obwohl die Uhr die Tageszeit anzeigte, zu der er sich sonst hier aufzuhalten pflegte, erblickte er in der zur Tür hereinströmenden Menge niemanden, der ihm selber glich. Das überraschte ihn jedoch kaum, denn er hatte ja im stillen schon eine Veränderung seiner Lebensweise erwogen und hoffte nun, seine neuen Entschlüsse in dieser Weise verwirklicht zu sehen.

Das Phantom stand mit ausgestreckter Hand dunkel und schweigend neben ihm. Als Scrooge sich aus seinem Sinnen aufraffte, glaubte er, aus seiner Haltung und aus der Richtung der Hand zu schließen, daß die unsichtbaren Augen ihn scharf anblickten, und ein eisiger Schauer überlief ihn.

Sie verließen das geschäftige Treiben und begaben sich in einen verrufenen Teil der Stadt, wo Scrooge nie zuvor gewesen war, doch er erkannte, wo er sich befand. Hier waren die Straßen eng und schmutzig, die Läden und Häuser elend und verlottert, die Menschen halbnackt, betrunken, verkommen, häßlich. Sackgassen und Hauseingänge spien wie Senkgruben die Widerlichkeit ihrer Abfälle und Gerüche in die menschenwimmelnden Gassen hinaus, und das ganze Viertel stank nach Verbrechen, Dreck und Elend.

Im innersten Dickicht dieses schändlichen Winkels lag unter einem niedrigen Vordach ein windschiefer, finsterer Laden, wo Alteisen, Lumpen, Flaschen, Knochen und sonstige schmierige Abfälle feilgeboten wurden. Auf dem Fußboden türmten sich Haufen von verrosteten Schlüsseln, Nägeln, Ketten, Türangeln, Feilen, Waagschalen, Gewichten und eisernem Ausschuß jeglicher Art. Geheimnisse, in denen wohl kaum einer gern herumgewühlt hätte, lagen in Bergen von ekelhaften Lumpen, Haufen von stinkigem Fett und Grabstätten von schimmligen Knochen verborgen. Mitten unter den Waren, die er feilhielt, saß an einem aus alten Ziegeln zusammengemauerten Holzkohlenofen ein wohl siebzigjähriger grauhaariger Spitzbube; ein Vorhang aus schmutzstarrenden Lappen und Lumpen, über eine Leine gehängt, schirmte ihn von der Kälte draußen ab, und er schmauchte seine Pfeife im Hochgenuß stillen Behagens.

Gerade als Scrooge und der Geist sich dem Mann näherten, stahl sich eine Frau mit einem schweren Bündel in den Laden. Sie war noch kaum eingetreten, als eine zweite Frau mit einer ähnlichen Last ihr folgte, und gleich darauf erschien ein Mann in verschossenem Schwarz, der beim Anblick der beiden Weiber nicht weniger erschrocken zusammenfuhr als sie bei dem seinen. Nach einer kurzen Pause sprachloser Verblüffung, an der sich auch der Alte mit der Pfeife beteiligte, brachen alle drei in lautes Gelächter aus.

«Die Putzfrau soll die erste sein!» schrie die Frau, die zuerst eingetreten war. «Die Waschfrau soll die zweite sein! Und der Sargträger soll der dritte sein! He, Meister Joe, das ist ein glücklicher Zufall! Es hat sicher was zu bedeuten, daß wir uns ungewollt hier getroffen haben!»

«Ihr hättet Euch keinen besseren Ort aussuchen können», sagte der alte Joe, die Pfeife aus dem Mund nehmend. «Kommt in den Salon. Ihr habt längst freien Zutritt, das wißt Ihr, und die beiden anderen sind hier auch nicht fremd. Wartet nur, ich will die Ladentür schließen. Wie sie kreischt! So ein rostiges Stück Metall wie diese Türangeln gibt's im ganzen Laden nicht mehr und bestimmt auch keine älteren Knochen als die meinigen, hahaha! Wir passen gut zu unserem Gewerbe, wir passen zusammen. Aber kommt in den Salon, kommt in den Salon!»

Der Salon war der Winkel hinter dem Lumpenvorhang. Der Alte rechte mit einer Treppenläuferstange das Feuer zusammen, und nachdem er die blakende Lampe mit seinem Pfeifenstiel geputzt hatte (denn es war Nacht), steckte er die Pfeife wieder in den Mund.

Indessen warf die Frau, die bereits gesprochen hatte, ihr Bündel auf den Boden und ließ sich in frecher Haltung auf einem Schemel nieder. Sie stützte die Ellbogen auf die gespreizten Knie und sah die beiden andern herausfordernd an.

«Na, was ist denn dabei? Was ist denn dabei, Mrs. Dilber?» fuhr sie fort. «Jeder Mensch hat das Recht, an sich selber zu denken. *Er* hat's auch getan.»

«Das ist die reine Wahrheit!» bestätigte die Waschfrau. «Keiner hat's besser verstanden.»

«Was steht Ihr dann da, als hättet Ihr Angst, Weib? Wer kann uns was nachweisen? Und untereinander werden wir uns wohl nicht die Augen aushacken, was?»

«Nein, wahrhaftig nicht!» riefen Mrs. Dilber und der Mann wie aus einem Munde. «Das wollen wir nicht hoffen.»

«Dann ist's ja gut!» kreischte die Frau. «Wer wird das bißchen Kram schon entbehren? Ein Toter, mein' ich, kann nichts mehr damit anfangen.»

«Nein, wahrhaftig nicht!» bemerkte Mrs. Dilber lachend.

«Wenn er's über den Tod hinaus bewahren wollte, der böse alte Geizkragen», fuhr die Frau fort, «dann hätte er zu seinen Lebzeiten wie ein Mensch leben sollen. Dann wär' auch jemand dagewesen, um ihm in seiner letzten Stunde beizustehen, und er hätte nicht mutterseelenallein seine Seele aushauchen müssen.»

«Das ist die reine Wahrheit», wiederholte Mrs. Dilber. «Es ist die Strafe für seine Sünden.»

«Ich wollt', die Strafe wär' etwas schwerer», versetzte die Frau, «und sie wär' es auch, drauf könnt Ihr Euch verlassen, wenn ich was anderes hätte auftreiben können. Jetzt macht das Bündel auf, Meister Joe, und sagt mir, was es wert ist. Redet gerade heraus. Nehmt mich nur als erste dran, ich fürchte mich nicht. Die anderen dürfen es ruhig sehen. Ich glaub', wir wußten ganz gut, noch eh' wir uns hier trafen, daß jeder nach Kräften für sich selber gesorgt hat. Das ist keine Sünde. Macht das Bündel auf, Meister Joe.»

Doch das wollte die Artigkeit ihrer Freunde nicht zulassen, und der Mann im verschossenen schwarzen Rock sprang zuerst in die Bresche, um *seine* Beute vorzuweisen. Sie war nicht überwältigend. Ein Petschaft, ein Bleistiftkästchen, ein, zwei Paar Manschettenknöpfe und eine Krawattennadel von geringem Wert, das war alles. Der alte Joe prüfte sorgfältig Stück für Stück und schrieb den Betrag, den er für jedes zu zahlen gewillt war, mit Kreide an die Wand, um schließlich die Posten zu addieren.

«Das ist Euere Rechnung», sagte Joe, «und ich gebe keinen Penny mehr, auch wenn ich lebend gesotten würde. Wer kommt als nächster dran?»

Mrs. Dilber war die nächste. Bettlaken und Handtücher, ein paar Wäschestücke, zwei altmodische silberne Teelöffel, eine Zuckerzange, zwei

Paar Schuhe. Ihre Rechnung wurde in der gleichen Weise an der Wand aufgestellt.

«Den Damen zahle ich immer zuviel. Das ist meine Schwäche, und damit ruiniere ich mich», sagte der alte Joe. «Wenn Ihr den Mund auftätet, um einen halben Penny mehr zu verlangen, würde ich meine Großmütigkeit bereuen und augenblicklich eine halbe Krone abziehen.»

«Und jetzt macht mein Bündel auf, Joe», sagte die erste Frau.

Joe ließ sich der Bequemlichkeit halber auf die Knie nieder und zog – nachdem er eine Menge Knoten aufgeknüpft hatte – schließlich eine dicke, schwere Rolle von dunklem Stoff hervor.

«Was ist denn das?» rief Joe. «Doch nicht Bettvorhänge?»

«Gewiß doch, Bettvorhänge!» gab die Frau lachend zurück und lehnte sich noch herausfordernder vor.

«Ihr wollt doch nicht behaupten, daß Ihr sie abgenommen habt, mitsamt den Ringen und allem Zubehör, während er darunter aufgebahrt lag?»

«Doch!» sagte die Frau. «Warum nicht?»

«Ihr werdet Euch noch ein Vermögen erwerben!» rief Joe bewundernd. «Ihr seid dazu geboren!»

«Wenn ich nur die Hand auszustrecken brauche, um was zu erwischen, werd' ich sie nicht in die Tasche stecken, drauf könnt Ihr Euch verlassen», erwiderte die Frau kühl. «Jedenfalls nicht, wo's um so einen geht, wie *er* war. Achtung, daß Ihr keine Ölflecken auf die Bettdecken macht!»

«Sind das seine Decken?» fragte Joe.

«Von wem denn sonst? Er kann sie entbehren, mein' ich. Er wird sich wohl keinen Schnupfen mehr holen.»

«Hoffentlich ist er an nichts Ansteckendem gestorben? Wie?» fragte Joe, von seiner Tätigkeit aufschauend.

«Das braucht Ihr nicht zu befürchten», versetzte die Frau. «In dem Fall wär' ich dort nicht herumgelungert, so lieb war mir seine Gesellschaft wieder nicht. Aha, das Hemd! Ihr könnt es gegen das Licht halten, bis Euch die Augen weh tun, Ihr werdet doch kein Löchlein und keine fadenscheinige Stelle drin entdecken. Es war sein bestes Hemd und ist wirklich feine Ware. Wenn ich nicht wäre, hätten sie's verschleudert.»

«Was heißt verschleudert?» fragte der alte Joe.

«Begraben hätten sie ihn darin!» erwiderte die Frau lachend. «Irgendein Narr hatte es ihm tatsächlich angezogen, aber ich hab's ihm wieder abgenommen. Wenn Kaliko für den Zweck nicht gut genug ist, weiß ich nicht, wozu er taugt. Dem Leichnam steht er grad so gut. Er kann drin nicht häßlicher ausschauen, als er schon ist.»

Scrooge lauschte voller Grauen diesem Zwiegespräch. Wie sie da im kärglichen Licht des Öllämpchens über ihrem schändlichen Raub saßen, betrachtete er sie mit solchem Ekel und Abscheu, als wären sie unzüchtige Dämonen, die um den Leichnam selbst feilschten.

«Haha!» lachte die Frau wieder, als der alte Joe einen flanellenen Geldbeutel hervorzog und jedem ein Häuflein Münzen auf dem Fußboden abzählte. «Das ist das Ende vom Lied! Zu seinen Lebzeiten hat er jeden Menschen weggegrault, damit wir nach seinem Tod was profitieren! Hahaha!»

«Geist!» rief Scrooge, von Kopf bis Fuß schaudernd. «Ich verstehe, ich verstehe! Mir könnte es ebenso ergehen wie diesem Unglücklichen. Mein

Leben hätte eine ähnliche Richtung genommen, wenn... Barmherziger Himmel, was ist das!»

Er wich voller Grauen zurück, denn die Szene hatte sich gewandelt, und jetzt stand er dicht vor einem Bett, einem kahlen, vorhanglosen Bett. Darauf lag unter einem zerlumpten Leintuch ein verhülltes Etwas, das trotz seiner Stummheit in fürchterlicher Sprache verkündete, was es war.

Im Zimmer war es sehr dunkel, zu dunkel, als daß man es hätte genau betrachten können, obwohl Scrooge, einem heimlichen Impuls gehorchend, rings um sich blickte, um Näheres zu erkennen. Doch nun erhob sich draußen ein matter Lichtschein, der gerade auf das Bett fiel – und auf dem ausgeplünderten, ausgeraubten Lager lag die Leiche eines Mannes – unbehütet, unbeweint, von keiner lieben Hand betreut.

Scrooge warf einen Blick auf den Geist. Seine Hand war unbeweglich auf das Haupt des Toten gerichtet. Es war so nachlässig bedeckt, daß die leiseste Bewegung von Scrooges Finger genügt hätte, um das Gesicht zu entblößen. Er dachte, wie leicht es wäre, die Hülle wegzuziehen, und hätte es gern getan, doch er war dazu ebensowenig imstande, wie den Geist an seiner Seite zu entlassen.

O Tod, kalter, kalter, starrer, furchtbarer Tod, errichte nur deinen Altar und statte ihn mit allen Greueln aus, die dir zu Gebote stehen, denn hier bist du Herrscher! Doch das geliebte, verehrte, geschätzte Haupt vermagst du nicht zu entstellen; du kannst kein Haar für deine schrecklichen Zwecke nutzen und keinen Zug abstoßend machen. Die Hand mag schwer herabsinken, wenn man sie losläßt, das Herz mag stillestehen, der Puls nicht mehr schlagen – doch es war eine offene, treue, großmütige Hand, es war ein tapferes, warmes, zärtliches Herz, und der Puls war der Puls eines Mannes. Schlag zu, düsterer Schatten, schlag zu! Und sieh, wie der Wunde seine guten Taten entspringen, um unsterbliches Leben in der Welt auszusäen!

Keine Stimme rief diese Worte in sein Ohr, und dennoch vernahm sie Scrooge, während er auf das Bett blickte. Er dachte, was der erste Gedanke dieses Menschen wäre, wenn er jetzt vom Tode erwachen könnte? Geiz? Hartherzige Geldgier? Wahrhaftig, seine Gewinnsucht hat ihn weit gebracht!

Da lag er, in dem dunklen leeren Haus. Kein Mann, keine Frau, kein Kind stand an seiner Seite, um zu sagen: «Er war einmal gut zu mir, und im Gedenken an ein gutes Wort will ich gut zu ihm sein...» Nur eine Katze kratzte an der Tür, und man hörte die Ratten unter der Kaminplatte nagen. Was sie in dem Totenzimmer suchten, warum sie so verstört und unruhig waren, wagte Scrooge nicht einmal zu denken.

«Geist, dies ist ein fürchterlicher Ort!» stieß er hervor. «Glaub mir, ich werde seine Lehre nicht vergessen, wenn ich ihn verlasse – aber gehen wir!»

Noch immer wies der Geist mit unbeweglichem Finger auf das tote Haupt.

«Ich verstehe dich», versetzte Scrooge, «und ich würde es tun, wenn es mir möglich wäre, aber es liegt nicht in meiner Macht, Geist. Es liegt nicht in meiner Macht!»

Wieder schien der Geist ihn anzusehen.

«Wenn es in dieser Stadt einen Menschen gibt, in dem der Tod dieses Mannes ein Gefühl erregt, dann zeig mir diesen Menschen!» rief Scrooge ganz verzweifelt. «Ich flehe dich an, Geist!»

Der Geist breitete einen Augenblick lang sein

schwarzes Gewand aus, wie einen Flügel. Als er es wegzog, offenbarte er ein taghelles Zimmer, in dem sich eine junge Mutter mit ihren Kindern befand.

Offensichtlich wartete sie in lebhafter Unruhe auf jemanden, denn sie ging rastlos im Zimmer auf und ab und fuhr bei jedem Geräusch zusammen; sie schaute bald auf die Uhr, bald zum Fenster hinaus, nahm ihre Näharbeit zur Hand und legte sie wieder weg, ja, sie schien kaum die Stimmen der spielenden Kinder zu ertragen.

Endlich ertönte das sehnlich erwartete Klopfen. Sie eilte zur Tür, um ihren Mann zu begrüßen; er war noch jung, doch sein Gesicht war verhärmt und sorgenvoll. Jetzt trug es einen merkwürdigen Ausdruck – eine Art ernsthafter Freudigkeit, die er zu unterdrücken suchte, als schäme er sich ihrer.

Er setzte sich zu dem Essen, das sie für ihn warmgehalten hatte, und als sie ihn leise fragte, welchen Bescheid er brächte (was sie erst nach langem Zögern tat), schien er um eine Antwort verlegen.

«Steht es gut – oder schlecht?» fragte sie, um ihm zu helfen.

«Schlecht», antwortete er.

«Dann sind wir also ruiniert?»

«Nein, Caroline. Wir dürfen noch hoffen.»

«Wenn *er* zu erweichen war», rief sie verblüfft, «dürfen wir es wahrhaftig tun! Nichts ist hoffnungslos, solang solche Wunder geschehen!»

«Er ist nicht mehr zu erweichen», sagte der Mann. «Er ist tot.»

Wenn ihr Gesicht nicht gänzlich trog, war sie ein sanftes, geduldiges Geschöpf, doch als sie die Nachricht vernahm, war sie aus tiefster Seele dankbar und sprach es mit gefalteten Händen aus. Im nächsten Augenblick empfand sie Reue und bat Gott, es ihr zu verzeihen – doch ihr erstes Gefühl war Dankbarkeit gewesen.

«Ich habe dir gestern erzählt, was das halb betrunkene Weib mir sagte, als ich ihn sprechen wollte, um eine Woche Aufschub zu erbitten», fuhr der Mann fort. «Was ich für eine Ausrede hielt, um mich abzuwimmeln, hat sich als Wahrheit erwiesen. Er war nicht nur wirklich krank, er lag schon im Sterben.»

«Auf wen wird unsere Schuld übertragen?»

«Ich weiß nicht. Doch bis dahin werden wir das Geld beisammen haben, und sogar wenn das nicht der Fall wäre, müßte es schon ganz besonders schlimm kommen, wenn sein Nachfolger ebenso unbarmherzig wäre. Heute dürfen wir ruhigen Herzens schlafen, Caroline.»

Ja, sosehr sie es auch zu mildern suchten, sie waren erleichtert. Die Gesichter der Kinder, die sie in ängstlichem Schweigen umringten, um zu hören, was sie doch kaum verstanden, leuchteten heller. Das ganze Haus war glücklicher, weil dieser Mann gestorben war! Das einzige durch seinen Tod erregte Gefühl, das der Geist Scrooge zeigen konnte, war Freude.

«Laß mich ein zärtliches Gefühl sehen, das mit dem Tod eines Menschen verbunden ist, Geist!» bat Scrooge. «Sonst wird mir das dunkle Zimmer, das wir soeben verließen, ewig vor Augen stehen!»

Der Geist führte ihn durch Straßen, die seinem Fuß vertraut schienen, und Scrooge schaute sich nach allen Seiten um, um sich selbst zu erblicken, konnte sich aber nicht entdecken. Sie betraten Bob Cratchits Haus, das ärmliche Heim, das er schon einmal besucht hatte, und fanden die Mutter und die Kinder rund um das Feuer sitzen.

Still. Sehr still. Die lärmenden kleinen Cratchits saßen so ruhig wie Statuen in einem Winkel und sahen zu Peter auf, der ein Buch vor sich liegen hatte. Mutter und Töchter nähten emsig. Aber sie waren alle so still!

«Und er nahm ein Kind und stellte es in ihre Mitte...»

Wo hatte Scrooge diese Worte gehört? Er hatte sie nicht geträumt. Peter mußte sie gerade laut gelesen haben, als er und der Geist die Schwelle betraten. Warum las er nicht weiter?

Die Mutter legte ihre Arbeit auf den Tisch und bedeckte das Gesicht mit der Hand.

«Die Farbe tut meinen Augen weh», sagte sie.

Die Farbe? Ach, armer Klein-Tim!

«Es wird schon wieder besser», sagte Mrs. Cratchit. «Meine Augen tränen vom Kerzenlicht, und ich möchte Vater keine tränenden Augen zeigen, wenn er heimkommt – um nichts auf der Welt. Er muß jetzt gleich dasein.»

«Er sollte schon dasein», sagte Peter, das Buch zuschlagend, «aber mir scheint, er geht in den letzten Tagen ein bißchen langsamer als sonst, Mutter.»

Wieder waren sie sehr still.

Schließlich sagte sie mit ruhiger und fröhlicher Stimme, die nur ein einziges Mal brach: «Ich habe ihn mit... Ich habe ihn mit Klein-Tim auf den Schultern sehr schnell gehen gesehen.»

«Ich auch!» rief Peter. «Sehr oft!»

«Ich auch!» rief ein anderes. Alle riefen es.

«Aber er war ja eine sehr leichte Last», fuhr sie emsig nähend fort, «und Vater hatte ihn so lieb, daß es keine Mühe für ihn war – keine Mühe... Aber jetzt ist Vater da!»

Sie eilte zur Tür, um ihn zu begrüßen, und der

kleine Bob in seinem großen Schal trat ein. Sein Tee war bereit, und alle wetteiferten, ihn zu bedienen. Die beiden jüngsten Cratchits kletterten auf seine Knie, und jedes schmiegte eine kleine Wange an sein Gesicht, als wollten sie sagen: «Kränk dich nicht, Vater! Sei nicht traurig!»

Bob war sehr munter und plauderte fröhlich mit allen. Er besah sich die Näharbeit auf dem Tisch und pries den Fleiß und die Geschicklichkeit von Mrs. Cratchit und den Mädchen. Sie würden lange vor Sonntag fertig sein, sagte er.

«Sonntag! Du bist also heute hingegangen, Robert?» sagte seine Frau.

«Ja, Liebste», antwortete Bob. «Ich wollte, du hättest mitkommen können. Es hätte dir wohlgetan, zu sehen, wie grün es dort ist. Aber du wirst es oft sehen. Ich habe ihm ja versprochen, daß ich sonntags dort spazierengehen würde... Mein Kleiner!» rief Bob plötzlich. «Mein liebes, kleines Kind!»

Er brach jäh zusammen, er konnte nichts dagegen tun. Hätte er etwas dagegen tun können, wären er und sein Kind einander wohl nicht so nahe gewesen.

Er verließ das Zimmer und stieg in die darüberliegende Kammer hinauf, die hell erleuchtet und weihnachtlich geschmückt war. Ein Stuhl stand dicht neben dem Lager des Kindes, und man merkte, daß noch vor kurzem jemand hier gewesen war. Der arme Bob setzte sich, und als er ein wenig nachgedacht und sich wieder gefaßt hatte, küßte er das kleine Gesichtchen. Jetzt hatte er sich wieder in das Schicksal gefügt und stieg ganz vergnügt hinunter.

Sie setzten sich erneut ums Feuer und plauderten, während die Mädchen und die Mutter weiternähten. Bob erzählte ihnen von der außerordentlichen Freundlichkeit von Mr. Scrooges Neffe, den er kaum je einmal gesehen und heute zufällig auf der Straße getroffen hatte; und der sich – da er merkte, daß er, Bob, «gerade ein bißchen bedrückt war, wißt ihr», sagte Bob – erkundigte, ob ihm etwas zugestoßen wäre. «Woraufhin ich es ihm erzählte», sagte Bob, «denn er ist der freundlichste Herr, den ihr euch vorstellen könnt. ‹Das tut mir von Herzen leid, Mr. Cratchit›, sagte er, ‹besonders auch für Ihre liebe, gute Frau.› – Woher er übrigens *das* weiß, kann ich mir nicht erklären.»

«Was, Lieber?»

«Daß du eine liebe, gute Frau bist», erwiderte Bob.

«Das weiß doch jeder!» rief Peter.

«Sehr richtig bemerkt, mein Junge!» versetzte Bob. «Und ich möchte es auch hoffen! – ‹Besonders leid für Ihre liebe, gute Frau›, sagte er. ‹Wenn ich Ihnen irgendwie dienlich sein kann›, sagte er und gab mir seine Karte, ‹dies ist meine Adresse. Bitte besuchen Sie mich doch!› – Nein!» rief Bob. «Es ist nicht, weil er vielleicht etwas für uns tun könnte! Es war seine Freundlichkeit, die mich so gefreut hat. Es war fast, als hätte er Klein-Tim gekannt.»

«Er ist sicher ein guter Mensch», sagte Mrs. Cratchit.

«Und ob!» rief Bob. «Du solltest ihn nur einmal sehen und mit ihm reden! Es würde mich gar nicht verwundern – jetzt paßt gut auf! –, wenn er Peter eine bessere Stellung verschaffen könnte.»

«Hör nur, Peter!» sagte Mrs. Cratchit.

«Und dann», rief eins der Mädchen, «wird Peter sich eine Liebste suchen und seinen eigenen Hausstand gründen!»

«Aber geh doch!» versetzte Peter grinsend.

«Das ist sehr wahrscheinlich», sagte Bob. «Sicher wird es einmal so kommen – obzwar er dazu noch reichlich Zeit hat. Aber wann immer und wie immer wir uns voneinander trennen – wir werden niemals Klein-Tim vergessen, nicht wahr? Es war die erste Trennung, die wir erlebt haben.»

«Niemals, Vater!» riefen sie alle.

«Und ich weiß, meine Lieben», fuhr Bob fort, «ich weiß, wenn wir daran denken, wie geduldig und sanft er immer war, obwohl er doch noch ein kleines, kleines Kind war, werden wir nicht so leicht miteinander in Streit geraten, denn das hieße ja, Klein-Tim vergessen.»

«Nein, niemals, Vater!» riefen sie wieder.

«Ach, ich bin sehr glücklich», sagte der kleine Bob. «Ich bin sehr glücklich!»

Mrs. Cratchit gab ihm einen Kuß, seine Töchter gaben ihm einen Kuß, die beiden jüngsten Cratchits gaben ihm einen Kuß, und Peter schüttelte ihm die Hand. O Klein-Tim! Dein kindlicher Geist war von Gott!

«Geist», sprach Scrooge, «etwas, ich weiß nicht was, sagt mir, daß der Augenblick unserer Trennung nahe bevorsteht. Sag mir, wer war der Tote, den wir dort liegen sahen?»

Der Geist der Künftigen Weihnacht führte ihn wie zuvor – doch es dünkte ihn, zu einer anderen Zeit; überhaupt schien in diesen letzten Bildern keinerlei Ordnung zu herrschen, bis darauf, daß sie alle in der Zukunft lagen – wieder zu den Treffpunkten der Geschäftsleute, zeigte ihm aber nicht sein eigenes Abbild. Der Geist hielt sich übrigens nirgends auf, sondern er eilte immer weiter, bis Scrooge ihn bat, einen Augenblick zu verweilen.

«Mein Kontor liegt hier, in dieser Gasse», sagte Scrooge. «Dort drüben steht das Haus, wo ich schon die längste Zeit meiner Tätigkeit nachgehe. Laß mich einen Blick hineintun, um zu sehen, wie ich in künftigen Tagen sein werde.»

Der Geist blieb stehen, doch seine Hand wies in eine andere Richtung.

«Das Haus ist dort!» rief Scrooge. «Warum zeigst du anderswo hin?»

Der unerbittliche Finger rührte sich nicht.

Scrooge eilte zum Fenster seines Kontors und blickte hinein. Es war noch immer ein Kontor, doch nicht das seine. Es war anders möbliert, und am Schreibpult stand ein Fremder. Der Geist wies indessen noch immer in die gleiche Richtung wie zuvor.

Scrooge gesellte sich wieder zu ihm und folgte ihm, während er sich fragte, wohin sie wohl gingen und zu welchem Zweck. Schließlich kamen sie zu einem schmiedeeisernen Tor, und er blieb stehen und sah sich um.

Hinter dem Tor lag ein Kirchhof. Hier also ruhte der unselige Mann, dessen Namen er jetzt erfahren sollte, unter der Erde. Der Ort war seiner würdig: von Hausmauern eingezwängt, von Gras und Unkraut, wie es dem Tod und nicht dem Leben entsprießt, überwuchert, mit allzu vielen Gräbern vollgestopft, als wäre er vom Tod gemästet – wahrlich ein würdiger Ort!

Der Geist stand unter den Gräbern und wies auf ein bestimmtes hinab. Scrooge näherte sich bebend. Das Phantom war unverändert, wie es gewesen, doch er meinte voller Grauen eine neue Bedeutung in der feierlichen Gestalt zu erkennen.

«Ehe ich mich diesem Stein nähere, beantworte

mir eine Frage!» rief Scrooge. «Sind dies die Schatten von Dingen, die eines Tages sein *werden,* oder sind es nur die Schatten von Dingen, die sein *könnten?*»

Der Geist wies noch immer schweigend auf das eine Grab.

«Die Bahn des Menschen läßt ein bestimmtes Ziel voraussehen, zu dem sie, beharrlich eingehalten, führen muß», sagte Scrooge. «Doch sobald man eine andere Bahn einschlägt, wird sich auch das Ziel ändern. Bestätige mir dies durch das, was du mir zeigst!»

Der Geist blieb unbeweglich wie eh und je.

Scrooge schlich zitternd näher und las, dem ausgestreckten Finger folgend, auf dem vernachlässigten Grab seinen eigenen Namen: EBENEZER SCROOGE.

«Bin ich der Mann, der auf dem Totenbett lag?» schrie er, in die Knie sinkend.

Der Finger richtete sich auf ihn und dann wieder auf das Grab.

«Nein, Geist! Nein, ach nein!»

Der Finger rührte sich nicht.

«Geist!» rief Scrooge, das schwarze Gewand umklammernd. «Höre mich an! Ich bin nicht mehr der Mann, der ich war. Ich will nicht länger der Mann sein, der ich ohne diese Lehre geblieben wäre! Warum zeigst du mir dies alles, wenn es keine Hoffnung für mich gibt?»

Zum erstenmal schien die Hand zu erbeben.

«Guter Geist!» flehte Scrooge, zu seinen Füßen liegend. «Dein eigenes Wesen tritt für mich ein und fühlt Mitleid. Versichere mir, daß ich diese Schatten durch ein anderes Leben noch zu ändern vermag!»

Die gütige Hand zitterte.

«Ich will Weihnachten in meinem Herzen ehren, das ganze Jahr lang. Ich will in Vergangenheit, Gegenwart und Zukunft leben. Die Geister aller drei sollen in mir wetteifern. Ich will die Lehren, die sie mir erteilen, treulich beherzigen. O sag mir, daß ich die Inschrift auf diesem Stein auszulöschen vermag!»

In seiner Herzensangst umklammerte er die Geisterhand. Sie suchte sich freizumachen, doch die Dringlichkeit seiner Bitte verlieh ihm die Kraft, sie festzuhalten. Der Geist stieß ihn mit noch größerer Kraft zurück.

Während er die Hände zu einem letzten Flehen erhob, gewahrte er eine Veränderung in dem Gewand, das Haupt und Gestalt des Phantoms verhüllte. Es schrumpfte ein, fiel in sich zusammen und wurde – zu einem Bettpfosten.

Fünfte Strophe: Das Ende vom Lied

Jawohl! Und es war sein eigener Bettpfosten. Es war sein eigenes Bett und sein eigenes Zimmer. Und was das Beste und Schönste war: die Zeit, die vor ihm lag, war seine eigene Zeit, und er konnte sie zur Wiedergutmachung nützen!

«Ich will in Vergangenheit, Gegenwart und Zukunft leben!» wiederholte Scrooge, während er aus seinem Bett kletterte. «Die Geister aller drei sollen in mir wetteifern. O Jacob Marley! Dem Himmel sei Dank dafür und der Weihnachtszeit! Das sage ich auf den Knien, alter Jacob, auf den Knien!»

Er war so aufgeregt und glühte dermaßen von

guten Vorsätzen, daß seine Stimme ihm kaum gehorchen wollte. In seinem Kampf mit dem Geist hatte er bitterlich geschluchzt, und sein Gesicht war von Tränen benetzt.

«Sie sind nicht heruntergerissen!» rief Scrooge, einen der Bettvorhänge ans Herz drückend. «Sie sind nicht mitsamt den Ringen und allem Zubehör heruntergerissen! Sie sind noch da – ich bin noch da – die Schatten der Dinge, die hätten sein können, sind noch zu verscheuchen. Und sie werden verscheucht werden – das weiß ich!»

Unterdessen hantierte er fieberhaft mit seinen Kleidern herum: drehte die Innenseite nach außen, zog sie verkehrt herum an, zerriß sie, verlegte sie, trieb die unerhörtesten Dinge mit ihnen.

«Ich weiß nicht, was tun!» rief Scrooge, während er vermittels seiner Strümpfe einen perfekten Laokoon aus sich machte. «Ich bin leicht wie eine Feder, ich bin glücklich wie ein Engel! Ich bin lustig wie ein Schuljunge, ich bin wirr wie ein Betrunkener! Fröhliche Weihnachten einem jedem! Ein glückliches neues Jahr der ganzen Welt! Hallohopp! Hoppla! Hallo!»

Er war ins Wohnzimmer gehüpft und stand nun völlig atemlos da.

«Das ist das Töpfchen, in dem der Haferschleim war!» begann er von neuem. «Das ist die Tür, durch die Jacob Marleys Geist eintrat! Das ist der Winkel, in dem der Geist der Gegenwärtigen Weihnacht saß! Dort ist das Fenster, durch das ich die anderen Geister erblickte! Alles ist da, alles ist wahr, es ist alles wirklich geschehen! Haha!»

Für einen Mann, der seit so vielen Jahren außer Übung war, war es tatsächlich ein prächtiges Lachen, ein geradezu historisches Lachen, das Haupt eines langen, langen Geschlechts von glänzenden Gelächtern.

«Ich weiß nicht, welchen Tag wir heute haben», rief Scrooge. «Ich weiß nicht, wie lang ich unter den Geistern weilte. Ich weiß gar nichts. Ich bin der reine Säugling. Schadet nichts. Stört mich nicht. Ich will gern ein Säugling sein. Hallo! Hoppla! Hallohopp!»

Sein Freudentaumel wurde durch das fröhlichste Glockengeläute unterbrochen, das er je vernommen. Sämtliche Kirchen stimmten ein. «Bim-Bam, Bim-Bam-Bum! – Ding-Dong-Dang, Dang-Dong-Ding, Bum! Auf-Ab-Auf-Ab, Bum!» Ach, welche Herrlichkeit!

Er rannte zum Fenster, riß es auf und streckte den Kopf hinaus. Kein Nebel, kein Dunst. Ein strahlend klarer, heller, kalter Tag! Eine frische Kälte, die dem Blut zum Tanz aufspielt. Goldener Sonnenschein, himmelblauer Himmel, frische, klare Luft, fröhliche Glockenklänge. Ach, welche Herrlichkeit!

«Was für ein Tag ist heut?» rief Scrooge einem Jungen in Sonntagskleidern zu, der sich unten auf der Straße herumtrieb.

«He?» erwiderte der Junge, mächtig erstaunt.

«Was für ein Tag ist heut, mein prächtiger Bursche?» wiederholte Scrooge.

«Heute!» rief der Junge. «Heut ist doch Weihnachtstag!»

«Weihnachtstag!» dachte Scrooge bei sich. «Ich habe ihn nicht versäumt! Die Geister haben alles in einer Nacht abgemacht! Sie können ja alles, was sie wollen. Natürlich können sie das. Natürlich! Hallo, du prächtiger Bursche!»

«Hallo!» antwortete der Junge.

«Kennst du die Geflügelhandlung in der nächsten Straße, am Eck?» erkundigte sich Scrooge.

«Das möchte ich meinen!» rief der Junge.

«Ein kluger Junge!» sagte Scrooge. «Ein bemerkenswerter Junge! Weißt du vielleicht auch, ob der preisgekrönte Truthahn verkauft ist, der im Schaufenster hing? Nicht der kleine preisgekrönte Truthahn – der große!»

«Ach der, der so groß ist wie ich?» gab der Junge zurück.

«Ein vortrefflicher Junge!» rief Scrooge. «Ein Vergnügen, mit ihm zu reden! Ja, mein Bürschchen.»

«Der hängt noch dort», sagte der Junge.

«Tatsächlich?» rief Scrooge. «Lauf hin und kauf ihn für mich!»

«Sie wollen mich wohl uzen?» sagte der Junge.

«Nein, nein, es ist ganz ernst gemeint», versicherte Scrooge. «Lauf hin und sag, man soll ihn herbringen, damit ich ihn bezahle und sage, wo er hingeschickt werden soll. Wenn du mit dem Mann zurückkommst, kriegst du einen Shilling. Wenn du in weniger als fünf Minuten mit ihm zurückkommst, kriegst du eine halbe Krone.»

Der Junge schoß davon wie eine Pistolenkugel. Und es mußte einer schon ein mächtig guter Schütze sein, um einen Schuß nur halb so schnell abzufeuern!

«Den schicke ich zu Bob Cratchit!» flüsterte Scrooge und rieb sich, vor Lachen schier platzend, die Hände. «Er wird keine Ahnung haben, woher er kommt! Der Vogel ist zweimal so groß wie Klein-Tim! So einen Witz hat's noch nicht gegeben!»

Die Hand, mit der er die Adresse schrieb, zitterte, doch irgendwie brachte er es zustande und ging hinunter, um die Haustür aufzuschließen. Wie er so in Erwartung des Geflügelhändlers dort stand, fiel sein Auge auf den Türklopfer.

«Den da werde ich lebenslänglich lieben!» rief Scrooge, den Klopfer streichelnd. «Bisher habe ich ihn kaum angesehen. Wie redlich er dreinschaut! Ja, das ist ein braver Türklopfer! – Aber da kommt ja der Truthahn! Hallo! Hoppla! Wie geht's, mein Bester? Fröhliche Weihnachten!»

Das war euch ein Truthahn! Ausgeschlossen, daß der je auf seinen eigenen Beinen stand! Die wären unter ihm glatt abgebrochen wie zwei Siegellackstäbchen.

«Den Vogel kann man nicht bis Camden Town schleppen», entschied Scrooge. «Ihr müßt einen Wagen nehmen.»

Das Schmunzeln, mit dem er diese Worte sprach, und das Schmunzeln, mit dem er den Truthahn bezahlte, und das Schmunzeln, mit dem er für den Wagen zahlte, und das Schmunzeln, mit dem er den Jungen belohnte, wurden nur durch das Schmunzeln übertroffen, mit dem er ganz außer Atem in seinen Stuhl sank und schmunzelte, bis er zu weinen begann.

Das Rasieren war keine leichte Sache, denn seine Hand zitterte noch immer heftig, und Rasieren erfordert Aufmerksamkeit, auch wenn man bei dieser Tätigkeit nicht tanzt. Aber sogar wenn er sich die Nasenspitze abgeschnitten hätte, hätte er einfach ein Stück Heftpflaster draufgeklebt und wäre hochbefriedigt gewesen.

Er zog sich seinen besten Staat an und gelangte endlich auf die Straße. Um diese Stunde war sie von Menschen überströmt, wie er sie mit dem Geist der Gegenwärtigen Weihnacht erblickt hatte, und

Scrooge, der, die Hände auf dem Rücken, dahinspazierte, betrachtete jeden einzelnen mit erfreutem Lächeln. Er sah so unwiderstehlich vergnügt drein, daß drei oder vier wohlgelaunte Gesellen ihm zuriefen: «Guten Morgen, Sir! Fröhliche Weihnachten!» Und Scrooge erklärte später oft, von allen fröhlichen Lauten, die er je vernommen, hätten diese seinen Ohren am fröhlichsten geklungen.

Er war noch nicht weit gegangen, als er den würdigen Herrn auf sich zukommen sah, der gestern sein Kontor aufgesucht und «Scrooge und Marley, wenn ich recht bin?» gesagt hatte. Der Gedanke, mit welchem Blick der alte Herr ihn messen würde, versetzte ihm einen Stich ins Herz, doch er wußte, was er zu tun hatte, und tat es.

«Mein lieber Sir», sagte Scrooge, indem er seine Schritte beschleunigte und beide Hände des alten Herrn ergriff, «wie geht es Ihnen? Ich hoffe, Sie hatten gestern Erfolg. Es war sehr gütig von Ihnen. Fröhliche Weihnachten, Sir!»

«Mr. Scrooge?»

«Ja, das ist mein Name, und ich fürchte, er klingt Ihnen nicht angenehm. Erlauben Sie mir, mich bei Ihnen zu entschuldigen. Und würden Sie die Güte haben…» Hier flüsterte Scrooge ihm etwas ins Ohr.

«Der Herr bewahre mich!» rief der alte Herr, als hätte es ihm den Atem verschlagen. «Mein lieber Mr. Scrooge, ist das Ihr Ernst?»

«Wenn Sie so gut sein wollen», sagte Scrooge. «Keinen Penny weniger. In dieser Ziffer sind eine Menge Nachzahlungen enthalten. Wollen Sie mir den Gefallen erweisen?»

«Mein lieber Sir!» rief der andere, ihm die Hand schüttelnd. «Ich weiß gar nicht, was ich zu dieser Freigebigkeit…»

«Bitte sagen Sie gar nichts», versetzte Scrooge. «Kommen Sie mich besuchen. Werden Sie kommen?»

«Und ob!» rief der alte Herr. Und man sah, daß er es tun würde.

«Danke!» sagte Scrooge. «Ich bin Ihnen äußerst verbunden. Tausend Dank, Sir! Ihr Ergebenster, Sir!»

Er ging in die Kirche und wanderte in den Straßen herum, er beobachtete die geschäftig umhereilenden Menschen und strich Kindern übers Haar, er fragte Bettler aus und guckte in Küchenfenster hinein und an den Häusern hinauf und entdeckte, daß alles ihm Vergnügen machte. Er hätte sich nie träumen lassen, daß ein einfacher Spaziergang – daß überhaupt irgend etwas – ihn so beglücken könnte. Nachmittags wandte er seine Schritte zum Hause seines Neffen.

Er ging wohl ein dutzendmal an der Haustür vorbei, bevor er den Mut fand, die Stufen hinaufzusteigen und anzuklopfen. Doch er gab sich einen Ruck und tat es.

«Ist der Herr zu Hause, liebes Kind?» fragte Scrooge das Mädchen, das aufmachen kam. Ein nettes Mädchen! So ein nettes Mädchen!

«Ja, Sir.»

«Wo ist er, mein Herzchen?» fragte Scrooge.

«Im Eßzimmer, Sir, mit der gnädigen Frau. Ich führe Sie hinauf, wenn's beliebt.»

«Danke, ich bin hier bekannt, mein Herzchen», sagte Scrooge, der schon die Hand auf der Eßzimmerklinke hatte. «Ich finde mich zurecht.»

Er öffnete leise die Tür und guckte hinein. Sie waren dabei, den gedeckten Tisch zu begutachten (der in großer Aufmachung prangte), denn junge

Hausfrauen sind in dieser Beziehung immer ein bißchen nervös und vergewissern sich gern, daß alles in Ordnung ist.

«Fred!» sagte Scrooge.

Du meine Güte, wie seine angeheiratete Nichte zusammenfuhr! Scrooge hatte momentan nicht daran gedacht, wie sie mit dem Fußbänkchen im Lehnstuhl gesessen war, sonst hätte er sie um keinen Preis so erschreckt.

«Heiliger Bimbam!» rief Fred. «Was sehe ich!»

«Ich bin's, Fred, dein Onkel Scrooge. Ich bin zum Dinner gekommen. Darf ich eintreten?»

Ob er eintreten durfte! Es war ein Glück, daß der Neffe ihm nicht die Arme aus den Gelenken schüttelte. Er strahlte förmlich, und seine Nichte blickte genauso herzlich drein. Das tat auch Topper, als *er* eintraf. Das tat auch die mollige Schwester, als *sie* eintraf. Das taten auch alle anderen, die eintrafen. Es war eine wunderbare Gesellschaft mit wunderbaren Spielen, wunderbare Harmonie, wun-der-ba-re Fröhlichkeit!

Doch am nächsten Morgen war Scrooge frühzeitig im Kontor. Oh, er beeilte sich! Er mußte doch als erster kommen und Bob Cratchit beim Zuspätkommen erwischen! Das lag ihm am Herzen.

Und es glückte, ja, es glückte ihm! Die Uhr schlug neun. Kein Bob zu erblicken. Ein Viertel nach neun. Immer noch kein Bob. Er kam volle achtzehneinhalb Minuten zu spät! Scrooge saß bei offener Tür da, damit er ihn auch sähe, wenn er in den Wandschrank schlüpfte.

Sein Hut war unten, bevor er noch die Tür aufriß – sein Schal ebenfalls. Im nächsten Augenblick saß er auf seinem Stuhl, und seine Feder flog über das Papier, als wollte er die neunte Stunde überholen.

«Hallo!» knurrte Scrooge in seinem gewohnten Ton, so gut er ihn vorzutäuschen verstand. «Was soll das heißen, daß Sie erst um diese Zeit einrücken?»

«Ich bitte vielmals um Entschuldigung, Sir», sagte Bob. «Ich habe mich tatsächlich verspätet.»

«So, haben Sie das?» brummte Scrooge. «Es scheint mir auch so. Bitte, sich hereinzubemühen, junger Mann.»

«Es ist ja nur einmal im Jahr, Sir», verteidigte sich Bob, aus dem Wandschrank auftauchend. «Es wird nicht wieder vorkommen, Sir. Wir haben gestern abend ein bißchen gefeiert...»

«Jetzt werde ich Ihnen mal etwas sagen, mein Freund», versetzte Scrooge. «Ich bin nicht gewillt, so etwas länger zu dulden. Und darum», fuhr er fort, indem er von seinem Stuhl aufsprang und Bob einen solchen Schlag auf die Brust versetzte, daß der in seinen Wandschrank zurückstolperte, «und darum – gedenke ich – Ihr Salär zu erhöhen!»

Bob begann zu zittern und näherte sich verstohlen dem Lineal. Einen Moment lang hatte er die Idee, Scrooge damit niederzuschlagen, ihn festzuhalten und zum Fenster hinaus um Hilfe und eine Zwangsjacke zu rufen.

«Fröhliche Weihnachten, Bob!» rief Scrooge mit einem Ernst, über den man sich unmöglich täuschen konnte, und klopfte ihm auf den Rücken. «Fröhlichere Weihnachten, mein braver Junge, als ich es Ihnen so manches Jahr bereitet habe! Ich will Ihr Salär erhöhen und mich bemühen, Ihrer Familie in allen Dingen zu helfen. Noch heute nachmittag werden wir Ihre Angelegenheiten über einem weihnachtlichen Krug Punsch besprechen. Jetzt aber legen Sie tüchtig Kohle aufs Feuer, Bob, und laufen

Sie, einen zweiten Kohlenkasten kaufen, bevor Sie auch nur ein *i* schreiben, Bob Cratchit!»

Scrooge war noch besser als sein Wort. Er tat alles, was er versprochen hatte, und unendlich viel mehr. Für Klein-Tim, der *nicht* starb, wurde er ein zweiter Vater. Er wurde ein so guter Freund, ein so guter Brotgeber und ein so guter Mensch, wie diese gute alte Stadt oder jede andere gute alte Stadt jeder beliebigen Größe auf dieser guten alten Welt es sich nur wünschen konnte. Manche Leute lachten über seine Verwandlung, doch er ließ sie lachen und scherte sich nicht weiter um sie, denn er war klug genug, um zu wissen, daß auf Erden nie etwas Gutes geschehen ist, ohne daß gewisse Leute anfangs darüber lachten. Und da er wußte, daß Leute dieser Art auf alle Fälle blind wären, fand er es noch besser, daß sie ihre Augen vor Lachen schlossen, als daß sie an dem Gebrechen in weniger erfreulicher Form litten. Sein eigenes Herz lachte, und das war ihm durchaus genug.

Er pflegte keinen weiteren Umgang mit Geistern, sondern lebte in diesem Punkt fortan nach dem Grundsatz der totalen Abstinenz. Und es hieß von ihm, wenn irgendein lebender Mensch Weihnachten richtig zu feiern verstünde, dann wäre er es. Möge dies von uns allen gesagt werden! Und damit, wie Klein-Tim so richtig bemerkte, segne uns Gott – einen jeden von uns!

Das Heimchen am Herd

Der Kessel fing an. Kommt mir nicht damit, was Mrs. Peerybingle sagt. Ich weiß es besser. Mrs. Peerybingle mag bis ans Ende der Zeiten behaupten, sie wüßte nicht, wer damit begonnen hätte – ich sage euch, es war der Kessel. Und ich meine, ich sollte es wissen. Der Kessel fing an, volle fünf Minuten – laut Zeugnis der kleinen, wachsgesichtigen Holländeruhr im Winkel –, bevor das Heimchen auch nur ein Zirpen von sich gab.

Als ob die Uhr nicht schon die Stunde zu Ende geschlagen und der kleine Mäher oben drauf, der vor einer maurischen Architektur mit seiner Sense so krampfhaft nach rechts und nach links zuckte, nicht mindestens ein halbes Joch imaginäres Gras abgemäht hätte, bevor das Heimchen überhaupt einstimmte!

Ich bin von Natur aus durchaus nicht rechthaberisch, das weiß jeder. Ich würde nie meine eigene Meinung der Meinung von Mrs. Peerybingle entgegensetzen, wenn ich sie nicht voll und ganz vertreten könnte. Nichts könnte mich dazu bewegen. Doch hier handelt es sich um Tatsachen. Und Tatsache ist, daß der Kessel damit anfing, mindestens fünf Minuten, bevor das Heimchen nur ein Lebenszeichen von sich gab. Falls ihr mir widersprecht, sage ich: zehn Minuten.

Laßt mich genau erzählen, wie es sich abspielte. Das hätte ich auch vom ersten Wort an getan, ohne die simple Überlegung: Wenn ich eine Geschichte zu erzählen habe, muß ich beim Anfang anfangen –

und wie wäre es möglich, beim Anfang anzufangen, ohne eben beim Kessel anzufangen?

Es schien nämlich, müßt ihr wissen, so etwas wie ein Wettstreit oder eine Leistungsprüfung zwischen dem Kessel und dem Heimchen stattzufinden. Und hier folgt der Bericht, wie es dazu kam und wohin es führte.

Mrs. Peerybingle ging in der naßkalten Abenddämmerung über den Hof, wobei ihre klappernden Holzpantinen ungezählte rohe Abdrücke des ersten Euklidischen Lehrsatzes auf den nassen Steinen hinterließen, um den Kessel am Wasserfaß zu füllen. Als sie dann, um die Holzpantinen vermindert, zurückkam (und ein Gutteil vermindert, denn sie waren hoch, und Mrs. Peerybingle war klein), setzte sie den Kessel aufs Feuer; wobei sie ihre gute Laune verlor oder für einen Moment verlegte, denn das Wasser, das ungemütlich kalt war und obendrein in dem glitschigen, matschigen, flutschigen Zustand, in dem es jede wie immer geartete Substanz, Pantinenösen mit inbegriffen, durchdringt, hatte Mrs. Peerybingles Zehen erwischt und sogar ihre Beine angespritzt. Und wenn wir uns (noch dazu mit Recht) etwas auf unsere hübschen Beine zugute tun und in bezug auf unsere Strümpfe besonders adrett sind, kann uns das schon einen Augenblick lang ärgern.

Obendrein benahm sich der Kessel störrisch und aufreizend. Er wollte sich einfach nicht gerade hinstellen lassen. Er dachte nicht daran, sich entgegenkommenderweise zwischen die hervorstehenden Kohlenstücke einzufügen. Er bestand darauf, sich mit betrunkener Miene vornüberzulehnen und wie ein richtiger Idiot von einem Kessel auf den Herd zu sabbern. Er war zänkisch und zischte und spritzte das Feuer griesgrämig an. Um den Ärger vollzumachen, widersetzte sich auch noch der Deckel Mrs. Peerybingles Fingern; zuerst stellte er sich auf den Kopf, dann stürzte er sich mit einer raffinierten Hartnäckigkeit, die einer besseren Sache würdig gewesen wäre, hinein – bis auf des Kessels tiefsten Grund. Und nicht einmal das Wrack der «Royal George» hat auch nur halb so obstinat Widerstand geleistet, sich aus den Meeresfluten bergen zu lassen, wie dieser Deckel ihn Mrs. Peerybingle entgegensetzte, bis sie ihn wieder herauskriegte.

Auch dann noch sah der Kessel reichlich verdrossen und dickköpfig drein, sträubte herausfordernd seinen Henkel und reckte die Tülle frech und höhnisch gegen Mrs. Peerybingle, als wollte er sagen: «Nein, ich koche nicht! Nichts soll mich dazu bringen!»

Doch Mrs. Peerybingle hatte ihre gute Laune wiedergefunden. Sie schlug die rundlichen Händchen gegeneinander, um sie abzustauben, und setzte sich lachend an den Herd. Der fröhliche Feuerschein hob und senkte sich und funkelte den kleinen Mäher auf der Holländeruhr an, bis man hätte meinen können, er stünde stockstill vor dem maurischen Palast und nichts bewege sich als die Flammen.

Er rastete aber nicht, sondern bekam seine Krämpfe, zwei pro Minute, pünktlich, wie es sich gehört. Was er zu leiden hatte, wenn die Uhr zu schlagen anhob, das war gräßlich anzusehen; als der Kuckuck aus einer Falltür des Palastes herausguckte und sechsmal rief, ließ ihn jeder Ruf erbeben wie eine Geisterstimme – oder als ob ein Draht an seinen Beinen zerrte.

Erst als der gewaltige Aufruhr und das lärmende Gesurr der Gewichte und Ketten unter ihm völlig verklungen waren, kam der eingeschüchterte Mäher wieder zu sich. Er war auch nicht grundlos erschrocken, denn diese klappernden, knöchernen, skelettartigen Uhren haben eine sehr erschütternde Wirkung, und ich wundere mich sehr, daß irgendeine Menschenrasse und gar erst die Holländer Gefallen an dieser Erfindung haben können. Es besteht die weitverbreitete Meinung, daß die Holländer für ihre eigenen unteren Gliedmaßen weite Gehäuse und ausgiebige Kleidung bevorzugen, und sie sollten wahrhaftig vernünftig genug sein, ihre Uhren nicht so blank und bloß herumlaufen zu lassen.

Jetzt begann, wie man merken konnte, der Kessel sich des Abends zu freuen. Jetzt begann er, tief unten in der Kehle, milder und musikalischer zu gurgeln und kurze, klangvoll schnaubende Töne auszustoßen, die er aber im Keim erstickte, als sei er noch nicht ganz entschlossen, sich freundlich und gesellig zu zeigen. Doch nach zwei, drei vergeblichen Bemühungen, seine liebenswürdigen Gefühle zu unterdrücken, warf er kurzerhand alle Grämlichkeit und Zurückhaltung ab und brach in einen so harmonisch und heiter dahinströmenden Gesang aus, wie keine rührselige Nachtigall es sich auch nur vorstellen konnte.

Und dabei so schlicht und einfach! Meiner Seel, ihr hättet ihn so leicht verstehen können wie ein Buch – vielleicht leichter als manche Bücher, die ihr und ich aufzählen könnten. Während sein warmer Atem in einem leichten Wölkchen hervorquoll, das frohgemut ein paar Fuß hoch aufstieg und dann anmutig über dem Kamin schwebte wie an seinem

eigenen häuslichen Himmel, trällerte er sein Liedchen mit so energischer Munterkeit, daß sein eiser-
ner Leib über der Glut mitzuhüpfen begann. Und
sogar der Deckel, der eben noch so rebellische Dek-
kel – das ist die Macht des guten Beispiels –, tanzte
eine Art Gigue und klapperte wie eine taubstumme
junge Tschinelle, die nie ihre Zwillingsschwester
gekannt hat.

Daß dieses Lied als Einladung und Willkommensgruß für jemanden gemeint war, der gerade in
diesem Augenblick dem schmucken Häuschen und
dem hellen Feuer zustrebte, darüber besteht kein
wie immer gearteter Zweifel. Es ist ein garstiger
Abend, sang der Kessel, und die Luft ist eisig und
klamm. Oben ist alles Nebel und Finsternis und unten alles Lehm und Schlamm. Auf den Wegen ver-
modert das Laub zu einem glitschigen Kot, und als
einziger Trost steht am Himmel ein trübes, düsteres
Rot. Wenn's ein Trost ist, denn es ist bloß wie ein
zorniger Schein in der Nacht, wo die Sonne die
Wolken in Brand gesetzt, weil sie so schlechtes Wetter gebracht. Und das weite Land ist nur eine öde,
schwarze Masse, der Wegweiser ist bereift, und
Schneematsch bedeckt die Straße. Das Eis ist fast
noch Wasser, und das Wasser fließt nicht mehr frei,
und man könnte ruhig sagen, daß nichts, wie es sein
sollte, sei… Doch er kommt, er kommt, er kommt!

Und hier, wenn's euch beliebt, fiel das Heimchen
ein! Mit einem gewaltigen Zirp-zirp-zirp als Kehrreim! Mit einer Stimme, die, im Vergleich zum Kessel, zu seiner Größe (Größe! Man konnte es nicht
einmal sehen!) in einem lächerlichen Mißverhältnis
stand. Wahrhaftig, wäre es über diesem Zirpen in
fünfzig verschiedene Teile zerplatzt wie eine zu
scharf geladene Kanone und auf der Stelle ver-

endet, es wäre nur eine natürliche, unvermeidliche Folge seiner übermäßigen Anstrengung gewesen, fast als hätte es eigens darauf hingearbeitet.

Mit der Solovorstellung des Kessels war es aus. Er fuhr mit unvermindertem Eifer fort, doch das Heimchen spielte die erste Geige und ließ sie sich nicht entreißen. Du lieber Himmel, wie es zirpte! Seine schrille, scharfe und durchdringende Stimme hallte durch das ganze Haus und schien draußen in der Dunkelheit wie ein Stern zu flimmern. Wenn sie sich zu ihren lautesten Tönen erhob, lag ein unbeschreibliches Trillern und Beben darin, als würden die winzigen Beinchen von seiner eigenen Begeisterung unwiderstehlich zu gewaltigen Sprüngen hingerissen. Aber sie stimmten sehr gut zusammen, das Heimchen und der Kessel. Der Kehrreim des Gesangs war noch immer der gleiche, und sie sangen ihn in ihrem Wetteifer lauter und lauter und immer lauter.

Die holde kleine Zuhörerin – denn sie war hold und jung, wenn auch ein bißchen pummelig von Gestalt, doch dagegen habe ich persönlich nichts einzuwenden – zündete eine Kerze an, blickte auf den Mäher oben auf der Uhr, der eine recht ansehnliche Ernte von Minuten einheimste, und schaute zum Fenster hinaus, wo sie aber infolge der Dunkelheit nichts erblickte als ihr eigenes Bild. Wozu ich meine (was ihr ebenfalls getan hättet), daß sie weit hätte schauen können, ohne nur etwas halbwegs so Hübsches zu sehen. Als sie zum Herd zurückkam und sich wieder auf ihren Platz setzte, fuhren das Heimchen und der Kessel noch immer wie rasend in ihrem Wettstreit fort. Offensichtlich war es die schwache Seite des Kessels, daß er nicht wußte, wann er geschlagen war.

Es war so aufregend wie ein Wettrennen. Zirp, zirp, zirp! Heimchen eine Meile Vorsprung. Summ, summ, summ-m-m! Kessel brüstet sich wie ein Riesenkreisel im Hintergrund. Zirp, zirp, zirp! Heimchen um die Kurve! Summ, summ, summ! Kessel macht auf seine Art weiter, denkt nicht daran aufzugeben. Zirp, zirp, zirp! Heimchen munterer denn je. Summ, summ, summ! Kessel hält wacker mit. Zirp, zirp, zirp! Heimchen geht aufs Ganze, um ihm den Rest zu geben. Summ, summ, summ! Kessel läßt sich nicht den Rest geben. Bis sie schließlich in der Hitze des Gefechts so durcheinander und drunter und drüber gerieten, daß es einen klareren Kopf gebraucht hätte als eueren oder meinen, um halbwegs sicher zu entscheiden, ob der Kessel zirpte und das Heimchen summte oder das Heimchen zirpte und der Kessel summte oder ob sie beide zirpten oder beide summten. Jedoch über einen Punkt herrscht kein Zweifel: daß nämlich in ein und demselben Moment der Kessel und das Heimchen, kraft irgendeiner Macht der Verschmelzung, die ihnen selbst am besten bekannt ist, jedes sein Lied vom häuslichen Behagen in einen Strahl des Kerzenlichts strömen ließen, das durchs Fenster hinaus und ein weites Stück die Straße entlang leuchtete, und daß dieser Lichtschein sich über einen Menschen ergoß, der gerade da durch die Finsternis auf ihn zustrebte, und ihm das alles buchstäblich in einem Augenblick klarmachte und ihm zurief: «Willkommen daheim, alter Knabe! Willkommen daheim, mein Junge!»

Als dieses Ziel erreicht war, gab sich der Kessel geschlagen, kochte über und wurde vom Feuer gezogen. Worauf Mrs. Peerybingle zur Tür eilte, woselbst über dem Geratter von Wagenrädern, den

Hufschlägen eines Pferdes, dem Baß einer kräftigen Männerstimme, dem aufgeregten Gebell eines Hundes und dem überraschenden und rätselhaften Auftauchen eines Babys alsbald ein gewaltiger Höllenlärm entstand.

Woher auf einmal das Baby kam oder wie Mrs. Peerybingle sich im Handumdrehen seiner bemächtigte, vermag ich nicht zu sagen. Tatsache ist, daß plötzlich ein sehr lebendiges Baby in ihren Armen lag, und sie schien darauf nicht wenig stolz zu sein, während sie von einem stattlichen Kerl von einem Mann, viel größer und viel älter als sie selber, sanft zum Feuer gezogen wurde. Er mußte sich tief bücken, um ihr einen Kuß zu geben. Aber es lohnte sich. Noch bei einer Größe von sechs Fuß und sechs Zoll und einem Hexenschuß hätte es sich gelohnt.

«Gott bewahre, John!» rief Mrs. P. «Wie du aussiehst bei dem Wetter, du Armer!»

Es hatte ihm zugesetzt, das war nicht zu leugnen. Der Nebel hing in dicken Klumpen an seinen Wimpern wie kandierter Tau, und unter der gemeinsamen Einwirkung von Dunst und Feuer spielten wahrhaftig Regenbogen in seinem Schnurrbart.

«Ja, siehst du, Tüpfelchen», erwiderte John gemächlich, während er sich aus seinem Halstuch wickelte und seine Hände am Feuer wärmte, «es ist – es ist nicht gerade sommerlich draußen. Daher kommt es.»

«Ich wollte, du würdest mich nicht Tüpfelchen nennen, John. Das mag ich nicht», sagte Mrs. Peerybingle mit einem Schmollen, das deutlich zeigte, wie gern sie es im Gegenteil mochte.

«Was bist du denn sonst?» versetzte John, indem er auf sie hinablächelte und sie so zart an sich drückte, wie seine mächtige Hand und sein starker Arm es zuwege brachten. «Ein Tüpfelchen und...» Hier warf er einen Blick auf das Baby. «Ein Tüpfelchen und... Nein, ich will's nicht sagen, ich könnte es verpatzen. Aber ich war sehr nahe dran, einen Witz zu machen. Ich weiß nicht, wann ich näher dran gewesen wäre.»

Wenn man ihm glauben wollte, war er oft nahe daran, etwas Witziges zu sagen, der langsame, bedächtige, redliche John mit seiner rauhen Schale und seinem weichen Kern, der so schwerfällig und doch so feinfühlig war, äußerlich so langweilig und innerlich so behende, so stur, aber so gütig! O Mutter Natur, schenk deinen Kindern die wahre Poesie des Herzens, wie sie sich in der Brust dieses schlichten Fuhrmanns verbarg – er war, nebenbei gesagt, nur ein schlichter Fuhrmann –, dann wollen wir gern ertragen, daß sie prosaisch reden und ein prosaisches Leben führen, und dich um dieser Weggefährten willen preisen!

Es war ein erfreulicher Anblick, wie Tüpfelchen mit ihrer kleinen Gestalt und ihrem Kindchen, einer richtigen Puppe von einem Kindchen im Arm, nachdenklich ins Feuer blickte und ihr feines Köpfchen gerade so weit zur Seite neigte, daß es in einer halb natürlichen, halb koketten, aber ganz und gar liebenswerten Art an der massigen Gestalt des Fuhrmanns lehnte. Es war ein erfreulicher Anblick, wie er mit unbeholfener Zärtlichkeit sein rauhes Wesen ihrer Zartheit anzupassen bemüht war und sein kraftvolles Mannesalter zu einer gar nicht ungeeigneten Stütze für ihre blühende Jugend machte. Es war erfreulich zu beobachten, wie Tilly Slowboy, die im Hintergrund auf das Baby wartete, dieser Gruppierung (obwohl sie selbst erst im zartesten Jugendalter stand) volles Verständnis entgegenbrachte und mit weit vorgestrecktem Kopf dastand, um den Anblick mit offenem Mund und aufgerissenen Augen in sich aufzunehmen. Nicht minder erfreulich war es zu sehen, wie John, der Fuhrmann, als Tüpfelchen ihn auf besagtes Baby hinwies, die Hand, mit der er es schon liebkosen wollte, im letzten Moment zurückzog, als ob er es zu zerbrechen fürchtete, und es statt dessen aus sicherer Entfernung mit einem gewissen verblüfften Stolz betrachtete, wie etwa ein gutmütiger Fleischerhund, der eines schönen Tages unversehens als Vater eines Kanarienvögelchens aufwacht.

«Ist er nicht ein schönes Kind, John? Sieht er nicht süß aus, wenn er schläft?»

«Sehr süß», sagte John. «Wirklich sehr. Er schläft wohl immer?»

«Aber, John! Beileibe nicht!»

«Ach», sagte John sinnend. «Ich dachte, seine Augen wären meistenteils zu. Holla!»

«Du lieber Himmel, John, wie du einen erschrecken kannst!»

«Es kann doch nicht gesund sein, daß er die Augen so weit aufreißt», bemerkte John erstaunt. «Schau nur, wie er mit beiden zugleich blinzelt! Und schau seinen Mund an! Er schnappt ja nach Luft wie ein Gold- und Silberfisch.»

«Du bist wahrhaftig nicht wert, ein Vater zu sein», erklärte Tüpfelchen mit der ganzen Würde einer erfahrenen Matrone. «Aber woher solltest du dich auch auf kleine Kinder verstehen, du dummer Mann!» Und nachdem sie das Baby über den linken Arm gelegt und es zwecks Wiederherstellung seiner Gesundheit auf den Rücken geklopft hatte, zupfte sie ihren Mann lachend am Ohr.

«Nein», sagte John, seine Jacke ablegend. «Das stimmt, Tüpfelchen. Ich verstehe nicht viel davon. Aber ich weiß, daß ich heut abend ziemlich hart gegen den Wind ankämpfen mußte. Ein steifer Nordost, der den ganzen Heimweg lang geradewegs in den Wagen hineingeblasen hat.»

«Du armer, alter Mann!» rief Mrs. Peerybingle, auf einmal überaus geschäftig werdend. «Hier, Tilly, nimm den süßen Schatz, damit ich mich nützlich mache. Du lieber Gott, ich könnte ihn totküssen! He, Boxer, da bist du ja auch! Braver Hund! Laß mich nur rasch den Tee aufbrühen, John, dann helfe ich dir bei den Paketen wie ein fleißiges Bienchen. Summ, summ, summ, Bienchen, summ herum… Hast du das auch in der Schule gelernt, John?»

«Nicht so, daß ich es auswendig könnte», sagte John. «Ich war einmal sehr nahe dran, aber ich hätte es wohl nur verpatzt.»

«Haha!» lachte Tüpfelchen. Sie hatte das fröhlichste Lachen, das man sich vorstellen kann. «Was für ein lieber, alter Schafskopf von einem Mann du doch bist, John!»

Ohne diese Behauptung im mindesten zu bestreiten, ging John hinaus, um sich zu vergewissern, daß der Junge mit der Laterne, die wie ein Irrlicht vor dem Fenster herumtanzte, das Pferd ordentlich versorgte; letzteres war dicker, als ihr mir glauben würdet, wenn ich euch seinen Umfang verriete, und so alt, daß sein Geburtsjahr sich im Nebel der Vergangenheit verlor. Boxer, der sich bewußt war, daß seine Aufmerksamkeit der gesamten Familie gebührte und somit unparteiisch verteilt werden müsse, jagte mit verwirrender Unbeständigkeit ein und aus; bald beschrieb er unter lautem Gebell einen Kreis um das Pferd, das vor der Stalltür abgerieben wurde, bald tat er, als wolle er wild auf seine Herrin losspringen, um im letzten Augenblick neckisch haltzumachen. Nun entlockte er Tilly Slowboy, die auf dem niedrigen Schemel vor dem Feuer das Kind wiegte, durch die unerwartete Annäherung seiner feuchtkalten Schnauze an ihr Gesicht einen lauten Schrei, dann wieder zeigte er ein aufdringliches Interesse an dem Baby. Schließlich umkreiste er ein paarmal den Herd und legte sich hin, als hätte er sich endgültig zur Ruhe begeben, um gleich darauf wieder aufzuspringen und sein Nichts von einem Schwanzstummel in den kalten Nebel hinaus zu verfrachten, als hätte er sich gerade an eine wichtige Verabredung erinnert und müsse sich beeilen, sie einzuhalten.

«Da! Der Tee ist fertig!» rief Tüpfelchen, geschäftig wie ein Kind, das Haushalt spielt. «Und hier ist Schinken und Butter und ganz knuspriges Brot! Und da ist der Wäschekorb für die kleinen Päckchen, John, falls du welche hast – John, wo bist du? Tilly, um Himmels willen, laß das Kind nicht in den Kamin fallen!»

Miss Slowboy wies zwar diese Möglichkeit aufs lebhafteste zurück, aber es ist zu bemerken, daß sie ein ganz ausnehmendes, erstaunliches Talent dafür besaß, das Baby in Schwierigkeiten zu bringen, und sein junges Leben schon mehrmals in aller Stille auf die eigentümlichste Art gefährdet hatte. Diese junge Dame war von so schmächtiger, dürrer Gestalt, daß ihre Kleider, die nur lose an den spitzigen Bügeln ihrer Schultern hingen, ständig hinunterzurutschen drohten. Ihr Anzug war insofern bemerkenswert, als er bei jeder nur möglichen Gelegenheit irgendwelche Teile eines sonderbar gebauten

Flanellunterrocks offenbarte und außerdem in der rückwärtigen Region den Ausblick auf ein Korsett von giftgrüner Farbe bot. Da sie sich dauernd in einem Zustand atemloser Bewunderung für alles in ihrer Umgebung befand und obendrein ständig in die Betrachtung der unbeschreiblichen Vollkommenheit ihrer Herrin und des Babys versunken war, darf gesagt werden, daß Miss Slowboys kleine Fehlleistungen ihrem Herzen wie ihrem Kopf gleichermaßen zur Ehre gereichten; und wenn sie auch dem Kopf des Babys weniger Ehre antaten, da sie ihn gelegentlich in enge Berührung mit Türklinken, Schrankecken, Treppengeländern, Bettpfosten und anderen Fremdkörpern brachten, waren sie doch die ehrenwerten Früchte von Tilly Slowboys nimmer endendem Erstaunen, sich in ein so behagliches Heim versetzt zu sehen, in dem sie so freundlich behandelt wurde. Denn Vater und Mutter Slowboy waren beide der Fama unbekannt, und Tilly war ein Findelkind, das auf Kosten der öffentlichen Wohltätigkeit großgezogen worden war.

Der Anblick, wie die kleine Mrs. Peerybingle, aus Kräften an dem Wäschekorb zerrend, mit ihrem Gatten zurückkam und unter den größten Anstrengungen gar nichts tat (denn er trug ihn ganz allein), hätte den geneigten Leser beinahe ebensosehr belustigt wie den wackeren John. Vielleicht belustigte er auch das Heimchen; jedenfalls begann es wieder heftig zu zirpen.

«Heda!» sagte John in seiner langsamen Art. «Heut legt es sich ja besonders ins Zeug.»

«Und es bringt uns bestimmt Glück, John! Das hat es von Anfang an getan. Ein Heimchen am Herd zu haben, bedeutet Glück.»

John sah sie an, als wäre ihm beinahe der Gedanke gekommen, daß sie sein Hauptheimchen sei und er ihr durchaus zustimme. Doch offenbar war es einer der Fälle, in denen er nahe daran gewesen und mit knapper Not davongekommen war, denn er sagte nichts.

«Weißt du, John, wann ich sein fröhliches Liedchen zum erstenmal gehört habe? An dem Abend, als du mich heimführtest – an dem du mich als seine kleine Herrin in mein neues Heim führtest. Es ist jetzt fast ein Jahr her. Erinnerst du dich, John?»

O ja, John erinnerte sich. Ich möchte es meinen!

«Sein Zirpen war so ein lieber Willkommensgruß für mich! Es schenkte mir soviel Hoffnung und Mut! So als verspräche es mir, du würdest immer gut und lieb zu mir sein und nicht erwarten (davor hatte ich damals Angst, John), einen alten Kopf auf den Schultern deiner dummen kleinen Frau zu finden!»

John streichelte nachdenklich die besagten Schultern und dann den Kopf, als wollte er damit sagen, nein, nein, das hätte er nicht erwartet, er wäre ganz zufrieden mit dem vorhandenen; und er hatte auch alle Ursache dazu, denn es waren sehr hübsche Schultern und ein sehr hübsches Köpfchen.

«Und es hat die Wahrheit gesprochen, John, denn du warst von Anfang an der beste, rücksichtsvollste, zärtlichste Ehemann. Wir haben ein glückliches Heim, John, und drum ist mir auch das Heimchen so lieb.»

«Mir auch», sagte der Fuhrmann. «Mir auch, mein Tüpfelchen.»

«Weil ich es so oft gehört und bei seiner unschuldigen Musik über so manches nachgedacht habe. Wenn ich mich manchmal in der Abenddämmerung ein bißchen einsam und verzagt fühlte, John –

140

bevor Baby da war, um mir Gesellschaft zu leisten und das Haus so fröhlich zu machen –, wenn ich dachte, wie verloren du sein würdest, wenn ich sterben müßte – wie verloren ich sein würde, wenn ich wissen könnte, daß du mich verloren hättest, Liebster –, dann war es, als erzählte mir das Zirp-zirp-zirp auf dem Herd von einem anderen süßen, geliebten Stimmchen, so daß meine Sorgen wie ein Traum verflogen. Und wenn ich manchmal fürchtete – denn weißt du, ich war doch sehr jung, John –, daß wir vielleicht nicht gut zusammenpassen würden, weil ich noch so kindisch war und du eher mein Vormund sein könntest als mein Mann, und daß du mich vielleicht bei allem guten Willen nicht so liebgewinnen könntest, wie du hofftest – ja, dann hat das Zirp-zirp-zirp mir wieder Mut gemacht und mich mit frischer Hoffnung und neuem Zutrauen erfüllt. Heute, als ich dasaß und auf dich wartete, habe ich über all das nachgedacht, und drum ist mir das Heimchen so lieb!»

«Mir auch», wiederholte John. «Aber was redest du da, Tüpfelchen? *Ich* hätte gehofft, daß ich dich liebgewinnen könnte? Das hatte ich doch längst getan, lang bevor ich dich herbrachte, damit das Heimchen eine kleine Hausmutter bekäme.»

Sie legte die Hand auf seinen Arm und sah mit erregtem Gesicht zu ihm auf, als wollte sie ihm etwas sagen. Doch im nächsten Moment kniete sie vor dem Korb und machte sich emsig mit den Paketen zu schaffen, während sie munter weiterplauderte.

«Heut sind es nicht so viele, John, aber ich habe ja hinter dem Wagen ein paar Frachtgüter gesehen, und obschon sie dir vielleicht mehr Mühe machen, sind sie dafür um so einträglicher. Wir haben also keinen Grund zu murren, nicht wahr. Und du hast sicher schon unterwegs einiges abgeliefert?»

«Doch, doch», sagte John. «Eine ganze Menge.»

«Was ist in der großen, runden Schachtel, John? Grundgütiger Himmel, das ist bestimmt ein Hochzeitskuchen!»

«Darauf kann doch wahrhaftig nur eine Frau kommen!» rief John bewundernd. «Einem Mann wäre das nie eingefallen. Hingegen bin ich fest überzeugt, man könnte einen Hochzeitskuchen in eine Teekiste, eine Bettlade, eine Heringstonne oder sonst was Unwahrscheinliches einpacken, und jede Frau würde ihm trotzdem augenblicklich auf die Spur kommen. Ja, den mußte ich beim Zuckerbäcker abholen.»

«Und wie schwer er ist! Der muß ja einen ganzen Zentner wiegen!» rief Tüpfelchen unter demonstrativen Anstrengungen, ihn zu heben. «Wer hat den bestellt, John? Für wen ist er?»

«Lies nur die Adresse», sagte John.

«Du meine Güte, John! So etwas!»

«Ja, wer hätte das gedacht», sagte John.

«Also wirklich und wahrhaftig für Grimm und Tackleton, den Spielzeughändler!» rief Tüpfelchen, die sich vor Erstaunen auf den Fußboden gesetzt hatte.

John nickte.

Mrs. Peerybingle nickte ebenfalls, wohl fünfzigmal hintereinander, aber nicht zustimmend, sondern in stummer, kummervoller Verblüffung, wobei sie ihre hübschen Lippen rümpfte, soweit das ging (die waren nämlich zu anderen Zwecken geschaffen, das steht für mich fest), und in ihrer Geistesabwesenheit durch den braven Fuhrmann hindurchstarrte, als wäre er Luft. Miss Slowboy, die das Talent besaß, alle Gespräche, die sie mitanhörte, zu Babys Unterhaltung, in unzusammenhängenden Satzfetzen und in die Mehrzahl versetzt, mechanisch zu wiederholen, erkundigte sich unterdessen mit lauter Stimme bei dem unschuldigen Geschöpf, ob die Kuchenschachteln wirklich für Grimms und Tackletons, die Spielzeughändler, bestimmt wären – und ob es die Hochzeitskuchen bei den Zuckerbäckern abgeholt hätte – und ob seine Mütter die Pakete erkennten, die seine Väter heimbrächten – und so fort.

«Nein, daß es wirklich dazu kommt!» sagte Tüpfelchen. «Sie und ich, wir sind zusammen auf der Schulbank gesessen, John!»

Möglicherweise dachte er daran (oder hätte um ein Haar daran gedacht), wie sie auf jener Schulbank ausgesehen hatte. Er schaute sie mit nachdenklichem Lächeln an, schwieg aber.

«Und er ist so alt! Und paßt so gar nicht zu ihr! Um wie viele Jahre älter als du ist Grimm und Tackleton, John?»

«Um wie viele Tassen Tee mehr werde ich heut auf einen Sitz trinken, als Grimm und Tackleton jemals auf vier Sitze getrunken hat? Das wüßte ich gern!» erwiderte John wohlgelaunt, während er einen Stuhl an den runden Tisch zog und sich über den kalten Schinken hermachte. «Was das Essen anbelangt, esse ich ja wenig, aber das wenige schmeckt mir, Tüpfelchen!»

Sogar diese Bemerkung, die er bei jeder Mahlzeit zu äußern pflegte (eine seiner harmlosen Selbsttäuschungen, denn sein Appetit konnte sich sehen lassen), brachte seine kleine Frau nicht zum Lächeln. Sie stand mit gesenkten Augen unter den Paketen und schob die Kuchenschachtel sacht mit dem Fuß von sich, ohne auch nur einen Blick auf den zierlichen kleinen Schuh zu werfen, den sie sonst so gern betrachtete; tief in Gedanken versunken, ohne des Tees oder ihres Johns zu achten (obwohl er sie anrief und sogar mit dem Messer auf den Tisch klopfte, um sie aufzurütteln), bis er aufstand und ihren Arm berührte. Da eilte sie an ihren Platz hinter dem Teebrett und lachte über ihre Vergeßlichkeit; aber nicht, wie sie vorher gelacht hatte – es war eine ganz andere Tonart.

Auch das Heimchen war verstummt. Irgendwie schien der Raum nicht so fröhlich wie zuvor – gar nicht zu vergleichen.

«Das sind also alle Pakete, John?» sagte sie nach einem langen Stillschweigen, das der redliche Fuhrmann benützt hatte, um einen Teil seines Lieblingsausspruchs praktisch zu illustrieren, denn was er aß, schmeckte ihm sichtlich, wenn es auch nicht gerade wenig war. «Das sind also alle Pakete, John?»

«Ja, das ist alles», erwiderte John. «Halt! Nein!» Und er legte vor Erstaunen Messer und Gabel hin und holte tief Atem. «Der alte Herr! So was! Da habe ich doch glatt den alten Herrn vergessen!»

«Einen alten Herrn?»

«Ja, im Wagen liegengelassen», erklärte John. «Als ich das letzte Mal nach ihm schaute, schlief er im Stroh. Seit ich zu Hause bin, hätte ich um ein Haar zweimal an ihn gedacht, aber er ist mir immer wieder entfallen. – Holla! Aufgewacht! Heda, Sir!»

Die letzten Worte rief John draußen im Hof, wohin er mit der brennenden Kerze geeilt war.

Tilly Slowboy, die eine geheimnisvolle Bemerkung über einen alten Herrn vernahm und in ihrer nicht sehr klaren Phantasie mit diesem Ausdruck gewisse religiöse Vorstellungen verband, war darob so erschrocken, daß sie hastig von ihrem Schemel im Kaminwinkel auffuhr, um hinter den Röcken ihrer Herrin Schutz zu suchen. Da sie dabei in einen ehrwürdigen Fremdling hineinrannte, der gerade das Zimmer betrat, und instinktiv mit dem nächsten besten zum Angriff geeigneten Instrument auf ihn losging, und da dieses Instrument zufällig das Baby war, kam es zu einem großen Getümmel und Aufruhr, was durch Boxers Klugheit eher noch gesteigert wurde; denn offenbar hatte der brave Hund, sorgsamer als sein Meister, den schlafenden alten Herrn bewacht, damit dieser nicht etwa mit ein paar jungen Pappelstämmen, die hinten am Wagen angebunden waren, durchginge, und behielt ihn auch jetzt noch scharf im Auge. Vor allem schien er seinen Gamaschen zu mißtrauen und unternahm immer wieder Ausfälle gegen ihre Knöpfe.

«Sie sind so ein guter Schläfer, Sir», sagte John, als die Ruhe wiederhergestellt war – während welcher Zeit der alte Herr barhäuptig und regungslos mitten im Zimmer stand –, «daß ich beinahe Lust hätte, Sie zu fragen, wo die Sieben geblieben ist – aber das wäre ein Witz, und ich würde ihn totsicher verpatzen. Aber ich war wahrhaftig sehr nahe dran», fuhr der Fuhrmann, in sich hineinlachend fort. «Ich war wahrhaftig ganz nahe dran!»

Der Fremde hatte lange weiße Haare, scharf geschnittene Züge, die für einen alten Mann erstaunlich kühn und lebhaft wirkten, und leuchtende, durchdringende, dunkle Augen. Er sah sich lächelnd um und verneigte sich feierlich vor der Frau des Hauses.

Seine wunderlich altväterische Tracht schien einer längst vergangenen Zeit zu entstammen. Er war ganz in Braun gekleidet. In der Hand hielt er einen großen braunen Knüppel oder Wanderstab. Mit dem stieß er kräftig auf den Boden auf, wodurch das Gerät aufklappte und zu einem Schemel wurde, auf dem der Fremde sich in aller Ruhe niederließ.

«Da!» rief der Fuhrmann, zu seiner Frau gewandt. «Genauso ist er am Straßenrand gesessen, aufrecht wie ein Meilenstein und beinah ebenso taub.»

«Draußen in der Kälte, John!»

«Draußen in der Kälte, gerad als es zu dunkeln begann», bestätigte der Fuhrmann. «Er sagte nur: ‹Fracht bezahlt› und gab mir anderthalb Shilling. Und jetzt sitzt er hier.»

«Mir scheint, er will wieder gehen, John.»

Keineswegs. Er wollte nur etwas sagen.

«Ich soll hier aufbewahrt werden, bis man mich abholt», sagte der Fremde milde. «Bitte sich nicht stören zu lassen.»

Darauf zog er aus einer seiner großen Taschen ein Buch und aus einer anderen eine Brille und begann mit größter Seelenruhe zu lesen. Boxer beachtete er so wenig, als wäre er ein Lämmchen!

Der Fuhrmann und seine Frau sahen einander verdutzt an.

Der Fremde hob den Kopf von seinem Buch auf, ließ seinen Blick zwischen den beiden hin und her schweifen und fragte: «Euere Tochter, mein Guter?»

«Frau», berichtigte John.

«Wie? Nichte?»

«Frau!» brüllte John.

«Ach so?» versetzte der Fremde. «Tatsächlich? Sehr jung!»

Damit kehrte er ruhig zu seiner Lektüre zurück. Doch er konnte noch nicht zwei Zeilen gelesen haben, als er sich aufs neue unterbrach, um zu fragen: «Euer Kind?»

Dies bestätigte John durch ein gewaltiges Kopfnicken – so etwa das Äquivalent einer durchs Sprachrohr herausgeschmetterten Antwort.

«Mädchen?»

«Juuunge!»

«Auch sehr jung, wie?»

Mrs. Peerybingle fiel augenblicklich ein: «Zwei Monate und drei Tage! Genau vor sechs Wochen geimpft! Hat sehr gut gegriffen! Ein besonders prächtiges Kind, sagt der Doktor! So gut entwickelt wie normalerweise ein Kind von fünf Monaten! Geistig erstaunlich rege! Kennt schon seine eigenen Beine, ob Sie's glauben oder nicht!»

Die kleine Mutter war ganz außer Atem, so laut hatte sie dem alten Herrn die kurzen Sätze in die Ohren geschrien, und ihr hübsches Gesichtchen war puterrot geworden. Jetzt hielt sie ihm das Baby als unumstößliche, triumphierende Tatsache vor die Nase, während Tilly Slowboy mit einer Art Kriegsgeschrei, das klang wie «Fang mich! Fang mich!», kuhartige Sprünge um den ahnungslosen Mittelpunkt der Unterhaltung herum vollführte.

«Achtung! Es ist jemand vor der Tür», sagte John. «Jetzt wird er wohl abgeholt. Mach auf, Tilly.»

Doch ehe Tilly noch hingelangen konnte, wurde die Tür schon von außen aufgemacht, denn es war eine völlig unraffinierte Tür mit einem simplen Riegel, den jeder, der Lust hatte, aufheben konnte – und tatsächlich hatte eine Menge Leute Lust dazu, weil jeder gern ein paar nachbarliche Worte mit dem guten Fuhrmann wechselte, obwohl der selber kein großer Redner war. Der Besucher, den die Tür jetzt einließ, war ein mageres kleines Männchen mit einem sorgenvollen, verhutzelten Gesicht. Sein Mantel war offenbar aus einem alten Sack verfertigt, denn als er sich umdrehte, um die Tür gegen das unfreundliche Wetter zu schließen, erblickte man auf dem Rücken seines Gewandes die Inschrift G & T in großen schwarzen Buchstaben und darunter in kühnen Zügen: «Vorsicht! Glas!»

«Guten Abend, John!» sagte der kleine Mann. «Guten Abend, Madam! Guten Abend, Tilly! Guten Abend, der Herr! Wie geht's dem Baby, Madam? Boxer hoffentlich gut zuwege?»

«Danke, Caleb, alles wohlauf», erwiderte Tüpfelchen. «Ihr braucht nur einen Blick auf das süße Kind zu werfen, um das zu sehen.»

«Und einen zweiten auf Euch», sagte Caleb.

Er sah sie aber durchaus nicht an. Seine unruhig sinnierenden Augen schienen stets auf einen anderen Punkt und in eine andere Zeit gerichtet, ganz gleich, was er sagte; dasselbe galt für seine Stimme.

«Oder einen dritten auf John», bemerkte Caleb, «oder einen vierten auf Tilly. Von Boxer gar nicht zu reden.»

«Augenblicklich viel Arbeit, Caleb?» fragte der Fuhrmann.

«Doch, doch, John», erwiderte Caleb mit der verlorenen Miene eines Menschen, der mindestens nach dem Stein der Weisen Ausschau hält. «Doch, doch, recht viel Arbeit. Gerade jetzt ist die Arche Noah sehr gefragt. Es tut mir nur leid, daß die Familie einiges zu wünschen übrig läßt, aber zu dem Preis ist es nicht anders zu machen. Es wäre mir eine herzliche Befriedigung, wenn man die Sems und Hams besser unterscheiden könnte und auch die Weiber. Und die Fliegen sind auch nicht im richtigen Maßstab, im Vergleich zu den Elefanten. Na ja... Hast du was Paketartiges für mich, John?»

Der Fuhrmann versenkte seine Hand in die große Tasche des Mantels, den er vorhin abgelegt hatte, und holte, sorgsam in Moos und Papier verpackt, ein winziges Blumentöpfchen hervor.

«Da haben wir es!» sagte er, es mit großer Sorgfalt zurechtzupfend. «Kein Blättchen geknickt! Voller Knospen!»

Calebs trübe Augen leuchteten auf, während er es dankend in Empfang nahm.

«Aber teuer, Caleb», fuhr der andere fort. «Sehr teuer, entsprechend der Jahreszeit.»

«Schadet nichts. Kein Preis wäre mir dafür zu hoch!» versetzte der kleine Mann. «Sonst noch was, John?»

«Ein kleines Päckchen», erwiderte der Fuhrmann. «Da ist es.»

«Caleb Plummer», buchstabierte nun der kleine Mann die Adresse. «Vorsicht Geld! Geld, John? Das ist bestimmt nicht für mich.»

«Vorsicht Glas!» verbesserte der Fuhrmann, der ihm über die Schulter sah. «Wo steht hier Geld?»

«O natürlich!» rief Caleb. «Dann stimmt's. Vorsicht Glas! Ja, ja, das ist für mich. Es könnte tatsächlich Geld heißen, wenn mein lieber Junge in Südamerika noch am Leben wäre, John. Du hast ihn wie deinen eigenen Sohn geliebt, nicht wahr? Du brauchst es mir nicht zu versichern, ich weiß es. Natürlich, da steht's: ‹Für Caleb Plummer, Vorsicht Glas!› Ja, ja, das stimmt. Es sind die Puppenaugen für die Arbeit meiner Tochter. Ich wollte, es wäre ihr eigenes Augenlicht, John.»

«Das wollte ich wahrhaftig auch!» rief der Fuhrmann. «Wenn's nur möglich wäre!»

«Danke, danke», sagte der kleine Mann. «Du sprichst von Herzen, John. Wenn man denkt, daß sie nie imstande sein wird, die Puppen zu sehen – und die starren sie den ganzen Tag lang frech an! Das kränkt einen am meisten. Was habe ich für deine Mühe zu entgelten, John?»

«Ich werde dir gleich was entgelten, wenn du so was fragst!» rief John. «Tüpfelchen, was sagst du? Jetzt war ich sehr nahe dran, was?»

«Nun, das sieht dir wieder einmal ähnlich, John», versetzte der kleine Mann. «Du bist die Güte selbst. Das ist jetzt aber alles, denk ich?»

«Ich denke nicht», erwiderte ihm der Fuhrmann. «Propier es noch einmal.»

«Dann ist's wohl was für unseren Chef?» meinte Caleb nach einigem Sinnieren. «Natürlich, darum hat er mich doch hergeschickt! Aber ich habe ja immer nur meine Archen und solches Zeug im Kopf. Er war wohl nicht hier?»

«Der? Dazu hat er keine Zeit. Er geht ja auf Freiersfüßen», bemerkte der Fuhrmann.

«Er wird aber trotzdem vorbeikommen», sagte Caleb. «Er hat mir gesagt, ich solle mich auf dem Heimweg auf der Straße halten, er würde mich höchstwahrscheinlich überholen und aufsteigen lassen. Na, jetzt muß ich aber gehen. Würdet Ihr mir wohl gütigst erlauben, Madam, Boxer ein bißchen in den Schwanz zu zwicken?»

«Aber, Caleb! Was ist das für eine Idee!»

«Nein, Madam, lassen wir es lieber bleiben», sagte der kleine Mann. «Es wäre ihm vielleicht nicht angenehm. Es ist nur gerade ein kleinerer Auftrag für eine Partie bellende Hunde eingegangen, und ich möchte es möglichst naturgetreu machen – für Sixpence das Stück. Aber lassen wir's bleiben, Madam.»

Es traf sich glücklich, daß Boxer auch ohne diesen Ansporn mit höchstem Eifer zu bellen begann. Doch da dies die Ankunft eines neuen Besuchers verhieß, verschob Caleb seine Studien nach der Natur auf einen gelegeneren Zeitpunkt, schulterte die runde Schachtel und nahm hastig Abschied. Er hätte sich die Mühe sparen können, denn er traf in der Tür mit dem Ankömmling zusammen.

«Ach, da seid Ihr ja! Wartet einen Moment, ich bringe Euch nach Hause. John Peerybingle, immer zu Diensten! Und noch mehr zu Diensten Euerer hübschen jungen Frau! Sie wird tatsächlich immer hübscher! Und besser, soweit es möglich ist! Und jünger auch», murmelte der Sprecher mit leiserer Stimme. «Zum Teufel damit!»

«Es würde mich sehr wundern, daß *Ihr* Komplimente macht, Mr. Tackleton», sagte Tüpfelchen nicht gerade sehr liebenswürdig, «wenn ich nicht wüßte, daß Ihr Eueren Stand zu ändern gedenkt.»

«Das wißt Ihr also schon!»

«Ja. Ich wollte es nicht glauben, aber ich muß wohl.»

Tackleton, der Spielzeughändler, ziemlich allgemein als Grimm und Tackleton bekannt – denn so hieß die Firma, wenn auch Grimm seit langem ausgetreten war und seinem Kompagnon nur seinen Namen und, wie böse Zungen behaupteten, das dem Namen entsprechende Naturell hinterlassen hatte –, Tackleton, der Spielzeughändler, war ein Mensch, dessen wahre Berufung von seinen Eltern und Erziehern verkannt worden war. Hätten sie aus ihm einen erbarmungslosen Geldverleiher, einen messerscharfen Advokaten, einen Polizeibeamten oder Gerichtsvollzieher gemacht, dann hätte er sein grämliches Temperament in der Jugend austoben können und wäre, nachdem er lange genug in seiner menschenunfreundlichen Tätigkeit geschwelgt, zu guter Letzt vielleicht noch zu einem liebenswerten Zeitgenossen geworden, wenn auch nur der Abwechslung und Neuartigkeit halber. Doch zum friedlichen Gewerbe eines Spielzeughändlers verdammt, fühlte er sich von allen Seiten bedrängt und beengt, wie ein gezähmtes Ungeheuer, das sich sein Leben lang von Kindern genährt hatte und Kinder haßte. Er verabscheute alle Spielsachen und hätte um nichts in der Welt etwas derartiges gekauft. In seiner Boshaftigkeit fand er ein Vergnügen daran, Bilderbogenbauern, die ihre Schweine zum Markt trieben, schellenbehangenen Hampelmännern, beweglichen hölzernen Weiblein, die Strümpfe strickten oder Kuchenteig kneteten, und ähnlichen Artikeln seines Warenlagers recht böse Gesichter zu verleihen. Was ihn freute, waren grauenerregende Masken; abscheuliche, behaarte, rotäugige Schachtelteufel; vampirähnliche Drachen; dämonische Stehaufmännchen, welche nicht zur Ruhe kommen wollten, sondern unschuldigen Kindlein ständig ins Gesicht sprangen und sie bis zu Tränen erschreckten. An solchen Erzeugnissen seiner Musterkollektion weidete er sich. Sie bildeten seine einzige Erleichterung, sozusagen sein Sicherheitsventil. In derartigen Erfindungen war er groß. Alles, was nur im geringsten geeignet sein konnte, Alpträume zu erzeugen, war ihm lieb und wert. Er hatte sogar Geld an einer «Teufelsserie» von Laterna-Magica-Bildern verloren (und dieses Erzeugnis war ihm besonders ans Herz gewachsen), auf denen die Mächte der Finsternis als eine Art von übernatürlichen Schalentieren mit menschlichen Gesichtern dargestellt waren. In die Porträtierung von abstoßenden Ungeheuern hatte er ein kleines Vermögen investiert, und obwohl er selbst kein Maler war, verstand er es, zur Instruktion seiner Künstler, mit Kreide einen gewissen teuflischen Gesichtsausdruck anzudeuten, der jeden jungen Gentleman zwischen sechs und elf Jahren die ganzen Sommer- oder Weihnachtsferien lang garantiert um seinen Seelenfrieden brachte.

Seiner Einstellung zu Spielsachen entsprach (wie bei den meisten anderen Menschen) seine Einstellung zu allen anderen Dingen. Man kann sich also denken, daß in dem bis über die Waden reichenden und bis zum Kinn zugeknöpften grünen Umhang ein ungewöhnlich liebenswürdiges Subjekt steckte und daß er ein so feinsinniger Geselle und angenehmer Gesellschafter war, wie er nur je in einem Paar dickköpfig aussehender Stiefel mit mahagonifarbenen Stulpen auf dieser Erde herumgestapft ist.

Und dennoch beabsichtigte Tackleton, der Spielzeughändler, zu heiraten. Alldem zum Trotz stand er im Begriff, Hochzeit zu halten. Noch dazu mit einem jungen Mädchen, einem schönen jungen Mädchen!

Er sah wahrhaftig nicht wie ein Bräutigam aus, wie er da in der Küche des Fuhrmanns stand, mit etwas Verknorkstem im Gesicht und etwas Verkrümmtem in der Gestalt, den Hut bis auf die Nase heruntergezogen und die Hände tief in die Hosentaschen vergraben, so daß sein ganzes übelwollendes, bösartiges Ich aus einem einzigen kleinen Äuglein herausschielte wie die konzentrierte Essenz einer beliebigen Anzahl von Raben. Aber ein Bräutigam war er und stand im Begriff, Hochzeit zu halten.

«In drei Tagen. Nächsten Donnerstag. Am letzten Tag des ersten Monats im Jahr. Das ist mein Hochzeitstag», sagte Tackleton.

Habe ich schon erwähnt, daß er immer ein Auge weit aufriß und das andere fast gänzlich zukniff? Und daß das beinahe gänzlich zugekniffene Auge das ausdrucksvollere war? Ich glaube, das hatte ich noch nicht erwähnt.

«Das ist mein Hochzeitstag!» sagte Tackleton und klimperte mit seinem Geld in der Hosentasche.

«He, das ist ja auch unser Hochzeitstag!» rief der Fuhrmann.

«Hihi!» lachte Tackleton. «Wie komisch! Aber ihr seid ja auch just so ein Paar wie wir! Genau!»

Tüpfelchens Entrüstung über diese unerhörte Anmaßung ist nicht zu beschreiben. Was noch? Nächstens würde der Mann am Ende gar die Möglichkeit eines ebensolchen Babys ins Auge fassen! Er war einfach verrückt.

«Heda – ein Wort unter uns!» murmelte Tackleton, indem er den Fuhrmann heimlich anstieß und beiseite zog. «Ihr werdet doch zu unserer Hochzeit kommen, wie? Versteht Ihr, wir sitzen beide in der gleichen Patsche.»

«Wieso in der gleichen Patsche?» fragte der Fuhrmann.

«Hm – der kleine Altersunterschied», versetzte Tackleton mit einem weiteren diskreten Rippenstoß. «Kommt doch morgen abend auf eine Tasse Tee zu uns!»

«Warum auf einmal?» fragte John, über diese übermäßige Gastlichkeit erstaunt.

«Warum auf einmal!» wiederholte der andere. «Das ist mir eine merkwürdige Antwort auf eine freundschaftliche Einladung! Zum Vergnügen natürlich – Geselligkeit, nicht wahr, und all solches Zeug.»

«Ich dachte, Ihr wäret kein geselliger Mensch», sagte John in seiner geraden Art.

«Tja – ich sehe schon, mit Euch muß man offen reden», versetzte Tackleton. «Nun, die Wahrheit ist – ihr beide, Ihr und Euere Frau, ihr macht, was die Klatschbasen einen glücklich verheirateten Eindruck nennen. Wir wissen natürlich, wie's in Wirklichkeit steht, aber...»

«Gar nichts wissen wir!» unterbrach ihn der Fuhrmann. «Was redet Ihr denn da zusammen, Mensch?»

«Also schön, dann wissen wir es nicht. Wie Ihr wünscht», erwiderte Tackleton. «Darum geht es nicht. Ich wollte nur sagen, weil ihr zwei eben diesen Eindruck macht, wird euere Gesellschaft einen günstigen Einfluß auf meine Zukünftige ausüben. Und wenn Euere gute Frau mir, soviel ich sehe, auch nicht sehr gewogen ist, muß sie in diesem Fall einfach meinen Absichten Vorschub leisten, weil etwas so Glückliches, Behagliches von ihr ausstrahlt, daß es seine Wirkung tut, ob sie will oder nicht. Also, Ihr versprecht mir, zu kommen?»

«Was unseren Hochzeitstag betrifft, haben wir uns vorgenommen, ihn zu Hause zu feiern», erklärte John. «Das ist schon seit einem halben Jahr so besprochen. Versteht Ihr, wir denken, daß man im eigenen Heim...»

«Pah! Was ist denn das eigene Heim?» rief Tackleton. «Ein Dach und vier Wände! (Zum Teufel, warum bringt Ihr dieses Heimchen nicht um?

Bei mir zu Hause bringe ich sie alle um. Ich kann den Lärm nicht ausstehen.) Aber was ich sagen wollte – ein Dach und vier Wände gibt's bei mir auch. Nicht wahr, Ihr kommt?»

«Ihr bringt also Euere Heimchen um?» fragte John.

«Jawohl, Sir. Einfach zertreten – so.» Und er stampfte heftig mit dem schweren Absatz auf. «Ihr kommt also, was? Wißt Ihr, es liegt ebenso in Euerem Interesse wie in dem meinen, daß die Weiber sich gegenseitig einreden, wie gut sie es getroffen hätten und daß es ihnen nicht besser gehen könnte. Ich kenne die Weiber und ihre Art. Was die eine sagt, sucht die andere alsbald zu überbieten. Es herrscht ein derartiger Konkurrenzgeist unter ihnen! Wenn die Eurige zu der Meinigen sagt: ‹Ich bin die glücklichste Frau der Welt und habe den besten Mann der Welt und liebe ihn zärtlich!› – dann behauptet die Meinige sofort das gleiche oder noch mehr und glaubt schließlich beinahe selber dran.»

«Wollt Ihr damit sagen, daß sie es in Wirklichkeit nicht tut?» fragte der Fuhrmann.

«Die!» rief Tackleton mit einem kurzen, mißtönigen Auflachen. «Daß sie was nicht tut?»

Der Fuhrmann war nahe daran zu sagen: «Euch zärtlich lieben!» Doch da er zufällig dem zugekniffenen Auge begegnete, das ihm über den hochgeschlagenen Kragen hinweg listig zublinzelte und (mitsamt allem Drum und Dran) so wenig dazu geeignet schien, zärtlich geliebt zu werden, ergänzte er statt dessen: «Daran glauben!»

«Oho, Ihr Witzbold! Ihr beliebt zu scherzen!» rief Tackleton.

Obwohl der Fuhrmann mit seinem etwas schwer-

156

fälligen Verstand nicht ganz begriff, wo der andere hinaus wollte, maß er ihn mit einem so ernsthaften Blick, daß Tackleton sich bewogen sah, seinen Gedankengang etwas ausführlicher zu erläutern.

«Mich», sagte Tackleton, indem er die linke Hand spreizte und mit der Rechten auf den Zeigefinger tippte, um seine Person zu bezeichnen, «mich packt die Laune, mein Lieber, eine junge Frau zu nehmen, und noch dazu eine hübsche junge Frau.» Hier tippte er auf seinen kleinen Finger, der die Braut darstellte, aber nicht leicht und zart, sondern sozusagen besitzergreifend. «Ich bin in der Lage, diese Laune zu befriedigen, und tue es somit. Eine Grille von mir. Aber – schau mal!»

Er wies auf Tüpfelchen hin, die am Feuer saß und, das Kinn mit den Grübchen in die Hand gestützt, gedankenvoll in die helle Glut starrte. Der Fuhrmann betrachtete sie und dann Tackleton und dann wieder sie und dann nochmals Tackleton.

«Sie hält ihr Heiratsversprechen, zu ehren und zu gehorchen, das bezweifle ich nicht», sagte Tackleton, «und *mir* genügt das, weil ich nichts von Gefühlen halte. Aber glaubt Ihr, daß sie auch das dritte Gelöbnis hält?»

«Ich glaube», bemerkte der Fuhrmann, «daß ich jeden Mann, der das leugnen wollte, zum Fenster hinausschmeißen würde.»

«Genau!» stimmte der andere mit ungewöhnlicher Bereitwilligkeit zu. «Ohne jeden Zweifel! Das würdet Ihr ganz bestimmt tun! Natürlich! Ich bin dessen sicher! Einen schönen guten Abend, mein Lieber! Angenehme Träume!»

Dem Fuhrmann wurde, er wußte nicht recht warum, bei diesen Worten so unbehaglich zumute, daß er es unwillkürlich merken ließ.

«Gute Nacht, mein lieber guter Freund», sagte Tackleton in mitfühlendem Ton. «Ich muß gehen. Jetzt seht Ihr, daß wir genau in der gleichen Lage sind, nicht wahr? Ihr wollt uns also nicht den morgigen Abend schenken? Schade! Übermorgen habt Ihr selbst einen Besuch vor, wie ich weiß. Ich werde mit meiner Zukünftigen gleichfalls hinkommen. Es wird ihr gut tun. Ihr seid damit einverstanden? Danke! – Holla, was ist das?»

Es war ein lauter Schrei, den die Frau des Fuhrmanns ausstieß, ein jäher, gellender Aufschrei, der das Haus mitklingen ließ wie ein gläsernes Gefäß. Sie war von ihrem Sitz aufgesprungen und schien jetzt wie erstarrt vor Schreck und Erstaunen. Der Fremde hatte sich dem Feuer genähert, um sich zu wärmen, und stand einen kurzen Schritt von ihrem Stuhl entfernt, aber vollkommen still.

«Tüpfelchen!» rief der Fuhrmann. «Mary! Liebste! Was ist dir?»

Im nächsten Moment war sie von allen umringt. Caleb, der auf der Kuchenschachtel eingedämmert war, hatte bei der ersten, noch unvollkommenen Rückkehr seines Bewußtseins Tilly Slowboy an den Haaren gepackt, entschuldigte sich aber sofort für seinen Irrtum.

«Mary!» rief der Fuhrmann, der sie mit seinem Arm stützte. «Bist du krank? Was ist dir? Sag es mir doch, mein Schatz!»

Ihre Antwort bestand darin, daß sie die Hände zusammenschlug und wild zu lachen begann. Dann glitt sie in seiner Umarmung zu Boden, verbarg das Gesicht in der Schürze und brach in bitterliches Schluchzen aus. Darauf lachte sie wieder, und darauf weinte sie wieder, und schließlich sagte sie, wie kalt es doch wäre, und ließ sich von ihm zum Feuer führen, wo sie sich wieder hinsetzte. Der alte Mann stand wie zuvor ganz still da.

«Es ist mir schon besser, John», sagte sie. «Jetzt ist mir wieder ganz gut. Ich…»

«John!» Doch John stand auf ihrer anderen Seite. Warum wandte sie ihr Gesicht dem fremden alten Herrn zu, als spräche sie zu ihm? War ihr Sinn verwirrt?

«Es war nur eine Einbildung, John, mein Liebster – eine Art Schock – wie eine plötzliche Erscheinung… Ich weiß selbst nicht, was es war. Aber jetzt ist es weg, ganz weg.»

«Es freut mich, daß es weg ist», murmelte Tackleton, während er sein ausdrucksvolles Auge durch den ganzen Raum schweifen ließ. «Ich frage mich nur, wohin es verschwunden ist und was es war. Hm, hm! Caleb, kommt her! Wer ist der weißhaarige Mann?»

«Ich weiß nicht, Sir», erwiderte Caleb flüsternd. «Hab ihn mein Lebtag nie gesehen. Ein wunderbares Modell für einen Nußknacker, eine ganz neuartige Figur. Wenn er den Mund bis zum Bauch hinunter aufreißen könnte…»

«Nicht häßlich genug», entschied Tackleton.

«Oder auch als Feuerzeug», bemerkte Caleb, tief in seine Betrachtungen versunken. «Ein originelles Modell! Man müßte den Kopf abschrauben, um die Zündhölzer hineinzutun, und die Füße aufwärtskehren, so daß man die Zündhölzer an der Sohle anreibt. Wie er dasteht, würde er sich auf jedem Kaminsims ganz prächtig machen!»

«Längst nicht häßlich genug», wiederholte Tackleton. «Ich kann überhaupt nichts an ihm finden. Aber kommt jetzt. Nehmt die Schachtel. Hoffentlich wieder ganz wohl, Madam?»

«Ja, es ist weg, ganz weg», rief die kleine Frau, hastig abwinkend. «Gute Nacht!»

«Gute Nacht», sagte Tackleton. «Gute Nacht, John Peerybingle! Paßt auf, wie Ihr die Schachtel haltet, Caleb. Wenn Ihr sie fallen laßt, bringe ich Euch um. Huh, pechschwarz ist die Nacht, und das Wetter wird immer schlimmer! Gute Nacht allseits!»

Mit einem letzten scharfen Blick durchs Zimmer verschwand er. Caleb folgte ihm, den Hochzeitskuchen auf dem Kopf.

Der Fuhrmann war so erschrocken über das Gehaben seiner kleinen Frau und so eifrig damit beschäftigt, sie zu beruhigen und zu umsorgen, daß ihm die Gegenwart des Fremden kaum bewußt geworden war, bis er ihn jetzt wieder allein vor dem Feuer stehen sah.

«Er ist also nicht abgeholt worden», bemerkte er. «Ich muß ihm begreiflich machen, daß er nicht hierbleiben kann.»

«Um Vergebung», sagte jetzt der Fremde, auf ihn zutretend, «um so mehr als Euere Frau nicht wohl zu sein scheint. Doch da mein Begleiter, der mir bei meinem Gebrechen» (hier berührte er kopfschüttelnd seine Ohren) «so gut wie unentbehrlich ist, nicht gekommen ist, befürchte ich ein Mißverständnis. Das schlechte Wetter, das mir den Schutz Eueres Wagens (möge ich nie einen schlechteren finden) so willkommen machte, ist nicht freundlicher geworden. Hättet Ihr wohl die große Güte, mir ein Bett zu vermieten?»

«Ja!» schrie Tüpfelchen. «Ja, ja! Natürlich!»

«Oh!» sagte der Fuhrmann, erstaunt über ihre rasche Zustimmung. «Nun, ich habe nichts dagegen, aber ich bin nicht ganz sicher, ob...»

«Still!» rief sie. «Liebster John!»

«Er ist doch stocktaub», wandte John ein.

«Ich weiß, aber… Ja, Sir, natürlich! Ich mache ihm gleich ein Bett, John.»

Sie eilte davon, um es zu besorgen. Ihre Hast und ihre aufgeregte Art erschienen dem Fuhrmann so befremdlich, daß er ganz verblüfft dastand und ihr nachschaute.

«Und machen seine Mütter Betten für die fremden Herren!» rief Tilly Slowboy dem Baby zu. «Und dann waren seine Locken auf einmal ganz braun, wie er seine Haare abnahm! Und haben sie die lieben Schätze, wie sie so am Feuer saßen, erschreckt!»

Mit dem sonderbaren Interesse für belanglose Dinge, das sich oft in einem Zustand schwerer Verwirrung und Erschütterung bemerkbar macht, wiederholte der Fuhrmann, während er unruhig auf und ab ging, diese sinnlosen Reden ganz mechanisch – so oft, daß er sie bald auswendig konnte und sie wie eine Lektion noch immer vor sich hin murmelte, als Tilly dem Baby (nachdem sie dem kleinen Kahlköpfchen eine so tüchtige Abreibung verabfolgt hatte, wie es nach bewährtem Kinderfrauenbrauch als heilsam erachtet wird) wieder sein Häubchen umband.

«Und haben sie die lieben Schätze, wie sie so am Feuer saßen, erschreckt!» sinnierte der Fuhrmann. «Wenn ich nur wüßte, was mein Tüpfelchen erschreckt hat!»

Er wies die perfiden Anspielungen des Spielzeughändlers mit der ganzen Verachtung seiner ehrlichen Seele von sich, doch sie erfüllten ihn trotzdem mit einem vagen, unbestimmten Unbehagen. Denn Tackleton war gewandt und schlau, während er selber sich seiner eigenen geistigen Schwerfälligkeit so peinlich bewußt war, daß jeder abgerissene Wink ihn quälte. Er hatte gewiß nicht die Absicht, Tackletons Gerede mit der sonderbaren Aufführung seiner Frau in Zusammenhang zu bringen, doch die beiden beunruhigenden Überlegungen drängten sich seinem Geist gleichzeitig auf, und er vermochte sie nicht auseinanderzuhalten.

Das Bett war bald bereit, und der Gast zog sich zurück, nachdem er außer einer Tasse Tee jede Erfrischung dankend abgelehnt hatte. Dann schob Tüpfelchen – wieder ganz wohlauf, sagte sie, ganz wohl und munter – den großen Lehnstuhl im Kaminwinkel für ihren Mann zurecht, stopfte emsig seine Pfeife und nahm selbst ihren gewohnten Platz auf dem niedrigen Schemel zu seinen Füßen ein.

Sie wollte unbedingt immer auf dem Schemel sitzen! Mir scheint, sie hatte so eine Idee, was für ein koketter, betörender kleiner Schemel es war!

Sie war die beste Pfeifenstopferin weit und breit, in allen vier Vierteln der Weltkugel, möchte ich fast sagen. Wie sie ihren kleinen Finger in den Pfeifenkopf steckte und ganz fest in das Pfeifenrohr hineinpustete, um es zu reinigen, und dann so tat, als glaubte sie wirklich, daß noch etwas im Rohr steckte, und wohl ein dutzendmal hineinpustete und es wie ein Fernrohr vors Auge hielt und dabei ihr hübsches Gesichtchen auf die verführerischste Art verzerrte – das war ein großartiger Anblick! Mit dem Tabak kannte sie sich aus wie nur eine! Und wie sie die Pfeife, wenn der Fuhrmann sie schließlich im Mund hielt, mit einem Fidibus anzündete und dabei seiner Nase beängstigend nahe kam, ohne sie doch jemals zu verbrennen – das war Kunst, höchste Kunst!

Das bestätigten auch das Heimchen und der Kessel, indem sie sich wieder vernehmen ließen. Das Feuer bestätigte es durch sein helles Aufflakkern, der kleine Mäher auf der Uhr bestätigte es durch seine unablässige Arbeit. Und am bereitwilligsten bestätigte es der Fuhrmann selbst durch das frohe Lächeln, das allmählich wieder seine Züge erhellte und seine besorgte Stirn glättete.

Und wie er so dasaß und nachdenklich seine alte Pfeife schmauchte, während dabei die Holländeruhr tickte und das Feuer rot aufglühte und das Heimchen zirpte, da trat der gute Geist von Heim und Herd (denn das war das Heimchen) in elfenhafter Gestalt hervor und beschwor ringsum viele freundliche Bilder herauf. Tüpfelchen jedes Alters und jeder Größe erfüllten den Raum. Fröhliche Kinder, die alle Tüpfelchen waren, hüpften blumenpflückend durch die Wiesen; verschämte Tüpfelchen lauschten, halb scheu zurückschreckend, halb zärtlich hingegeben, dem Werben seines eigenen rauhen Abbilds. Bräutliche Tüpfelchen betraten zagend die Schwelle ihres neuen Heims und nahmen stolz den hausfraulichen Schlüsselbund entgegen. Mütterliche kleine Tüpfelchen trugen, von unwirklichen Tillys begleitet, ihr Kindchen zur Taufe. Würdevoll matronenhafte Tüpfelchen, deren Gesichter noch in blühender Jugend strahlten, sahen töchterlichen Tüpfelchen beim ländlichen Tanz zu. Tüpfelchen von stattlicher Fülle, umringt von Scharen rosiger Enkelkinder; runzlige, alte Tüpfelchen, auf einen Stock gestützt. Dazu auch alte Fuhrleute mit altersblinden Boxern zu ihren Füßen und neue Frachtwagen mit kräftigen jungen Fuhrleuten (und der

Aufschrift «Gebrüder Peerybingle» auf dem Verdeck); alte, kranke Fuhrleute, von den zärtlichsten Händen betreut; und schließlich Gräber von verstorbenen alten Fuhrleuten, in liebevollem Blumenschmuck prangend. Und während das Heimchen ihm all diese Bilder vorgaukelte (er sah sie deutlich, obwohl sein Blick aufs Feuer gerichtet war), wurde das Herz des Fuhrmanns leicht und glücklich, und er dankte den häuslichen Geistern aus tiefster Seele und scherte sich nicht mehr um Grimm und Tackleton, als der geneigte Leser es tut.

Doch was bedeutete der jugendliche Mann, dessen Bild dasselbe elfenhafte Heimchen so nah von *ihrem* Schemel erscheinen ließ und der allein und verlassen dort stehen blieb? Warum verharrte er in ihrer Nähe, den Arm aufs Kaminsims gestützt, während er ständig wiederholte: «Verheiratet! Und nicht mit mir!»

O Tüpfelchen! Ungetreues Tüpfelchen! In den Bildern, die deinen Mann umschweben, ist für ihn kein Platz. Warum fällt sein Schatten auf den häuslichen Herd?

Zweites Zirpen

Caleb Plummer und seine blinde Tochter wohnten, wie das Märchenbuch sagt, ganz allein – und ich segne, hoffentlich mit dem Segen des geneigten Lesers, das Märchenbuch dafür, daß es in dieser Alltagswelt überhaupt noch etwas sagt! – Caleb Plummer und seine blinde Tochter wohnten also ganz allein in einem alterskrummen, hölzernen Häuschen, einer richtigen Nußschale von einem Häuschen, das in Wahrheit nicht viel mehr war als ein Pickel auf der imposanten roten Ziegelnase von Grimm und Tackleton. Die Baulichkeiten von Grimm und Tackleton beherrschten die Straße. Caleb Plummers Häuschen hingegen hätte man mit ein, zwei Hammerschlägen einreißen und die Trümmer in einem Handwägelchen wegkarren können.

Wer nach einem solchen Überfall der Wohnstätte von Caleb Plummer die Ehre angetan hätte, ihr Verschwinden überhaupt zu bemerken, hätte es zweifellos nur als Verschönerung gepriesen. Sie klebte an den Baulichkeiten von Grimm und Tackleton wie eine Entenmuschel an einem Schiffskiel oder eine Schnecke an einer Tür oder wie eine Kolonie von Baumschwämmen an einem Baumstumpf. Sie war jedoch der Keim, aus dem der mächtige Stamm von Grimm und Tackleton entsprossen war; unter ihrem baufälligen Dach hatte der Großvater des letzten Grimm als bescheidener Handwerksmann begonnen, Spielsachen für Generationen von Buben und Mädchen anzufertigen, die damit gespielt und sie gründlich erforscht und kaputt gemacht hatten, worauf sie zu Bett gebracht wurden.

Ich sagte, daß Caleb und seine arme blinde Tochter dort wohnten. Richtigerweise hätte ich sagen sollen, daß Caleb dort wohnte und seine arme blinde Tochter anderswo – in einem verzauberten Heim, das Caleb erbaut und eingerichtet hatte, ein Heim, in dem Armut und Schäbigkeit unbekannt waren und Sorgen keinen Einlaß fanden. Caleb war kein Hexenmeister; doch sein Herz hatte ihn in der einzigen Zauberkunst, die uns noch bekannt ist, dem Zauber aufopfernder, selbstloser Liebe, unterwiesen, und die Wunder, die er vollbrachte, waren die Frucht dieser Lehren.

Das blinde Mädchen wußte nichts davon, daß Wände und Decken verfärbt und voller Flecken waren, daß der Verputz abfiel, daß Risse und Sprünge täglich tiefer und breiter wurden und die Pfosten sich senkten. Das blinde Mädchen wußte nichts davon, daß das Eisen rostete, das Holz vermoderte, die Tapete sich abschälte. Das blinde Mädchen wußte nichts davon, daß auf dem Wandbrett plumpes, häßliches Tongeschirr stand, daß die Sorge um das tägliche Brot alle Räume füllte, daß Calebs spärliches Haar vor ihrem blicklosen Gesicht grauer und grauer wurde. Das blinde Mädchen wußte nichts davon, daß ihr Vater einem hartherzigen, ausnützerischen, mitleidlosen Herrn diente – kurz gesagt, daß Tackleton Tackleton war. Sie lebte in dem Glauben an einen exzentrischen Sonderling, der sich gern einen Spaß mit ihnen machte, der sich aus einer wunderlichen Laune heraus brummig stellte und für die Wohltaten, die er ihnen früh und spät erwies, kein Wort des Dankes hören wollte.

Und all das hatte Caleb zuwege gebracht! All das war das Werk eines einfachen, beinahe einfältigen Mannes! Doch auch er hatte ein Heimchen an seinem Herd; und als er mit dem mutterlosen kleinen Mädchen allein zurückgeblieben war und traurig seiner schlichten Musik lauschte, hatte der Geist ihm den Gedanken eingegeben, daß sogar dieses traurige Los der Blinden zum Segen gereichen und daß sie zu einem glücklichen Menschenkind heranwachsen könnte. Denn die Angehörigen der Heimchensippe sind sämtlich mächtige Geister, wenn auch die Menschen, mit denen sie Umgang pflegen, es oft nicht wissen; und in der ganzen unsichtbaren Welt gibt es wohl keine mildere, zärtlichere Stimme, keine, die es so gut mit dem Menschen meint und ihm so guten Rat erteilt, wie die Stimme des häuslichen Herdes.

Caleb und seine Tochter waren in ihrer Werkstätte, die ihnen auch als Wohnstube diente, emsig bei der Arbeit. Es war ein sonderbarer Raum, das muß man sagen. Dort gab es Häuser, fertige und unfertige, für Puppen aller Einkommensstufen: ländliche Hütten für Puppen in sehr bescheidenen Verhältnissen, Küchen und Einzimmerwohnungen für Puppen mittleren Standes, prächtige Villen für Puppen der besten Gesellschaft. Manche dieser Apartments waren, den Bedürfnissen von Puppen mit beschränkten Mitteln entsprechend, bereits möbliert; andere konnten in kürzester Zeit aufs glanzvollste eingerichtet werden, denn auf mehreren Wandbrettern türmte sich eine schier unerschöpfliche Auswahl an Tischen und Stühlen, Betten, Sofas und bequemen Polstermöbeln. Die feinen Leute wie das gemeine Volk, für deren Unterbringung dies alles bestimmt war, lagen vorläufig noch in großen Körben herum und starrten zur Decke empor. Doch was die Kennzeichnung ihrer jeweiligen Gesellschaftsstufe und die strenge Beschränkung auf ihren Stand anbelangt (was sich ja im wirklichen Leben als beklagenswert schwieriges Unterfangen erweist), übertrafen die Puppenmacher bei weitem die Natur, die in dieser Hinsicht oft launisch und dreist verfährt. Anstatt sich auf so willkürliche und schwankende Kennzeichen wie Atlasseide, geblümten Kattun und Lumpen zu verlassen, versahen sie ihre Geschöpfe mit unveränderlichen persönlichen Unterscheidungsmerkmalen, die jeden Irrtum unmöglich machten. So besaß zum Beispiel eine feine Puppendame sorgfältig modellierte Wachsgliedmaßen, die einzig ihr und ihresgleichen vorbehalten waren. Auf der nächsttieferen Sprosse der gesellschaftlichen Rangleiter mußte man sich mit ledernen Extremitäten begnügen und noch tiefer unten mit grobem Leinwandzeug. Die Arme und Beine der Allerweltsleute aber bestanden einfach aus dünnen Stäbchen – und so waren sie eben geschaffen, von vornherein in ihre Sphäre gebannt und ohne jede Möglichkeit, je daraus herauszukommen.

Außer den Puppen waren in Calebs Zimmer noch verschiedene andere Erzeugnisse seiner Handwerkskunst zu sehen. Da gab es Archen Noah, in denen es die gefiederten und vierfüßigen Bestien wahrhaftig äußerst eng hatten; man mußte sie recht und schlecht durchs Dach hineinstopfen und so lange rütteln und schütteln, bis sie auf den kleinsten Raum zusammengedrängt waren. Dank einer kühnen poetischen Lizenz besaßen die meisten Archen Türklopfer, die vielleicht, da sie an den Briefträger und sonstige Besucher denken ließen, nicht ganz ins Bild paßten, aber dem Äußeren des Bauwerks eine gefällige Note verliehen. Es gab dutzendweise melancholische kleine Wägelchen, deren Räder bei jeder Umdrehung die trübseligste Musik ertönen ließen. Es gab massenhaft kleine Geigen und Trommeln und ähnliche Folterwerkzeuge und eine unendliche Zahl von Kanonen, Gewehren, Schwertern, Schilden und Speeren. Es gab kleine Akrobaten in roten Kniehosen, die unablässig hohe Hindernisse übersprangen und kopfüber auf der anderen Seite landeten; und unzählige alte Herren von ehrbarem, um nicht zu sagen ehrwürdigem Aussehen, die wie verrückt über waagrechte Stangen hinwegsetzten, welch letztere zu diesem Zweck in ihrer eigenen Haustür angebracht waren. Es gab

Tiere aller Art, vor allem Pferde jeglicher Rasse, angefangen von der getüpfelten Walze auf vier Holzpflöcken mit ein paar Fäden als Mähne bis zum feurigen Schaukelpferd von reinstem Geblüt. Es wäre nicht leicht gewesen, die Scharen von grotesken Figuren aufzuzählen, die jederzeit bereit waren, die albernsten Dinge zu tun, sobald man nur einen Hebel bewegte, und genauso schwer, irgendeine menschliche Verrücktheit, Schwäche oder Lasterhaftigkeit zu nennen, deren unmittelbares oder entferntes Abbild nicht in Calebs Zimmer zu finden war; und nicht einmal stark übertrieben, denn es braucht nur sehr wenige Hebel, um den Menschen zu ebenso seltsamen Handlungen zu bewegen, wie das absurdeste Spielzeug, das je gemacht wurde, sie nur vollbringen kann.

Mitten unter diesen Gegenständen saßen Caleb und seine Tochter an ihrer Arbeit. Das blinde Mädchen nähte Puppenkleider, während Caleb gerade dabei war, die vierfenstrige Fassade eines vornehmen Familiensitzes anzumalen und zu lackieren.

Die Sorge, die sich auf Calebs gerunzelter Stirn ausprägte, und die versonnene, träumerische Art, die einem Alchimisten oder Philosophen wohl angestanden wäre, bildeten auf den ersten Blick einen komischen Gegensatz zu seiner trivialen Beschäftigung und den unbedeutenden Dingen um ihn herum. Doch die trivialsten Dinge werden zu sehr ernsten Angelegenheiten, wenn sie um des täglichen Brotes willen betrieben werden; und ganz abgesehen von dieser Überlegung, bin ich persönlich durchaus nicht bereit zu behaupten, daß Caleb als Lordkanzler oder Parlamentsmitglied oder Rechtsanwalt oder sogar als großer Finanzmann es nicht mit Spielsachen zu tun gehabt hätte, die nur um ein

Haar weniger wunderlich waren, während ich stark bezweifle, ob sie ebenso harmlos gewesen wären.

«Da bist du also gestern abend mit deinem schönen, neuen Mantel in den Regen geraten, Vater», sagte Calebs Tochter.

«Ja, in meinem schönen, warmen, neuen Mantel», bestätigte Caleb mit einem Blick auf die im Zimmer ausgespannte Schnur, auf der das bereits beschriebene sackleinene Gewand sorgsam zum Trocknen aufgehängt war.

«Ich bin so froh, daß du ihn dir gekauft hast, Vater!»

«Ja, und bei einem so guten Schneider!» sagte Caleb. «So elegant! Eigentlich zu vornehm für mich.»

Das blinde Mädchen ließ die Arbeit sinken und lachte vor Freude. «Aber, Vater! Für dich ist nichts zu vornehm!»

«Ich schäme mich beinah, so ein Stück zu tragen», fuhr Caleb fort, während er die Wirkung seiner Worte auf ihrem strahlenden Gesicht beobachtete. «Wahrhaftig, wenn ich die Buben und die Leute hinter mir sagen höre: ‹Holla! Das ist dir ein feiner Herr!› – weiß ich nicht, wo ich hinschauen soll. Und den Bettler gestern abend konnte ich kaum loswerden. Als ich sagte, ich wäre nur ein ganz einfacher Mann, meinte er immerzu: ‹Bewahre, Euer Gnaden! Nein, nein, Euer Gnaden!› Ich war tatsächlich ganz beschämt.»

Glückliche Blinde! Sie klatschte vor Freude in die Hände.

«Ach, Vater, ich kann es förmlich sehen! So deutlich, wie wenn ich Augen hätte – aber die brauche ich ja nie, wenn du bei mir bist. Ein blauer Mantel...»

«Leuchtend blau», sagte Caleb.

«Ja, ja! Leuchtend blau!» rief sie mit strahlendem Gesicht. «Wie der liebe Himmel – ich kann mich noch daran erinnern. Du hast mir schon gesagt, daß er blau ist. Ein leuchtend blauer Mantel...»

«Flott und lose...», soufflierte Caleb.

«Flott und lose!» rief die Blinde mit herzlichem Lachen. «Und du, Vater, mit deinen fröhlichen Augen, deinem lächelnden Gesicht, deinem leichten, freien Schritt und deinem dunklen Haar – wie jung und stattlich du darin aussiehst!»

«Hoho! Du wirst mich noch ganz eitel machen!» sagte Caleb.

«Ich glaube, Vater, das bist du schon!» Und sie drohte ihm, aufs höchste belustigt, mit dem Finger. «Ich kenne dich! Haha! Siehst du, ich bin dir daraufgekommen!»

Wie verschieden war das Bild ihrer Phantasie von dem wirklichen Caleb, der ihr gegenübersaß! Sie hatte von seinem leichten, freien Schritt gesprochen, und das mit Recht. Seit vielen, vielen Jahren hatte er seine eigene Schwelle kein einziges Mal mit seinem gewohnten schleppenden Gang überquert, sondern sich eigens für ihr Ohr eines munteren, elastischen Schrittes befleißigt. Und so schwer auch sein Herz sein mochte, hatte er nie vergessen, den leichten Tritt zu mimen, bei dessen Klang ihr so froh ums Herz wurde.

Weiß der Himmel – aber ich glaube, Calebs verwirrte Art kam halb und halb daher, daß er aus Liebe zu seiner blinden Tochter in bezug auf sich selbst und alles um ihn herum gänzlich in Konfusion geraten war. Wie konnte es anders sein, nachdem der kleine Mann sich so viele Jahre lang die größte Mühe gegeben hatte, seine eigene Identität und alles, womit er zu tun hatte, zu verwandeln!

«Das hätten wir also!» murmelte Caleb, einen Schritt zurücktretend, um sein Werk besser zu begutachten. «So naturgetreu man es nur für Sixpence machen kann! Schade, daß die ganze Fassade auf einmal aufgeht! Wenn es bloß ein richtiges Haustor hätte und ein Treppenhaus und Zimmertüren, durch die man wirklich hineingehen kann... Aber das ist das Schlimme an meinem Beruf – daß ich mich ständig selber belüge und anschwindle...»

«Du sprichst so leise, Vater. Du bist doch nicht müde?»

«Ich? Müde?» rief Caleb mit der größten Lebhaftigkeit. «Wovon sollte ich müde sein? *Ich* bin niemals müde, Bertha. Das weißt du doch.»

Um seinen Worten größeren Nachdruck zu verleihen, riß er sich aus der unwillkürlichen Nachahmung von zwei halb liegenden, gähnenden Figuren auf, die in einem Zustand ewiger Müdigkeit (von der Taille aufwärts) auf dem Kaminsims lungerten, und begann ein Bruchstück aus einem Lied zu summen. Es war ein bacchantischer Sang, etwas von einem schäumenden Pokal, und er sang ihn mit ausgelassenem Übermut, was sein verhärmtes Gesicht noch tausendmal abgezehrter und bedrückter erscheinen ließ.

«He? Ihr singt?» fragte Tackleton, den Kopf zur Tür hereinstreckend. «Nur zu! *Ich* kann nicht singen.»

Niemand hätte ihn dessen verdächtigt. Er hatte nicht das Gesicht dazu. Keineswegs.

«*Ich* kann es mir nicht leisten, zu singen», fuhr Tackleton fort. «Es freut mich, daß Ihr es könnt. Hoffentlich arbeitet Ihr daneben auch? Oder bleibt Euch dafür keine Zeit?»

«Wenn du nur sehen könntest, wie er mir zuzwinkert, Bertha», flüsterte Caleb seiner Tochter zu. «Dieser Humor! Wer ihn nicht kennt, würde tatsächlich glauben, er meint es ernst. Klingt es nicht ganz so?»

Das blinde Mädchen nickte lachend.

«Es heißt, daß der Vogel, der singen kann, aber nicht will, zum Singen gezwungen werden muß», brummte Tackleton. «Wie steht's mit der Eule, die nicht singen kann und soll, aber trotzdem singt? Was muß man mit der anfangen?»

«Ach, dieses heimliche Schmunzeln!» wisperte Caleb seiner Tochter ins Ohr. «Du lieber Himmel, ich werde gleich herausplatzen!»

«Er treibt so gern seinen Scherz mit uns!» rief Bertha lachend.

«Ach, du bist auch da, was?» bemerkte Tackleton. «Arme Idiotin!»

Er hielt sie wirklich für eine Idiotin; und zwar gründete sich dieser Glaube, ich weiß nicht, ob bewußt oder unbewußt, auf die Tatsache, daß sie *ihn* anschwärmte.

«Na, wie geht's – da du ja einmal da bist?» sagte Tackleton in seiner mürrischen Art.

«Gut! Sehr gut!» rief Bertha. «Ich bin so glücklich und zufrieden, wie nicht einmal Sie es anders wünschen könnten, Sir! So glücklich, wie Sie in Ihrer Güte die ganze Welt machen möchten!»

«Arme Idiotin!» murmelte Tackleton. «Nicht einen Funken Verstand!»

Das blinde Mädchen nahm seine Hand in ihre beiden Hände, küßte sie und ließ ihre Wange zärtlich darauf ruhen, ehe sie sie wieder freigab. Es lag eine so unbeschreibliche Zuneigung und innige Dankbarkeit in ihrer Geste, daß sogar Tackleton davon berührt war und etwas freundlicher als sonst knurrte: «Was soll denn das jetzt?»

«Ich habe es gestern abend beim Schlafengehen neben mein Kopfkissen gestellt und tatsächlich davon geträumt! Und als es Tag wurde und die rote Sonne so herrlich aufging – sie ist doch rot, Vater?»

«Morgens und abends ist sie rot, Bertha», erwiderte der arme Caleb mit einem kläglichen Blick auf seinen Herrn.

«Als sie aufging und das strahlende Licht, das sogar ich spüre, ins Zimmer hereinschien, da habe ich das Bäumchen ans Fenster gestellt und den Himmel gepriesen, daß er so schöne Dinge geschaffen hat, und Sie gepriesen und gesegnet, Sir, daß Sie es mir schenkten!»

«Das reine Irrenhaus!» murmelte Tackleton halblaut. «Immer schlimmer. Wir werden bald bei der Zwangsjacke landen.»

Während seine Tochter sprach, stand Caleb mit lose verschränkten Händen da und starrte verwirrt ins Leere, als wüßte er tatsächlich nicht (und ich glaube, er wußte es auch nicht), ob Tackleton wirklich etwas getan hatte, was ihren Dank verdiente. Wenn man in diesem Augenblick bei Todesstrafe von ihm verlangt hätte, völlig frei zu entscheiden, ob er Tackleton je nach Verdienst entweder einen Fußtritt versetzen oder ihm zu Füßen fallen sollte – ich weiß wahrhaftig nicht, wozu er sich entschlossen hätte. Dabei wußte Caleb doch genau, daß er das kleine Rosensträuchlein für sie mit eigener Hand so sorgsam nach Hause getragen und mit eigenen Lippen die fromme Lüge erzählt hatte, die sie davor bewahren sollte, zu erraten, wie viel, wie grausam viel er sich täglich vom Mund absparte, um ihr eine Freude zu bereiten.

«Bertha!» sagte Tackleton, ausnahmsweise einen etwas herzlicheren Ton anschlagend. «Komm her!»

«Oh, das kann ich ganz allein! Sie brauchen mich nicht zu führen!» rief sie freudig.

«Soll ich dir ein Geheimnis sagen, Bertha?»

«Wenn Sie so gut sind!» erwiderte sie eifrig.

Wie hell dabei das verdunkelte Antlitz leuchtete! Und welch lichter Schein das lauschende Haupt schmückte!

«Heut ist doch der Tag, an dem die kleine – wie heißt sie nur gleich? –, das verwöhnte kleine Ding, Peerybingles Frau, dir ihren regelmäßigen Besuch abstattet – ihr berühmtes Picknick hier veranstaltet, nicht wahr?» fragte Tackleton mit einer Miene, die seinen Widerwillen für die ganze Sache deutlich ausdrückte.

«Ja, Sir», bestätigte Bertha. «Heut ist der Tag.»

«Dacht ich's mir doch. Ich möchte mich zu der Gesellschaft einladen.»

«Vater, hörst du das!» jubelte das blinde Mädchen.

«Ja, ja, ich höre», murmelte Caleb mit dem starren Blick eines Schlafwandlers, «nur glaub ich es nicht. Das ist sicher eine meiner Lügengeschichten...»

«Weißt du, ich – ich möchte die Peerybingles etwas näher mit May Fielding zusammenbringen», fuhr Tackleton fort. «Ich werde May nämlich heiraten.»

«Heiraten!» rief Bertha zurückfahrend.

«Ich dachte ja, daß sie mich nicht verstehen würde, die verwünschte Idiotin!» brummte Tackleton in sich hinein. «Paß auf, Bertha, heiraten! Kirche, Pfarrer, Küster, Hochzeitskutsche, Hochzeitsglocken, Hochzeitsessen, Hochzeitskuchen, Brautbukett und das ganze übrige blöde Getue. Eine Hochzeit, verstehst du, eine Hochzeit! Weißt du nicht, was eine Hochzeit ist?»

«Doch, das weiß ich», erwiderte die Blinde leise. «Ich verstehe Sie sehr gut, Sir.»

«Tatsächlich? Das ist mehr, als ich erwartet hatte», murmelte Tackleton. «Also hör zu, Bertha! Aus diesem Grund möchte ich an der Gesellschaft teilnehmen und May samt ihrer Mutter mitbringen. Vorher schicke ich noch eine Kleinigkeit herüber – eine kalte Lammskeule oder sonst was Gutes. Du wirst mich also erwarten?»

«Ja, Sir.»

Sie hatte sich mit gesenktem Kopf abgewandt und stand nun, in Sinnen verloren, mit gefalteten Händen da.

«Das bezweifle ich», brummte Tackleton mit einem Blick auf sie. «Du scheinst ja jetzt schon nichts mehr davon zu wissen. Caleb!»

«Ich darf wohl annehmen, daß ich hier bin», dachte Caleb. «Sir!»

«Seht zu, daß sie nicht vergißt, was ich ihr gesagt habe!»

«Sie vergißt nie etwas», versetzte Caleb. «Das ist eins der wenigen Dinge, auf die sie sich nicht versteht.»

«Jeder hält seine eigenen Gänse für Schwäne», bemerkte Tackleton achselzuckend.

Nach diesem liebenswürdigen Ausspruch entfernte sich Grimm und Tackleton mit unbeschreiblicher Verachtung.

Bertha stand noch immer wie verloren auf dem gleichen Fleck. Alle Fröhlichkeit war aus ihrem Gesicht verschwunden, sie sah unendlich bekümmert drein. Drei-, viermal schüttelte sie den Kopf, als trauere sie einer Erinnerung oder einem schweren Verlust nach, doch ihre bedrückenden Gedanken machten sich nicht in Worten Luft.

Erst als Caleb einige Zeit damit verbracht hatte, ein Paar Pferde vor einen Wagen zu spannen – und zwar nach der vereinfachten Methode, das Geschirr an ihre lebenswichtigsten Körperteile festzunageln –, zog sie ihren Schemel zu seiner Werkbank und sagte leise: «Vater, ich bin so einsam im Dunkeln. Ich brauche meine Augen, meine treuen, geduldigen Augen.»

«Hier sind sie!» rief Caleb. «Stets für dich bereit, Bertha, zu jeder Stunde des Tages. Sie gehören eher dir als mir. Was sollen deine Augen dir jetzt berichten, mein Lieb?»

«Sieh dich erst im Zimmer um, Vater.»

«Gesagt, getan!» rief Caleb. «Was weiter, Bertha?»

«Beschreib es mir.»

«Es ist ganz genau wie immer», begann Caleb, «schlicht, aber so behaglich! Die fröhlichen Tapeten an den Wänden, die bunten Blumen auf Schüsseln und Tellern, das blankgebohnerte Holz der Dielen und Täfelungen, die allgemeine Sauberkeit und Nettigkeit – das alles ist wunderhübsch anzusehen.»

Sauber und nett war es, wo Berthas fleißige Hände sich betätigen konnten, doch nirgends sonst war in dem baufälligen alten Schuppen, den Calebs Phantasie verzauberte, Sauberkeit und Nettigkeit auch nur möglich.

«Du trägst deine Arbeitskleidung und bist nicht so stattlich anzusehen wie in deinem schönen Mantel?» fragte Bertha, seinen Kittel berührend.

«Nicht ganz so stattlich, aber immerhin noch recht flott», versetzte Caleb.

«Vater», sagte das blinde Mädchen, während sie sich an ihn schmiegte und den Arm um seinen Hals legte, «erzähle mir etwas von May. Sie ist sehr hübsch, nicht wahr?»

«Das ist sie wahrhaftig», sagte Caleb. Und das war sie auch. Es passierte Caleb selten, daß er nicht auf seine Erfindungsgabe zurückgreifen mußte.

«Ihr Haar ist dunkel», sagte Bertha nachdenklich, «dunkler als meines. Sie hat eine süße, melodische Stimme, das weiß ich. Wie gern habe ich ihr oft zugehört! Und ihre Gestalt...»

«Im ganzen Haus ist keine Puppe, die ihr gleichkommt!» rief Caleb. «Und ihre Augen...»

Doch er verstummte, denn Bertha hatte sich enger an ihn geschmiegt, und der Arm um seinen Nacken übte einen stärkeren Druck aus, dessen Warnung er nur zu gut verstand.

Er hustete einen Moment lang, hämmerte einen Moment lang und kam dann wieder auf das Lied vom schäumenden Pokal zurück – seine unfehlbare Zuflucht in allen Schwierigkeiten dieser Art.

«Und unser Freund, Vater, unser Wohltäter!» begann Bertha hastig. «Du weißt, ich werde nie müde, von ihm zu hören – nicht wahr?»

«Gewiß nicht!» entgegnete Caleb. «Und mit gutem Grund.»

«Ach, mit wie gutem Grund!» rief das blinde Mädchen – mit solcher Inbrunst, daß Caleb, obwohl seine Beweggründe so rein waren, nicht imstande war, ihrem Blick zu begegnen; er schlug die Augen nieder, als könnte sie darin seinen unschuldigen Betrug lesen.

«Erzähl mir wieder von ihm, liebster Vater!» bat Bertha. «Immer und immer wieder! Sein Antlitz ist gütig und wohlwollend, sein Auge wahr und aufrichtig, das weiß ich. Das mannhafte Herz, das jede Wohltat unter dem äußeren Anschein von Barschheit und Unwilligkeit zu verbergen sucht, spricht aus jedem Blick und jedem Zug!»

«Und veredelt ihn», ergänzte Caleb in stiller Verzweiflung.

«Und veredelt ihn!» rief die Blinde. «Er ist älter als May, nicht wahr, Vater?»

«Ja-a-a – er ist etwas älter als May», gab Caleb zögernd zu. «Aber das hat nichts zu bedeuten.»

«Doch, Vater, doch! Seine geduldige Gefährtin zu sein, wenn er alt und gebrechlich wird, ihn zärtlich zu pflegen, wenn er erkrankt, ihm in Krankheit und Sorge tröstend zur Seite zu stehen, unermüdlich um sein Wohl besorgt zu sein! An seinem Lager zu sitzen und ihn aufzuheitern, wenn er wacht, für ihn zu beten, wenn er schläft – wie beglückend könnte das für sie sein! Welche Möglichkeit, ihm ihre Liebe und Ergebenheit zu beweisen! Würde sie das alles tun, Vater?»

«Zweifellos», erwiderte Caleb.

«Ich liebe sie, Vater! Ich liebe sie von ganzem Herzen!» rief Bertha. Und damit legte sie ihr armes blindes Gesicht an Calebs Brust und weinte und weinte so inbrünstig, daß er es fast bereute, ihr dieses tränenreiche Glück beschert zu haben.

Inzwischen gab es bei den Peerybingles großen Aufruhr, denn die kleine Mrs. Peerybingle konnte natürlich nicht daran denken, irgendwohin zu gehen, ohne das Baby mitzunehmen, und das Baby unter Segel zu kriegen, das brauchte seine Zeit. Nicht daß es, was Gewicht und Größe betrifft, ein so beträchtlicher Gegenstand gewesen wäre, aber es gab an ihm und um es herum eine Menge zu tun, und alles mußte etappenweise getan werden. Als das Baby zum Beispiel bis zu einem gewissen Punkt angekleidet war und man vernünftigerweise hätte annehmen können, daß ein, zwei weitere Handgriffe genügen würden, um ihm den letzten Schliff zu verleihen und es zu einem erstklassigen Baby zu machen, das der ganzen Welt Bewunderung abnötigte, wurde sein Glanz unerwarteterweise unter einer Flanellhaube erstickt, und es wurde ins Bett gesteckt, wo es zwischen zwei Decken fast eine Stunde lang sozusagen auf kleiner Flamme köchelte. Diesem tatenlosen Zustand wurde es dann (laut brüllend und sehr rot im Gesicht) entrissen, um – ja, um was zu sich zu nehmen? Falls es mir gestattet wird, mich ganz allgemein auszudrücken, möchte ich vielleicht sagen, um eine leichte Mahlzeit zu sich zu nehmen – worauf es wieder schlafen gelegt wurde. Mrs. Peerybingle benützte diese Zeitspanne, um sich, im angemessenen Rahmen, so nett herauszuputzen, wie man es im Leben nicht oft zu sehen kriegt, während Miss Slowboy sich in der gleichen kurzen Kampfpause in einen Spencer von so erstaunlicher und spitzfindiger Fasson hineinmanipulierte, daß er weder mit ihr noch mit sonst etwas im Weltraum zusammenhing, sondern ein schrumpliges, zipfliges, unabhängiges Faktum darstellte, das ohne die mindeste Rücksicht auf irgendwen seinen einsamen Kurs verfolgte. Mittlerweile war das Baby wieder lebendig und dank den vereinigten Anstrengungen von Mrs. Peerybingle und Miss Slowboy mit einem cremefarbenen Umhang für seinen Körper und einer Art Nanking-Napfkuchen für seinen Kopf bekleidet worden. So gelangten sie nach und nach alle drei vor die Haustür, wo das alte Pferd schon mehr als seinen täglichen

Anteil am Straßenzoll in Anspruch genommen hatte, indem es die Chaussee mit seinen ungeduldigen Autogrammen abnützte, während in weiter Ferne undeutlich Boxer wahrzunehmen war, der mit rückgewendetem Kopf dastand und das Roß dazu zu verleiten suchte, sich ohne Befehl in Bewegung zu setzen.

Wer da meint, es hätte einen Tritt oder Schemel oder sonstwas gebraucht, um Mrs. Peerybingle beim Aufsteigen zu helfen, der kennt ihren John sehr wenig. Er hob sie, hast du nicht gesehen, einfach vom Erdboden auf und schwang sie auf den Kutschbock – und da saß sie frisch und rosig auf ihrem Platz und rief: «Aber, John, wie kannst du nur! Denk doch an Tilly!»

Wenn es mir unter irgendwelchen Bedingungen gestattet wäre, die Beine einer jungen Dame zu erwähnen, würde ich bemerken, daß über denjenigen von Miss Slowboy ein Verhängnis lag; sie neigten ganz auffällig dazu, aufgeschürft zu werden, so daß sie nicht den kleinsten Aufstieg oder Abstieg vollbringen konnte, ohne dieses Ereignis in sie einzuritzen, etwa so wie Robinson Crusoe den Ablauf der Tage in seinem hölzernen Kalender vermerkte. Doch da eine solche Erwähnung als unfein betrachtet werden könnte, verkneife ich sie mir.

«John? Hast du den Korb mit der Schinkenpastete und dem ganzen anderen Zeug und den Bierflaschen?» rief Tüpfelchen. «Wenn nicht, mußt du augenblicklich wieder umkehren!»

«Du bist mir die Rechte!» entgegnete der Fuhrmann. «Jetzt soll ich gar noch umkehren, nachdem ich mich deinetwegen schon um eine volle Viertelstunde verspätet habe.»

«Es tut mir schrecklich leid, John», rief Tüpfelchen in der größten Aufregung, «aber ich kann nicht, ich kann einfach nicht zu Bertha fahren – auf keinen Fall, John, auf gar keinen Fall –, wenn ich nicht die Schinkenpastete und das ganze Zeug und die Bierflaschen habe. Brrr!»

Dieser letztere Befehl richtete sich an das Pferd, das sich nicht im geringsten darum scherte.

«Ach, kehr doch um, John!» flehte Mrs. Peerybingle. «Bitte, bitte, John!»

«Zum Umkehren ist Zeit genug, wenn ich Sachen zurückzulassen beginne», sagte John bedächtig. «Den Korb haben wir hier, heil und sicher.»

«Was bist du doch für ein hartherziges Ungeheuer, John, daß du das nicht gleich gesagt hast! Ich habe so einen Schrecken gekriegt! Aber ohne die Schinkenpastete und das ganze Zeug und die Bierflaschen würde ich wirklich nicht zu Bertha fahren, um keinen Preis! Seit wir verheiratet sind, haben wir regelmäßig alle vierzehn Tage unser kleines Picknick dort abgehalten, John, und es wäre wie ein böses Zeichen, wenn es einmal schiefginge – ich würde fast glauben, daß es uns Unglück bringen müßte.»

«Es war jedenfalls von Anfang an eine liebe, gute Idee», sagte der Fuhrmann. «Dafür gebührt dir alle Ehre, kleines Frauchen!»

«Aber, John!» rief Tüpfelchen, ganz rot werdend. «Wie kannst du nur so reden! *Mir* Ehre! Du lieber Himmel!»

«Was ich übrigens sagen wollte», bemerkte der Fuhrmann, «der sonderbare alte Herr…»

Wieder diese augenblickliche, auffällige Verlegenheit!

«Er ist ein komischer Kauz», sagte der Fuhrmann, den Blick geradeaus auf die Straße gerichtet.

«Man wird nicht klug aus ihm. Ich glaube nicht, daß etwas Schlimmes daran ist...»

«Nein, ganz bestimmt nicht! Das heißt – ich glaube es sicher nicht!»

Sie rief es mit so großer Überzeugung, daß der Fuhrmann sie unwillkürlich aufmerksam ansah, während er sagte: «Es freut mich, daß du deiner Sache so sicher bist, weil es mein Gefühl bestätigt. Aber sonderbar bleibt es doch, daß er es sich in den Kopf gesetzt hat, weiterhin bei uns wohnen zu wollen, nicht? Wie seltsam sich manchmal die Dinge fügen...»

«Sehr seltsam», erwiderte sie so leise, daß es kaum zu hören war.

«Jedenfalls scheint er ein gutmütiger alter Herr zu sein», fuhr John fort, «und zahlt wie ein Gentleman, und ich glaube, man kann ihm trauen. Heut früh habe ich ziemlich lang mit ihm geplaudert; er sagt, jetzt könne er mich schon viel besser verstehen, weil er sich mehr und mehr an meine Stimme gewöhnt. Er hat mir viel von sich erzählt, und ich habe ihm viel von mir erzählt, denn er hat mich nicht schlecht ausgefragt. Ich mußte ihm erklären, daß ich zwei feste Routen habe: jeweils den einen Tag von unserem Haus nach rechts und wieder zurück und den anderen Tag nach links und wieder zurück (denn er ist ja hier fremd und kennt die Ortsnamen nicht). Das hat ihm offenbar gefallen. ‹Dann kehre ich heut abend auf Euerem Weg zurück, während ich dachte, Ihr würdet genau aus der entgegengesetzten Richtung kommen›, sagt er mir. ‹Das ist fein, da könntet Ihr mich vielleicht unterwegs wieder aufklauben. Aber diesmal verspreche ich, nicht wieder so fest einzuschlafen.› Er hatte doch tatsächlich wie ein Sack geschlafen – nicht?

Tüpfelchen! Du hörst mir ja gar nicht zu! An was denkst du?»

«Ich, John? Aber gar nichts – ich denke gar nichts... Ich höre dir zu...»

«Dann ist's ja recht», sagte der redliche Fuhrmann. «Du hast so komisch dreingeschaut; ich glaubte schon, ich hätte dich mit meinem Geschwätz gelangweilt und du dächtest an was anderes. Ich war bestimmt sehr nahe dran!»

Darauf antwortete Tüpfelchen nicht, und sie ratterten eine Weile lang schweigend weiter. Bloß daß es nicht leicht war, in John Peerybingles Wagen lange zu schweigen, denn jeder, dem sie unterwegs begegneten, hatte ihm etwas zuzurufen, wenn es auch manchmal nur ein «Grüß Gott! Wie geht's?» war. Sehr oft war es wirklich nichts anderes, aber um den Gruß im rechten, herzlichen Geist zu erwidern, brauchte es nicht nur ein Nicken und ein Lächeln, sondern außerdem eine Lungentätigkeit, die ebenso heilsam war wie eine langatmige Parlamentsrede. Manchmal trabten Reisende zu Fuß oder zu Pferde eine Zeitlang neben dem Wagen her, bloß um ein kleines Schwätzchen abzuhalten, und dann hatten beide Teile einander viel zu sagen.

Obendrein gab Boxer mehr Anlaß zu freundschaftlichen Begrüßungen, als ein halbes Dutzend Christenmenschen es vermocht hätten! Jedermann an der Landstraße kannte ihn – insbesondere das Federvieh und die Schweine; wenn sie ihn so, in schräger Haltung, mit neugierig gespitzten Ohren, das Stummelschwänzchen möglichst imposant durch die Lüfte schwenkend, daherkommen sahen, zogen sie sich schleunigst in den Hintergrund zurück, ohne auf der Ehre einer näheren Bekanntschaft zu bestehen. Er seinerseits hatte überall etwas zu besorgen: lief um alle Wegbiegungen herum, guckte in alle Brunnen, flitzte in alle Häuser und wieder hinaus, stürmte mitten in alle spazierengehenden Mädchenschulen, scheuchte alle Tauben auf, sträubte alle Katzenschwänze und schlenderte wie ein Stammgast in alle Wirtshäuser hinein. Und überall, wo er hinkam, konnte man jemanden rufen hören: «Holla! Das ist ja Boxer!», worauf der Jemand, begleitet von mindestens zwei, drei anderen Jemanden, herauskam, um John Peerybingle und seinem hübschen kleinen Frauchen einen «Guten Tag» zu wünschen.

Es gab eine Menge Packen und Pakete zu befördern, und man mußte oft anhalten, um sie zu übernehmen oder abzuliefern, was nicht zu den geringsten Vergnüglichkeiten der Fahrt zählte. Manche Leute warteten so aufgeregt auf ihre Pakete, und andere staunten so sehr über ihre Pakete, und wieder andere hatten bezüglich ihrer Pakete so unendlich viele Anweisungen zu erteilen, und John Peerybingle interessierte sich so lebhaft für alle Pakete, daß man gar nicht aus dem Amüsement herauskam. Es gab auch Waren zu befördern, deren Transport und Unterbringung längere Beratungen zwischen den Absendern und dem Fuhrmann erforderten, an denen Boxer teilzunehmen pflegte, indem er teils mit der größten Aufmerksamkeit zuhörte, teils in mächtigen Sprüngen um die versammelten Sachverständigen herumraste und sich heiser bellte. Tüpfelchen wohnte alledem von ihrem erhöhten Kutschbocksitz als amüsierte und interessierte Zuschauerin bei und bot dabei selber ein so reizendes Bild, daß die jüngeren Männer gar nicht aufhören konnten, einander anzustoßen und Bemerkungen zuzuflüstern und neidvolle Blicke auf

sie zu werfen. Und das freute John, den Fuhrmann,
über die Maßen, denn er war stolz darauf, daß man
seine kleine Frau bewunderte, besonders da er
wußte, daß sie nichts dagegen einzuwenden hatte –
ja, daß sie es sich vielleicht sogar ganz gern gefallen
ließ.

Die Fahrt war freilich etwas neblig, denn es
herrschte rauhes, kaltes Januarwetter. Doch wer
ließ sich durch solche Kleinigkeiten stören? Tüpfelchen gewiß nicht. Und auch nicht Tilly Slowboy,
die eine Wagenfahrt unter allen Umständen als den
Gipfel der höchsten menschlichen Genüsse, die
Krönung aller irdischen Hoffnungen betrachtete.
Noch weniger das Baby, das will ich beschwören;
denn es liegt nicht in der Baby-Natur, so groß
die diesbezüglichen Fähigkeiten auch sein mögen,
wohliger und fester zu schlafen, als der prächtige
junge Peerybingle es den ganzen Weg lang tat.

Natürlich konnte man im Nebel nicht sehr weit
sehen, aber es gab trotzdem eine Menge zu sehen!
Es ist erstaunlich, wieviel man sogar in einem noch
dickeren Nebel sehen kann, wenn man sich nur die
Mühe nimmt, richtig hinzuschauen. Es war schon
eine interessante Beschäftigung, nach den Tanzrin-
gen der Elfen auf den Wiesen auszuschauen oder
die großen Rauhreifflecken zu betrachten, die an
schattigen Stellen, unter Hecken und Bäumen noch
zu erblicken waren, gar nicht zu reden von den seltsamen Gestalten, in welchen die Bäume selbst aus
dem Nebel hervorkamen oder wieder darin verschwanden. Die Hecken waren kahl und zerzaust
und ließen verwelkte Ranken wie Girlanden im
Winde flattern, aber das war kein entmutigender
Anblick, sondern freute einen sogar, weil es den
häuslichen Herd wärmer erscheinen ließ und den

zu erwartenden Sommer grüner. Der Fluß sah ziemlich kalt aus, aber er bewegte sich und kam gut voran – das war schon allerhand. Der Kanal schlich ziemlich langsam und träge dahin, das muß man zugeben. Doch das schadete nichts; um so eher würde er zufrieren, wenn richtiger Frost einsetzte, und dann konnte man darauf Schlittschuh laufen und schlittern, während die schwerfälligen alten Lastkähne irgendwo einfrieren und den ganzen Tag lang ihre rostigen Kaminpfeifen rauchen und sich gründlich ausruhen können.

An einer Stelle wurde ein großer Haufen Unkraut oder Stoppeln verbrannt, und sie sahen zu, wie die Flammen, die im Tageslicht so bleich erschienen, im Nebel loderten und nur hie und da eine Spur Rot sehen ließen, bis Tilly Slowboy, weil ihr, wie sie sagte, der Rauch in die Nase stieg, zu ersticken drohte – das konnte sie jederzeit aus dem kleinsten Anlaß tun – und das Baby aufweckte, das dann nicht mehr einschlafen wollte. Aber inzwischen hatte Boxer, der immer so etwa eine Viertelmeile voraus war, schon die ersten Häuser des Städtchens hinter sich gelassen und die Straße erreicht, wo Caleb und seine Tochter wohnten, und lang bevor sie hinkamen, standen er und das blinde Mädchen vor der Haustür, um sie zu begrüßen.

Nebenbei gesagt befleißigte sich Boxer im Umgang mit Bertha gewisser feinfühliger Eigentümlichkeiten, die mich völlig überzeugen, daß er sich ihrer Blindheit bewußt war. Er suchte ihre Aufmerksamkeit nie dadurch zu gewinnen, daß er einfach zu ihr aufblickte, wie er es bei anderen Menschen häufig tat, sondern berührte sie ausnahmslos. Woher seine Erfahrungen mit blinden Menschen oder blinden Hunden stammen mochten, weiß ich nicht zu sagen. Er hatte nie einen blinden Herrn gehabt, noch waren Mr. and Mrs. Boxer senior oder andere Mitglieder seiner beidseitigen ehrenwerten Familie meines Wissens je mit Blindheit in Berührung geraten. Vielleicht war er von selbst daraufgekommen. Jedenfalls hatte er es irgendwie begriffen, und darum faßte er Bertha am Rock und hielt sie fest, bis Mrs. Peerybingle und das Baby und Miss Slowboy und der Korb alle heil und sicher im Haus angelangt waren.

May Fielding war bereits da und ihre Mutter auch – eine quengelige, kleine alte Dame mit einem verdrießlichen Gesicht, die auf Grund des Umstands, daß sie sich eine bettpfostenähnliche Taille bewahrt hatte, als höheres Wesen galt; und die sich, da sie einst bessere Tage gesehen hatte oder sich zumindest einbildete, sie hätte bessere Tage sehen können, wenn etwas geschehen wäre, was niemals geschah und aller Wahrscheinlichkeit nach gar nicht hätte geschehen können – aber das ist ganz einerlei –, überaus vornehm und herablassend gebärdete. Grimm und Tackleton war gleichfalls da und machte sich den Damen angenehm, wobei er sich ganz offensichtlich so heimisch fühlte und so unverkennbar in seinem eigenen Element war wie ein munterer junger Lachs auf der Spitze der Großen Pyramide.

«May! Meine liebe alte Freundin!» rief Tüpfelchen, ihr um den Hals fallend. «Wie froh bin ich, dich wiederzusehen!»

Ihre alte Freundin war genauso herzlich froh, und man darf mir glauben, daß es ein herzerquickender Anblick war, wie sie einander umarmten. Tackleton war ganz zweifellos ein Mann von Geschmack. May war wunderhübsch.

Es ist eine bekannte Sache: Wenn man an ein hübsches Gesicht gewöhnt ist, scheint es manchmal, im Vergleich zu einem anderen, neu auftauchenden hübschen Gesicht, im Moment ganz reizlos und hausbacken zu sein und die Bewunderung, die man ihm gezollt hat, gar nicht zu verdienen. Das traf hier durchaus nicht zu, weder für Tüpfelchen noch für May. Die beiden Gesichter kontrastierten so natürlich und liebreizend miteinander, daß sie sich gegenseitig hervorhoben und John Peerybingle beim Betreten des Zimmers ganz nahe daran war, zu sagen, sie hätten als Schwestern zur Welt kommen sollen – was tatsächlich die einzige Verbesserung war, die man hätte vorschlagen können.

Tackleton hatte seine kalte Lammkeule mitgebracht und – Wunder über Wunder! – noch eine Torte dazu. Aber wo es um unsere Bräute geht, werden wir leicht verschwenderisch; schließlich heiratet man nicht jeden Tag. Außer diesen Leckerbissen gab es noch die Schinkenpastete und «das ganze Zeug», wie Mrs. Peerybingle es nannte, nämlich Orangen, Nüsse, Gebäck und ähnliches. Calebs Beitrag zu dem Festmahl bestand aus einer großen Holzschüssel kochendheißer Kartoffeln (alles andere war auf Grund eines feierlichen Abkommens streng verboten), und als alles aufgetischt war, führte Tackleton seine zukünftige Schwiegermutter auf den Ehrenplatz. Um sich der hohen Ehre würdig zu zeigen, hatte sich die majestätische alte Seele mit einer Haube geschmückt, die dazu angetan war, auch die Gedankenlosesten mit Ehrfurcht zu erfüllen. Sie hatte auch ihre Handschuhe angelegt. Laßt uns vornehm sein oder sterben!

Caleb saß an der Seite seiner Tochter, Tüpfelchen und ihre alte Schulfreundin eng beieinander, und der wackere Fuhrmann nahm das Ende der Tafel ein. Was Tilly Slowboy betraf, befand sich außer dem Stuhl, auf dem sie saß, kein anderes Möbelstück in ihrer Reichweite, damit nichts da wäre, woran sie den Kopf des Babys hätte anschlagen können.

Wie Tilly die Puppen und Spielsachen ringsum anglotzte, glotzten diese sie und die ganze Gesellschaft an. Die ehrwürdigen alten Herren in ihren Haustüren (die sämtlich in voller Tätigkeit waren) zeigten ein besonderes Interesse an der Versammlung; gelegentlich zögerten sie vor einem Sprung, als lauschten sie der Unterhaltung, um sich dann wieder viele Male hintereinander wild vornüber zu schwingen, ohne ein einzigesmal Atem zu schöpfen – gleichsam in tollem Entzücken über alles, was vorging.

Freilich, wenn die besagten alten Herren dazu neigten, sich mit teuflischer Freude am Anblick von Tackletons Enttäuschung zu weiden, hatten sie allen Grund, zufrieden zu sein. Tackleton kam gar nicht voran. Je fröhlicher seine Zukünftige in Tüpfelchens Gesellschaft wurde, desto weniger gefiel ihm das, obwohl er sie doch eigens zu diesem Zweck zusammengebracht hatte. Tackleton war nämlich ein richtiger Neidhammel – ja, das war er! Und wenn sie lachten und er nicht mitkam, bildete er sich augenblicklich ein, daß sie über ihn lachten.

«Ach, May!» sagte Tüpfelchen. «Wie sich doch die Zeiten geändert haben! Es macht einen förmlich wieder jung, von den lustigen alten Tagen zu reden!»

«Hm, so besonders alt seid Ihr ja auch sonst nicht, was?» sagte Tackleton.

«Schaut Euch nur meinen ernsthaften, gesetzten Mann an», entgegnete Tüpfelchen. «Er macht mich um mindestens zwanzig Jahre älter. Stimmt das nicht, John?»

«Vierzig», erwiderte John.

«Wie viele Jahre *Ihr* zu Mays Alter hinzufügen werdet, weiß ich wahrhaftig nicht», sagte Tüpfelchen lachend. «Aber an ihrem nächsten Geburtstag kann sie kaum weniger als hundert Jahre zählen.»

«Haha!» lachte Tackleton. Aber sein Lachen klang so hohl wie eine Trommel, und er sah so gemütlich drein, als hätte er ihr liebend gern das Genick umgedreht.

«Ja, ja», sagte Tüpfelchen, «wenn ich nur dran denke, was wir in der Schule über die Männer zusammengeschwatzt haben, die wir uns einmal aussuchen wollten! Es ist gar nicht zu beschreiben, wie jung und schön und lustig und elegant der meinige sein würde! Und May erst! Du meine Güte! Ich weiß nicht, ob ich lachen oder weinen soll, wenn ich mich erinnere, was für alberne junge Dinger wir waren!»

May schien es zu wissen, denn ihre Wangen erglühten, und die Tränen schossen ihr in die Augen.

«Manchmal haben wir uns sogar auf eine bestimmte Person festgelegt – auf irgendeinen wirklichen, höchst lebendigen jungen Mann, den wir kannten», fuhr Tüpfelchen fort. «Wer hätte gedacht, daß es ganz anders kommen würde! Auf John hatte ich wahrhaftig kein Auge geworfen, ich dachte nicht einmal an ihn. Und wenn ich dir prophezeit hätte, May, daß du eines Tages Mr. Tackleton heiraten würdest, du hättest mir glatt eine Ohrfeige gegeben. Oder nicht?»

Obwohl May dies nicht ausdrücklich bestätigte,

sagte sie auch nicht «Nein» dazu und widersprach auf keine Weise.

Tackleton lachte – er brüllte geradezu vor Lachen. John Peerybingle lachte ebenfalls, in seiner gewohnten, gutmütigen, zufriedenen Art, aber im Vergleich zu Tackletons Lachen war seines nur ein Flüstern.

«Hehe, es hat euch nichts genützt!» meckerte Tackleton. «Ihr konntet uns nicht widerstehen. Da habt ihr es! Da habt ihr uns! Jetzt sind wir euere lustigen, jungen Bräutigame!»

«Manche von ihnen sind tot», sagte Tüpfelchen sinnend, «manche vergessen. Und manche – wenn sie in diesem Augenblick unter uns treten könnten, würden sie wahrhaftig nicht glauben, daß wir die gleichen Kreaturen sind! Daß alles, was sie sehen und hören, wirklich ist und daß wir sie so schnöde vergessen konnten! Nein, sie würden kein Wort davon glauben!»

«Aber, Tüpfelchen!» rief der Fuhrmann. «Was fällt dir denn ein, kleines Frauchen!»

Sie hatte mit so großer Ernsthaftigkeit und Bewegung gesprochen, daß es tatsächlich nötig schien, sie in die Wirklichkeit zurückzurufen. Ihr Mann tat es auf die mildeste Weise, er griff nur ein, um dem armen alten Tackleton zu Hilfe zu kommen – wie er meinte. Doch es wirkte, denn Tüpfelchen verstummte und sagte kein Wort mehr. Aber noch in ihrem Schweigen lag eine ganz ungewöhnliche Erregtheit; was Tackleton, der sie mit seinem zugekniffenen Auge argwöhnisch beobachtete, genau vermerkte und zu einem bestimmten Zweck seinem Gedächtnis einprägte.

May äußerte kein Wort, weder so noch so, sondern saß mit gesenktem Blick ganz still da, als interessiere sie sich nicht für das Gespräch. Nun aber ergriff ihre liebe Frau Mama das Wort, indem sie zunächst bemerkte, Mädchen wären eben Mädchen, und was vergangen sei, sei vergangen, und solange es gedankenlose junge Menschen gäbe, würden sie sich höchstwahrscheinlich wie gedankenlose junge Menschen betragen – was sie noch einige weitere, ebenso unleugbare Behauptungen hinzufügte. Weiterhin erklärte sie in andächtigem Ton, sie danke dem Himmel, daß sie in ihrer Tochter May stets ein gehorsames, pflichtbewußtes Kind gefunden hätte, was sie sich nicht zum Verdienst anrechne, obwohl sie allen Grund zu der Annahme habe, daß dieser Umstand einzig ihr zu verdanken sei. Im Hinblick auf Mr. Tackleton stellte sie fest, vom moralischen Standpunkt aus sei er eine unbezweifelbare Persönlichkeit, und daß er im übrigen ein wünschenswerter Schwiegersohn wäre, könne kein vollsinniger Mensch leugnen. (Diesen Punkt betonte sie besonders nachdrücklich.) Was ferner die Familie betraf, in welche er auf sein dringendes Verlangen hin so bald aufgenommen werden sollte, sei sich Mr. Tackleton zweifellos bewußt, daß sie, obwohl von beschränkten Mitteln, einigen Anspruch auf *Vornehmheit* erheben könne; und wenn gewisse Umstände, die (bis zu dieser Andeutung wolle sie gehen) nicht gänzlich ohne Beziehung zum Indigohandel wären, auf die sie aber nicht näher einzugehen gedächte, anders ausgefallen wären, könnte sie sich heute vielleicht einigen Reichtums rühmen. Weiterhin bemerkte sie, sie wolle Vergangenes ruhen lassen und *nicht* erwähnen, daß ihre Tochter Mr. Tackletons Bewerbung eine Zeitlang hartnäckig abgewiesen hätte; und sie gedenke auch manches andere nicht zu sagen, was sie jedoch sehr ausführlich sagte. Schließlich teilte sie als allgemeines Ergebnis ihrer persönlichen Beobachtungen und Erfahrungen mit, daß jene Ehen, die am wenigsten mit dem zu tun hatten, was romantischer- und törichterweise Liebe genannt wurde, sich am glücklichsten gestalteten; und daß sie von der bevorstehenden Heirat das denkbar größte Glück erwarte – nicht das kindische, himmelhoch jauchzende Glück, sondern solide, dauerhafte Ware. Und sie beschloß ihre Rede mit der Mitteilung, morgen sei der große Tag, für den sie ausdrücklich gelebt hätte, und wenn der vorbei wäre, wünsche sie sich nichts anderes, als in einen Sarg gepackt und auf einem vornehmen Friedhof bestattet zu werden.

Da diese Bemerkungen sämtlich nicht zu widerlegen waren – was die glückliche Eigenschaft aller Bemerkungen ist, die weitab vom Ziel liegen –, gaben sie dem Gespräch eine andere Richtung und lenkten die allgemeine Aufmerksamkeit auf die Schinkenpastete, die kalte Lammkeule, die Pellkartoffeln und die Torte. Damit auch das Bier nicht zu kurz käme, hielt John Peerybingle einen Trinkspruch auf den großen Tag, den morgigen Hochzeitstag, und forderte alle auf, ihr Glas zu leeren, bevor er seine Fahrt fortsetzte.

Man muß nämlich wissen, daß er hier nur eine Rast einschaltete und dem alten Pferd sein Futter gab. Er mußte noch vier oder fünf Meilen weiter. Abends auf dem Heimweg holte er Tüpfelchen ab und gönnte sich nochmals eine kurze Rast. Das war die Tagesordnung bei jedem Picknick, die seit seiner Einführung streng eingehalten wurde.

Außer dem Brautpaar stimmten noch zwei von den anwesenden Personen nicht in den Trinkspruch ein. Die eine war Tüpfelchen, die allzu erregt und zu sehr aus der Fassung gebracht schien, um sich so rasch auf die kleinen Vorgänge des Alltags umzustellen; die andere Bertha, die hastig aufsprang und die Tafelrunde verließ.

«Nun denn, lebt wohl!» rief der wackere John Peerybingle, in seinen gewaltigen Wettermantel schlüpfend. «Zur gewohnten Stunde bin ich wieder hier. Lebt wohl, alle miteinander!»

«Leb wohl, John», erwiderte Caleb.

Er schien es ganz mechanisch zu sagen und ebenso gedankenlos die Hand zum Gruß zu erheben, während er Bertha mit ängstlichem und erstauntem Blick beobachtete.

«Leb wohl, kleiner Nichtsnutz!» rief der Fuhrmann gemütlich, über seinen schlafenden Sohn gebeugt, den Tilly Slowboy (erstaunlicherweise, ohne ihm Schaden anzutun) in ein von Bertha vorbereitetes Bettchen gelegt hatte, um sich gänzlich Messer und Gabel zu widmen. «Schlaf wohl! Einmal wird die Zeit kommen, Freundchen, wenn *du* in die Kälte hinausziehst und deinen alten Vater mit seiner Pfeife und seinem Rheumatismus im Kaminwinkel zurückläßt! Aber wo ist denn Tüpfelchen?»

«Hier bin ich, John!» rief sie auffahrend.

«Los, los!» Und er klatschte laut schallend in die Hände. «Wo bleibt denn meine Pfeife?»

«Die habe ich ganz vergessen, John!»

Die Pfeife vergessen! Hatte man je so etwas erlebt? Tüpfelchen und die Pfeife vergessen!

«Warte, John... ich stopfe sie dir sofort... Es ist im Moment geschehen...»

Aber es ging nicht so schnell. Die Pfeife steckte an ihrem gewohnten Platz – in der Tiefe der Manteltasche – mitsamt dem Tabaksbeutelchen, das sie ihm mit eigener Hand genäht hatte. Doch ihre Finger zitterten so stark, daß sie die Schnüre verwirrten (dabei war ihr Händchen wahrhaftig klein genug, um leicht wieder hinauszuschlüpfen) und ein gewaltiges Durcheinander anrichteten. Das Stopfen und Anzünden der Pfeife, diese kleinen Dienste, in denen sie es zu solcher Vollendung gebracht hatte, waren heute eine einzige Stümperei. Tackleton beobachtete sie während der ganzen Prozedur boshaft aus seinem zugekniffenen Äuglein; und wann immer er ihrem Blick begegnete – oder, besser gesagt, ihn erschnappte, denn es glich tatsächlich einer eigens zu diesem Zweck aufgestellten Falle –, erhöhte es ihre Verwirrung in ganz außerordentlichem Maß.

«Heut bist du aber ein ungeschicktes Tüpfelchen!» sagte John. «Das hätte ich wahrhaftig allein besser gemacht!»

Mit diesen gutmütigen Worten verließ er das Zimmer, und bald hörte man, wie er mitsamt dem Wagen und Boxer und dem alten Pferd unter munterem Lärm davontrabte. Caleb aber stand noch immer auf dem gleichen Fleck und beobachtete seine blinde Tochter mit dem gleichen verlorenen Ausdruck.

«Bertha! Was ist denn geschehen?» murmelte er schließlich leise. «Seit heute früh bist du ganz verändert, mein Liebling – in ein paar kurzen Stunden. Daß *du* den ganzen Tag lang still und stumm dasitzt! Was hast du? Sag es mir!»

«Ach, Vater, Vater!» rief die Blinde, in Tränen ausbrechend. «Ach, mein schweres, schweres Los!»

Caleb fuhr sich mit der Hand über die Augen, ehe er antwortete: «Denk doch, wie fröhlich und zufrieden du immer warst, Bertha! Denk doch, wie viele Menschen dich lieben!»

«Das tut mir ja so bitterlich weh, Vater! Du warst immer so lieb zu mir! Du warst immer so gut!»

Caleb war völlig verblüfft. Er verstand sie nicht.

«Bertha, mein armes Kind!» stammelte er. «Blind sein ist eine schwere Heimsuchung, aber…»

«Ich habe es nie empfunden!» rief die Blinde. «Ich habe nie darunter gelitten! Niemals! Manchmal habe ich mir vielleicht gewünscht, daß ich dich sehen könnte, liebster Vater – oder ihn – nur einen Augenblick lang –, um zu wissen, wie der Schatz ausschaut, den ich hier in meinem Herzen berge, und sein Bild festzuhalten.» Sie legte die Hand auf die Brust. «Um sicher zu sein, daß ich es richtig sehe und hier bewahre. Und manchmal – aber da war ich noch ein Kind – weinte ich abends beim Beten bei dem Gedanken, daß euere Bilder, wie sie aus meinem Herzen zum Himmel aufstiegen, euch am Ende nicht ähnlich wären. Doch dieses Gefühl dauerte niemals lang. Es verschwand und ließ mich ruhig und glücklich zurück.»

«Und so wird es auch jetzt sein», sagte Caleb.

«Ach, Vater! Ach, mein lieber, guter Vater, hab Nachsicht mit mir, falls ich mich versündige! Das ist nicht der Kummer, der mich so sehr bedrückt!»

Der Vater konnte es nicht verhindern, daß seine feuchten Augen überflossen. Sie war so rührend in ihrem tiefen Ernst, doch er verstand sie noch immer nicht.

«Bring sie zu mir her», bat Bertha. «Ich kann es nicht in mir verschlossen halten. Bring sie her zu mir, Vater!»

Sie spürte, daß er zögerte, und rief: «May! Bring mir May!»

May, die ihren Namen hörte, kam rasch herbei und berührte leise den Arm der Blinden. Die wandte sich augenblicklich um und ergriff ihre beiden Hände.

«Sieh mir ins Gesicht, mein liebes, liebes Herz!» bat Bertha. «Lies mit deinen schönen Augen darin und sag mir, ob es wahr und offen ist.»

«Ja, liebste Bertha, ja!»

Die Blinde wandte ihr noch immer das blicklose Antlitz zu, das jetzt von heißen Tränen überströmt war, und sprach: «In meinem ganzen Herzen ist kein Gedanke und kein Wunsch, der nicht dir gilt, meine liebe, lichte May! Kein stärkeres Gefühl lebt darin als die dankbare Erinnerung, wie oft, wie unendlich oft du im Vollbesitz deines Augenlichts und deiner strahlenden Schönheit der armen Bertha Liebe und Anteilnahme erwiesen hast, sogar als wir beide noch Kinder waren, als Bertha noch ein Kind war, soweit eine Blinde es sein kann! Segen und Glück über dich! Möge dein Lebensweg hell und glücklich sein! Aber trotzdem, meine geliebte May», fuhr sie, die Freundin noch enger umfangend, fort, «trotzdem hat mir heut die Nachricht, daß du morgen seine Frau wirst, fast das Herz gebrochen. Vater! May! Mary! Verzeiht mir, um all des Guten willen, das er getan hat, um mein düsteres Leben zu erhellen! Verzeiht mir, um des Vertrauens willen, das ihr in mich setzt, wenn ich den Himmel zum Zeugen anrufe, daß ich ihm keine Frau wünschen kann, die seiner Güte würdiger wäre!»

Während sie dieses seltsame Bekenntnis ablegte, hatte sie May Fieldings Hände losgelassen und mit einer zärtlich flehenden Gebärde ihr Kleid ergriffen. Immer tiefer an ihr hinabgleitend, sank sie schließlich zu den Füßen der Freundin nieder und verbarg das blinde Gesicht in den Falten ihres Gewandes.

«Allmächtiger Gott!» rief ihr Vater, den die Erkenntnis jäh wie ein Hammerschlag traf. «Habe ich sie von der Wiege an belogen und betrogen, um ihr schließlich das Herz zu brechen!»

Es war für alle ein Glück, daß Tüpfelchen, das strahlende, tüchtige, geschäftige, kleine Tüpfelchen – denn das war Johns kleine Frau, welche Fehler sie sonst auch besitzen mochte und wie hassenswert sie dem Leser vielleicht noch erscheinen wird –, es war, sage ich, für alle ein Glück, daß sie anwesend war, denn wie es sonst geendet hätte, ist wahrhaftig schwer zu sagen. Doch Tüpfelchen, die sich rasch wieder gefaßt hatte, griff rasch ein, bevor May antworten oder Caleb ein weiteres Wort sagen konnte.

«Komm, Bertha! Komm mit mir, Liebste! Gib ihr deinen Arm, May. So ist es recht. Schau nur, wie tapfer sie sich schon wieder zusammennimmt. Und wie lieb und gut von ihr, daß sie uns nicht kränken will!» Und das kleine Frauchen drückte der Freundin einen Kuß auf die Stirn. «Komm, Bertha! Dein lieber Vater geht auch mit, nicht wahr, Caleb? Es ist ja schon wieder besser.»

Ja, auf so etwas verstand sie sich, das wackere kleine Tüpfelchen, und es hätte ein hoffnungslos verhärtetes Herz sein müssen, das ihrem Einfluß zu widerstehen vermochte. Als sie den armen, guten Caleb und seine Bertha weggeführt hatte, damit sie einander trösteten und aufrichteten, wie nur sie es vermochten, kam sie munter zurück, frisch wie ein Veilchen, wie man zu sagen pflegt (ich behaupte: frischer), um die vornehmtuerische alte Kreatur in ihrer Paradehaube und ihren Paradehandschuhen zu überwachen und zu verhindern, daß sie etwas merkte.

«Bring mir doch schnell unseren kleinen Schatz,

Tilly!» rief sie, einen Stuhl zum Kamin ziehend. «Jetzt kann ich endlich jemanden um Rat fragen, denn Mrs. Fielding hier, Tilly, wird mir genau erklären, wie man ein Baby pflegen muß, und mir sagen, was ich falsch gemacht habe – wahrscheinlich alles! Sie werden mich doch belehren, nicht wahr, Mrs. Fielding?»

Auch nicht der blödeste Riese aus dem Märchen fiel je so prompt auf die List irgendeines tapferen Schneiderleins oder sonstigen gewitzten Jungen herein, wie die würdige alte Dame dem schlimmen Tüpfelchen auf den Leim ging. Der Umstand, daß Tackleton verschwunden war und zwei, drei andere Leute einen Augenblick lang abseits miteinander geredet hatten, ohne sich um sie zu kümmern, hätte vollauf genügt, sie in Harnisch zu bringen und sie jenes mysteriöse Ereignis in der Indigo-Branche die nächsten vierundzwanzig Stunden lang lauthals beklagen zu lassen, doch die geziemende Unterwürfigkeit, mit der die junge Mutter ihre Erfahrung anrief, war dermaßen unwiderstehlich, daß sie sich nur ganz kurz zierte, bevor sie huldvoll ihre weisen Ratschläge zu erteilen begann. Kerzengerade in ihrem Stuhl sitzend, überschüttete sie das demütig lauschende Tüpfelchen im Lauf einer halben Stunde mit einer solchen Fülle von unfehlbar wirkenden Rezepten und Geheimverfahren, daß sie (hätte man sie angewendet) den kleinen Peerybingle gänzlich ruiniert und kaputt gemacht hätten, und wäre er ein Samson im Säuglingsalter gewesen.

Zur Abwechslung machte Tüpfelchen ein bißchen Handarbeiten – sie trug den Inhalt eines ganzen Nähkästchens in der Kleidertasche herum; wie sie das anstellte, weiß ich wirklich nicht – dann stillte sie ein bißchen das Baby, dann nähte sie wieder ein bißchen, dann führte sie, während die alte Dame einnickte, in Flüstertönen ein Gespräch mit May –, und unter solchen kleinen Anfällen von Geschäftigkeit, wie sie ihr eigen waren, verging ihr der Nachmittag im Flug. Da es einen wichtigen Teil des feierlichen Picknick-Abkommens bildete, daß sie an diesen Tagen Berthas häusliche Pflichten übernahm, schürte Tüpfelchen, als es zu dunkeln begann, das Feuer und fegte den Herd und deckte den Teetisch und zog die Vorhänge zu und zündete die Kerze an. Dann spielte sie ein, zwei Melodien auf einer primitiven Harfe, die Caleb für Bertha zusammengebastelt hatte, und spielte sie wahrhaftig sehr gut, denn ihr hübsches kleines Ohr war von Natur aus so vorzüglich für die Musik begabt wie zum Tragen von Juwelen, wenn sie welche gehabt hätte. Inzwischen war die gewohnte Teestunde herangerückt, und Tackleton präsentierte sich wieder, um an der Mahlzeit teilzunehmen und den Abend hier zu verbringen.

Caleb und Bertha hatten sich schon vorher wieder eingestellt, und Caleb setzte sich an seine Werkbank. Doch der arme Kerl war seiner Tochter wegen allzu bekümmert und besorgt, um ruhig dabei zu bleiben. Es war rührend anzusehen, wie er immer wieder die Arbeit sinken ließ und sie reuevoll betrachtete, wobei seine Miene deutlich sagte: «Habe ich sie von der Wiege an getäuscht, bloß um ihr das Herz zu brechen!»

Als es schließlich dunkel war, der Tee getrunken und Tüpfelchen keine Tassen und Teller mehr abzuwaschen fand, mit einem Wort – denn ich muß darangehen und kann es nicht länger hinausschieben – als die Zeit gekommen war, da man bei jedem fernen Wagenlärm die Rückkehr des Fuhrmanns erwartete, änderte sich ihr Betragen wieder; sie wurde abwechselnd rot und blaß und immer unruhiger. Nicht so wie eine gute Ehefrau, die auf die ersehnte Heimkehr ihres Gatten lauscht. Nein, nein, nein! Es war eine ganz andere Art Unruhe.

Räderrollen und Hufgeklapper! Hundegebell! Es kam näher und näher – und jetzt kratzte Boxer an der Tür!

«Was ist das für ein Schritt!» rief Bertha auffahrend.

«Wer soll es denn sein?» rief der Fuhrmann, der mit frostgerötetem Gesicht in der Tür stand. «Ich bin's!»

«Da war noch ein anderer Schritt!» rief Bertha. «Der Mann hinter Euch!»

«Der kann man nichts vormachen», bemerkte der Fuhrmann lachend. «Treten Sie ein, Sir. Sie sind herzlich willkommen.»

Er sprach in sehr lautem Ton, und der taube alte Herr trat ein.

«Caleb, er ist dir nicht ganz fremd, du hast ihn schon einmal gesehen», sagte John. «Gewährst du ihm einen Platz in deinem Haus, bis wir heimfahren?»

«Ei freilich, John, und es ist mir eine Ehre.»

«Wenn's Geheimnisse zu besprechen gibt, kann man sich keine bessere Gesellschaft wünschen», fuhr John fort. «Ich habe ganz gute Lungen, darf ich sagen, aber er stellt sie auf eine harte Probe. Nehmen Sie Platz, Sir! Lauter gute Freunde, die sich über Ihren Besuch freuen.»

Nachdem er diese Einladung mit einer Stimme abgegeben hatte, die seine Lungenkraft unter Beweis stellte, fuhr er in seinem gewohnten Ton fort: «Einen Stuhl im Kaminwinkel, wo er still dasitzen und lächelnd um sich blicken darf – mehr begehrt er nicht. Er ist leicht zufriedenzustellen.»

Bertha hatte aufs aufmerksamste gelauscht, und nun rief sie ihren Vater zu sich und bat ihn leise, ihr den Besucher zu beschreiben. Als er dies (diesmal genau der Wahrheit entsprechend) mit großer Gewissenhaftigkeit getan hatte, stieß sie einen tiefen Seufzer aus und schien sich nicht weiter für den Fremdling zu interessieren.

Der gute Fuhrmann war besonders fröhlich aufgelegt und verliebter denn je in seine kleine Frau.

«So ein ungeschicktes Tüpfelchen war es heut nachmittag», sagte er, seinen kräftigen Arm um sie legend, während sie etwas abseits von den anderen standen, «aber komischerweise hab ich es trotzdem gern. Schau einmal dorthin, Tüpfelchen!»

Er nickte zu dem alten Mann hinüber. Sie blickte zu Boden. Ich glaube, sie zitterte.

«Er ist ein großer Verehrer von dir – hahaha!» lachte der Fuhrmann. «Hat den ganzen Weg lang von nichts anderem geredet. Aber das macht ihn mir um so lieber. Er ist eine brave alte Seele.»

«Er hätte sich einen besseren Gesprächsstoff aussuchen sollen», sagte sie und blickte unruhig im Zimmer umher. Besonders auf Tackleton.

«Etwas Besseres! Das gibt's nicht!» rief John. «Aber jetzt weg mit dem dicken Mantel, weg mit dem warmen Halstuch, weg mit dem ganzen schweren Zeug! Ich hab mir eine behagliche halbe Stunde am Feuer verdient. Ergebenster Diener, Madam! Eine Partie Cribbage gefällig? Das ist recht. Bring uns die Karten und das Spielbrett, Tüpfelchen. Und ein Glas Bier, wenn ihr mir noch was übriggelassen habt, kleines Frauchen!»

Seine Aufforderung war an die alte Dame gerichtet, die sie huldvoll aufnahm, und sie waren bald in ihr Spiel vertieft. Zuerst blickte sich der Fuhrmann noch manchmal lächelnd nach den anderen um oder rief hin und wieder Tüpfelchen zu sich, damit sie ihm über die Schulter guckte und ihm über einen kitzligen Punkt hinweghülfe. Doch da seine Partnerin es einerseits sehr streng mit ihm nahm und andererseits dazu neigte, gelegentlich ein wenig zu schummeln, mußte er so genau aufpassen, daß er bald für nichts anderes Augen und Ohren hatte. So war seine ganze Aufmerksamkeit auf die Karten gerichtet, und er dachte an nichts anderes, bis sich eine Hand auf seine Schulter legte. Es war niemand anderer als Tackleton.

«Verzeiht, daß ich Euch störe – aber auf ein Wort...»

«Nur einen Augenblick», versetzte der Fuhrmann. «Ich bin gerade in einer kritischen Situation.»

«Ja, das seid Ihr», sagte Tackleton. «Kommt mit mir, Mensch.»

Es lag etwas in seinem bleichen Gesicht, das den Fuhrmann bewog, augenblicklich aufzuspringen und hastig zu fragen, was geschehen wäre.

«Still, John Peerybingle», erwiderte Tackleton. «Es tut mir wahrhaftig leid, daß Ihr es durch mich erfahren müßt. Doch ich hatte es gefürchtet. Ich hatte von Anfang an einen Verdacht.»

«Was ist es?» rief der Fuhrmann erschrocken.

«Still! Ihr müßt mitkommen und es selbst sehen.»

Der Fuhrmann folgte ihm ohne ein weiteres Wort. Sie überquerten den Hof, über dem die Sterne leuchteten, und traten durch eine kleine Hintertür in Tackletons Privatkontor ein. Von dort sah man durch eine Glasscheibe in den Lagerraum, der für die Nacht geschlossen war. Das Kontor selbst war unbeleuchtet, doch in dem langen, schmalen Lagerraum brannten ein paar Lampen, so daß man hineinblicken konnte, ohne selbst gesehen zu werden.

«Einen Augenblick noch», bemerkte Tackleton. «Fühlt Ihr Euch stark genug, um durch dieses Fenster zu blicken?»

«Warum nicht?» rief der Fuhrmann.

«Besinnt Euch noch einen Augenblick!» mahnte Tackleton. «Und vor allem begeht keine Gewalttat. Es ist sinnlos und gefährlich. Ihr seid ein kräftiger Mann und könntet, eh' Ihr's Euch versehet, einen Mord auf dem Gewissen haben.»

Der Fuhrmann blickte ihm ins Gesicht und wich, wie von einem Schlag getroffen, zurück. Mit einem Sprung stand er am Fenster und sah...

O Schatten über dem häuslichen Herd! O treues Heimchen! O ungetreues Weib!

Er sah sie mit dem alten Mann – der jetzt nicht mehr alt war, sondern hoch aufgerichtet in der Kraft seiner Jugendblüte vor ihr stand und die trügerische weiße Perücke in der Hand hielt, die ihm Eintritt in das auf immer zerstörte Heim verschafft hatte. Er sah, wie sie lauschte, während er den Kopf neigte, um ihr etwas ins Ohr zu flüstern; wie sie duldete, daß er den Arm um ihre Taille legte, während sie langsam den langen, dämmerigen Gang durchschritten. Er sah, wie sie bei der Tür stehenblieben, durch die sie eingetreten waren, wie sie sich umwandte – ach, ihr Gesicht, das Gesicht, das er so innig liebte, so erblicken zu müssen! –, wie sie mit ihrer eigenen Hand das lügnerische weiße Haar auf seinem Kopf glattstrich und dabei lachte – über ihren eigenen, arglosen Mann lachte!

Im ersten Moment ballte er seine mächtige

Faust, als wollte er einen Löwen niederschlagen. Doch er breitete sie sogleich wieder aus (denn er war auch jetzt noch von Liebe zu ihr erfüllt); und als die beiden durch die Tür entschwunden waren, sank er unter Tackletons hämischen Augen auf dem nächsten Schreibpult zusammen und war so schwach wie ein kleines Kind.

Als sie, schon zur Rückfahrt gerüstet, wieder in die Stube trat, war er bis übers Kinn hinauf in seine Hüllen gewickelt und machte sich eifrig mit dem Pferd und den Paketen zu schaffen.

«Ich bin fertig, John, Liebster! Gute Nacht, May! Gute Nacht, Bertha!»

War sie tatsächlich imstande, sie zu küssen und ihnen fröhliche Abschiedsworte zuzurufen? Konnte sie es wagen, ihr Gesicht zu zeigen, ohne zu erröten? Jawohl. Tackleton beobachtete sie genau. Sie tat es.

Tilly, die das Baby wiegte, ging wohl ein dutzendmal durchs Zimmer hin und her, immer an Tackleton vorbei, während sie schlaftrunken vor sich hin murmelte: «Hat es ihm fast die Herzen gebrochen, daß es morgen seine Frauen werden sollen? Und haben seine Väter es von den Wiegen an getäuscht, bloß um ihm schließlich die Herzen zu brechen?»

«Gib mir jetzt das Baby, Tilly. Gute Nacht, Mr. Tackleton! Ja, wo ist denn John, um Himmels willen?»

«Er will lieber neben dem Pferd einhergehen und es am Zügel führen», sagte Tackleton, der ihr hinaufgeholfen hatte.

«Bei diesem Wetter? Aber, John, Liebster, was fällt dir ein?»

Die vermummte Gestalt ihres Gatten nickte hastig. Der falsche Fremdling und die kleine Kindsmagd hatten ihre Plätze eingenommen, das alte Pferd setzte sich in Bewegung. Und Boxer, der ahnungslose Boxer, lief voraus und lief zurück und lief um den Wagen herum und bellte so stolz und fröhlich wie eh und je.

Nachdem Tackleton sich gleichfalls verabschiedet hatte, um May und ihre Mutter nach Hause zu bringen, setzte sich der arme Caleb, von tiefer Reue und Besorgnis erfüllt, neben seine Tochter ans Feuer, während er noch immer vor sich hin murmelte: «Habe ich sie von der Wiege an getäuscht, bloß um ihr schließlich das Herz zu brechen?»

Die Spielsachen, die man dem Baby zur Freude aufgezogen hatte, waren alle längst stehengeblieben. Aber die unerschütterlich ruhigen Puppen, die Schaukelpferde mit ihren erregt aufgerissenen Augen und Nüstern, die alten Herren, die in der prekärsten Lage kopfunter über den Stangen in ihrer Haustür hingen, die schiefmäuligen Nußknacker, ja sogar die Tiere der Schöpfung, die paarweise wie ein Mädchenpensionat zur Arche hinwallten – sie alle schienen in dem matten Licht und der tiefen Stille wie vor Schreck und Verwunderung erstarrt, über die von jedem Standpunkt aus phantastisch scheinenden Tatsachen, daß Tüpfelchen falsch sein und daß Tackleton geliebt werden könnte.

Drittes Zirpen

Die Holländeruhr im Winkel schlug gerade zehn, als der Fuhrmann sich an seinem Herd niederließ, so verstört und gramerfüllt, daß sogar der Kuckuck zu erschrecken schien, denn sobald er seine zehn melodischen Ankündigungen so kurz wie nur möglich ausgestoßen hatte, schlüpfte er schleunigst wieder in seinen maurischen Palast und klappte sein Türchen so hastig hinter sich zu, als sei dieser ungewohnte Anblick zuviel für sein zartes Empfinden.

Wäre der kleine Mäher mit der allerschärfsten Sense bewaffnet gewesen und hätte er bei jedem Streich dem Fuhrmann durchs Herz geschnitten, er hätte es nie und nimmer so tief verwunden und zerfleischen können, wie Tüpfelchen es getan hatte.

Dieses Herz war von so heißer Liebe zu ihr erfüllt, so innig von unzähligen Fäden der zärtlichsten Erinnerungen umwoben, die aus dem täglichen Wirken ihrer vielen liebenswerten Eigenschaften gesponnen waren; es war ein Herz, das sie wie ein Heiligtum umschloß, ein Herz, das in seiner Wahrheit so echt und einfach war, so stark im Rechttun, so schwach im Unrecht, daß es zunächst weder Groll noch Rache zu hegen vermochte und für nichts Platz bot als für das zerbrochene Bildnis seines Idols.

Doch wie der Fuhrmann jetzt an seinem kalten, dunklen Herd saß, begannen allmählich andere, grimmigere Gedanken sich in ihm zu regen, so wie sich über Nacht ein zorniger Wind erhebt. Der Fremdling weilte unter dem Dach, das er so frevelhaft entweiht hatte. Drei Schritte waren es bis zu seiner Kammertür. Ein einziger Schlag würde sie eindrücken. «Ihr könntet, eh' Ihr's Euch versäht, einen Mord auf dem Gewissen haben», hatte Tackleton gesagt. Doch es war nicht Mord, wenn er dem Schurken Zeit gab, von Mann zu Mann mit ihm zu kämpfen. Er war der Jüngere.

Es war ein schlimmer Gedanke, der ihn in einem schlimmen Augenblick überkam. Es war ein böser Gedanke, der ihn zu einer bösen Tat antrieb – zu einer Rachetat, die das heitere Haus in eine öde Stätte verwandeln würde; einsame Wanderer würden sich scheuen, nachts vorüberzugehen, furchtsame Menschen würden in den leeren Fensterhöhlen mörderische Schatten im matten Mondlicht miteinander ringen sehen und im Sturmesheulen wilde Stimmen vernehmen.

Er war der Jüngere! Ja gewiß, ein Liebhaber, der ihr Herz gewonnen hatte, wie es ihm selber nie gelungen war. Ein Liebhaber, den sie in früher Jugend erwählt, dem ihre Träume und Gedanken gegolten hatten, nach dem sie sich in Sehnsucht verzehrte, während er sie an seiner Seite so glücklich gewähnt hatte. O herzzerreißender Gedanke!

Sie war oben gewesen, um das Baby zu Bett zu bringen. Nun kam sie und stand dicht neben ihm, während er grübelnd an dem erkaltenden Herd saß. Er hörte sie nicht, denn die Folterqualen in seinem Herzen erstickten jeden Laut. Er merkte nicht, daß sie ihren Schemel zu seinen Füßen hinstellte. Erst als sie leise seine Hand berührte, fuhr er auf und sah, daß sie ihm gerade ins Gesicht blickte.

Erstaunt? Nein. Es war sein erster Eindruck gewesen, und er war gezwungen, sie nochmals anzusehen, um ihn zu berichtigen. Nein, nicht mit fragendem Erstaunen. Mit einem gespannt forschenden Blick, aber nicht mit Erstaunen. Zuerst nur ernst und beunruhigt. Dann verwandelte sich ihre Besorgnis in ein seltsames, wildes, grauenvolles Lächeln des Begreifens – sie hatte seine Gedanken erraten. Und dann sah er nichts als die Hände, die sie vors Gesicht schlug, und ihr gesenktes Haupt und das herabfallende gelöste Haar.

Auch wenn er in diesem Augenblick über die Allmacht Gottes verfügt hätte – es lebte zuviel von der noch göttlicheren Eigenschaft des Erbarmens in seiner Brust, als daß er auch nur ein Haar auf ihrem Haupt gekrümmt hätte. Nur konnte er es nicht ertragen, sie von ihrer Schuld erdrückt auf dem Schemel kauern zu sehen, wo er sie so oft voll Stolz und Liebe in all ihrer Unschuld und kindlichen Heiterkeit betrachtet hatte. Als sie sich erhob und schluchzend das Zimmer verließ, fühlte er sich erleichtert; doch daß er lieber den leeren Platz neben sich sah als ihr heißgeliebtes Bild, war ein neuer Schmerz, schlimmer als alles andere, weil es ihm zeigte, daß die Bande, die sein Leben ganz eigentlich zusammengehalten hatten, zerrissen waren und wie verlassen er nun war.

Je tiefer er das empfand, je klarer es ihm wurde, daß es für ihn noch erträglicher gewesen wäre, sie mit ihrem Kindchen am Busen tot vor sich liegen zu sehen, desto grimmiger stieg der Zorn gegen seinen Feind in ihm auf. Er sah sich nach einer Waffe um.

An der Wand hing ein Gewehr. Er nahm es vom Nagel und machte einen Schritt auf die Tür zu, hinter welcher der verräterische Gast schlummerte. Er wußte, daß die Waffe geladen war. Das dunkle Gefühl, daß es nur recht und gerecht wäre, diesen Menschen niederzuschießen wie ein wildes Tier, packte ihn und schwoll in seiner Seele an, bis es zu einem ungeheuerlichen Dämon wurde, der ihn völlig beherrschte und jeden edleren Gedanken aus seiner Brust verdrängte, um dort sein ungeteiltes Reich aufzurichten.

Der Ausdruck ist falsch. Er verdrängte die edleren Gedanken nicht, sondern veränderte sie tükkisch; er gestaltete sie zu Geißeln um, die den Fuhrmann mitleidlos antrieben, er verwandelte Wasser in Blut, Liebe in Haß, Milde in blindwütige Grausamkeit. Ihr Bild, wie sie trauervoll, gedemütigt, aber immer noch mit unwiderstehlicher Macht sein Erbarmen und seine Zärtlichkeit anrufend, vor ihm stand, verließ ihn dabei keinen Augenblick; doch es drängte ihn immer näher zur Kammertür, es hob die Waffe zu seiner Schulter empor, es legte seine Finger auf den Abzug und schrie ihm zu: «Töte ihn! In seinem Bett!»

Er riß das Gewehr herum, um mit dem Kolben die Tür einzuschlagen, er schwang es schon in der Luft, vielleicht mit der undeutlichen Absicht, den Mann noch anzurufen, er solle um Gottes willen fliehen, durchs Fenster flüchten...

Da loderte das verglühende Feuer jäh auf, und es erfüllte den ganzen Kamin mit seinem hellen Schein – und das Heimchen am Herd begann zu zirpen!

Kein Laut, den er hätte vernehmen können, keine menschliche Stimme, nicht einmal die ihre, hätte sein Herz dermaßen zu rühren und zu besänftigen vermocht. Die schlichten Worte, mit dem sie ihm ihre Liebe zu eben diesem Heimchen geschildert hatte, klangen ihm wieder ins Ohr, er sah das ernste, bewegte Gesicht vor sich, mit dem sie gesprochen; ihre liebe Stimme – wie dazu geschaffen, den häuslichen Herd eines braven Mannes mit ihren arglosen Tönen zu verschönern – durchdrang ihn ganz und gar und erweckte seine bessere Natur zu neuem Leben und Handeln.

Er wich von der Tür zurück, wie ein Schlafwandler, der aus einem grauenvollen Traum erwacht, und schleuderte die Waffe von sich. Dann sank er, die Hände vors Gesicht schlagend, wieder am Feuer nieder und fand Erleichterung in Tränen.

Das Heimchen am Herd trat hervor und stand in elfenhafter Gestalt vor ihm.

«Ich liebe es», sagte die elfenhafte Stimme, die Worte, deren er sich so gut erinnerte, wiederholend, «weil ich es so oft gehört und bei seiner unschuldigen Musik über so manches nachgedacht habe.»

«Das hat sie gesagt!» rief der Fuhrmann. «Das ist wahr!»

«Dieses Haus war ein glückliches Heim, John, darum ist mir das Heimchen so lieb!»

«Es war ein glückliches Heim, das weiß der Himmel», erwiderte der Fuhrmann. «Sie hat es dazu gemacht – bis heute.»

«So anmutig, so liebevoll; so häuslich und fröhlich, so fleißig und leichtmütig!» sagte die Stimme.

«Sonst hätte ich sie auch nicht so innig lieben können, wie ich sie liebte», entgegnete der Fuhrmann.

«Wie du sie liebst», verbesserte die Stimme.

Der Fuhrmann wiederholte: «Wie ich sie liebte!» – aber nicht mit Festigkeit. Seine Zunge wollte ihm nicht gehorchen. Sie stockte und wollte auf ihre eigene Art reden, für sich und für ihn.

Die Gestalt erhob beschwörend die Hand und rief: «Bei deinem eigenen Herd...»

«Den sie geschändet hat!» unterbrach der Fuhrmann.

«Bei dem Herd, den sie so oft gesegnet und erhellt hat», rief das Heimchen. «Bei dem Herd, der ohne sie nichts anderes wäre als ein paar Steine und

Ziegel und rostige Eisenstangen, dank ihr jedoch zum häuslichen Altar wurde. Bei dem Herd, auf dem du allabendlich eine kleinliche Leidenschaft oder einen selbstsüchtigen Gedanken geopfert und die Gabe eines ruhigen Gemütes, einer vertrauensvollen Seele und eines überquellenden Herzens dargebracht hast, so daß der Rauch aus diesem ärmlichen Schornstein duftender aufstieg als der würzigste Weihrauch, der vor den Prunkaltären aller stolzen Tempel der Welt verbrannt wird! Bei deinem eigenen Herd, diesem stillen Heiligtum, im Strahlenkreis seiner mildernden Gedanken und Einflüsse – höre auf sie! Höre auf mich! Höre auf alles, was in der Sprache deines Herdes und deines Heimes spricht!»

«Um sie zu verteidigen?» fragte der Fuhrmann.

«Alles, was die Sprache deines Herdes und deines Heimes spricht, *muß* sie verteidigen», versetzte das Heimchen. «Denn es spricht die Wahrheit!»

Und während der Fuhrmann, das Haupt in den Händen, weiter in Sinnen versunken dasaß, stand die Erscheinung neben ihm und flüsterte ihm kraft ihrer Macht Gedanken ein, als böten sie sich in einem Spiegel dar. Es war keine einzelne Erscheinung; aus der Feuerstelle, aus der Uhr, der Pfeife, dem Kessel und der Wiege; aus dem Fußboden, den Wänden, der Decke und den Treppen; aus dem Wagen vor der Tür und der Truhe drinnen, aus allen Hausgeräten, aus jedem Ding und Ort, die in den Gedanken ihres unglücklichen Gatten durch irgendeine Erinnerung mit ihr verknüpft waren, kamen andere Elfen hervor. Doch sie standen nicht still neben ihm wie das Heimchen, sondern regten sich geschäftig, um ihrem Bild alle Ehre zu bezeugen; um ihn am Ärmel zu zupfen und ihn darauf hinzuweisen, wenn es erschien; um es zu umschweben, Blumen vor seine Füße zu streuen und mit ihren winzigen Händen das holde Haupt zu bekränzen – kurz, um zu zeigen, daß sie ihr gut waren und sie liebten und daß kein einziges häßliches, böses oder anklagendes Wesen sich ihrem Bild nähern dürfe, sondern einzig ihre eigenen spielerischen, huldigenden Scharen.

Seine Gedanken verweilten bei ihrem Bild. Es war überall.

Sie saß nähend und leise vor sich hin singend vor dem Feuer – so ein munteres, emsiges, braves kleines Tüpfelchen! Die elfenhaften Wesen wandten sich, wie auf Befehl, alle gleichzeitig zu ihm hin, als wollten sie durch einen einzigen, zusammengeballten Blick sagen: «Ist das die leichtfertige Frau, um die du klagst?»

Draußen erklangen nun fröhliche Laute, Musikinstrumente, lärmende Stimmen und Gelächter, und eine ganze Schar festlich geschmückter Jugend drang ein, darunter May Fielding und viele andere hübsche Mädchen. Tüpfelchen war die hübscheste von allen und so jung wie irgendeine von ihnen. Sie kamen, um sie zu bewegen, mit ihnen zum Tanz zu gehen. Wenn je ein zierliches Füßchen zum Tanzen geschaffen war, so sicherlich das ihre. Doch sie schüttelte lachend das Köpfchen und wies auf die Kochtöpfe, die auf dem Herd brodelten, und auf den gedeckten Tisch – mit einer fröhlichen Widerspenstigkeit, die sie noch reizender machte. Sie verabschiedete sie munter und nickte ihren Möchtegerntänzern, wie sie wieder abzogen, der Reihe nach zu, mit einer so drolligen Gleichgültigkeit, daß sie eigentlich hätten hingehen und sich ins Wasser stürzen sollen, sofern sie in sie verliebt waren – was sie doch mehr oder weniger alle sein mußten. Doch dabei lag Gleichgültigkeit nicht in ihrer Natur. O nein! Denn jetzt trat ein gewisser Fuhrmann zur Tür herein, und wie sie den empfing, das mußte man gesehen haben!

Wieder wandten die Gestalten ihm alle gleichzeitig den Blick zu, der zu fragen schien: «Ist das die Frau, die dich verraten hat?»

Ein Schatten fiel auf den Spiegel oder das Bild (wie immer man es nennen will), der mächtige Schatten des Fremden, wie er zum erstenmal unter ihr Dach trat. Er füllte den ganzen Rahmen aus und verdeckte alle anderen Dinge. Doch die Elfen arbeiteten so hurtig wie Bienchen, um ihn zu beseitigen, und jetzt war wieder Tüpfelchen zu sehen – lieblich und strahlend.

Sie schaukelte ihr Kindlein in der Wiege und sang es in den Schlaf, während ihr Köpfchen auf der Schulter eines Mannes ruhte, dessen Ebenbild jetzt in tiefes Sinnen versunken dasaß – mit dem Heimchen an seiner Seite.

Die Nacht – ich meine die wirkliche Nacht, nicht nach der Elfenuhr gerechnet – wurde mählich müde, und nun trat der Mond hell leuchtend am Himmel hervor. Vielleicht war auch im Gemüt des Fuhrmanns ein stilles, helles Licht aufgegangen, und er vermochte ruhiger an das Vorgefallene zu denken.

Wenn der Schatten des Fremden auch von Zeit zu Zeit immer wieder auf den Spiegel fiel – stets groß und deutlich und scharf umrissen –, verdunkelte er es nicht mehr so stark wie früher. Sooft er auftauchte, stießen die Elfen einen bestürzten Schrei aus und bewegten ihre zarten Arme und Beine mit unglaublicher Behendigkeit, um ihn wegzuwischen; und wenn Tüpfelchens Bildnis aufs neue auftauchte und sie es ihm hell und hold darbieten konnten, jubelten sie beglückt.

Sie zeigten sie nie anders, denn sie waren Hausgeister, für die jede Lüge und Falschheit Vernichtung bedeutet; und darum war Tüpfelchen für sie einzig das emsige, strahlende, heitere Wesen, das die Sonne und den Kern des bescheidenen Heims bildete.

Ganz ungeheuer aufgeregt waren die Elfen, als sie ihm vorführten, wie Tüpfelchen mit ihrem Kindlein unter einer Schar weiser, alter Hausmütter saß und tat, als wäre sie selber erstaunlich alt und hausmütterlich, und wie sie so ehrbar und würdig am Arm ihres Gatten einherging, als hätte sie – so ein Dreikäsehoch von einem Frauchen! – sämtlichen Eitelkeiten der Welt entsagt und als wäre es für sie gar nichts Neues, eine würdevolle Mutter zu sein; doch im gleichen Atemzug zeigten sie, wie sie den Fuhrmann ob seiner Schwerfälligkeit auslachte und seinen Hemdkragen zurechtzupfte, damit er flotter aussähe, und lustig in eben dieser Küche herumtrippelte, um ihm das Tanzen beizubringen.

Als sie ihm Tüpfelchen mit der blinden Bertha zeigten, wandten sie sich wieder zu ihm um und starrten ihn mit ihrem mächtigen Blick an; denn wenn sie auch, wo immer sie hinging, Trost und Frohmut mitnahm, brachte sie es in geradezu unerschöpflicher Fülle in Calebs ärmliches Heim. Berthas Liebe zu ihr, ihr Vertrauen, ihre Dankbarkeit, und wie Tüpfelchen selbst in ihrer lieben, emsigen Art jeden Dank ablehnte; ihre feinfühligen kleinen Listen, um jeden Augenblick ihres Besuchs mit nützlicher Hausarbeit auszufüllen, so daß sie tatsächlich schwer arbeitete, während sie so tat, als gönnte sie sich einen erholsamen Tag; die wohlüberlegte Versorgung mit der berühmten Schinkenpastete und anderen Leckerbissen, welche sie gleichsam zum Spaß zum «Picknick» beisteuerte; das strahlende Gesicht, mit dem sie in der Tür erschien und wieder Abschied nahm; die reizende Art, mit der ihre ganze kleine Person, von den netten Füßchen bis zum Scheitel, auszudrücken schien, daß sie sich als zum Haus gehörig betrachtete und daß es dort ohne sie gar nicht ginge – an alldem ergötzten sich die Elfen höchlich. Und während sie sie liebkosend umringten und sich in die Falten ihres Gewandes schmiegten, wandten sie ihm wieder wie auf Kommando alle den Blick zu, als riefen sie herausfordernd: «Ist das die Frau, die dein Vertrauen getäuscht hat?»

Im Lauf der langen, gedankenvollen Nacht zeigten sie ihm mehrmals ihre Gestalt, mit gesenktem Kopf, die Hände vors Gesicht geschlagen, mit aufgelöstem Haar, auf ihrem Schemel sitzend – so wie er sie zuletzt gesehen hatte. Und wenn sich dieses Bild zeigte, dann bekümmerten sich die Elfen nicht um ihn, sondern umringten sie zärtlich und küßten und trösteten sie und drängten sich enger an sie, um ihre Liebe und ihr Mitgefühl zu bezeugen, so daß er gänzlich vergessen dastand.

So verfloß die Nacht. Der Mond ging unter, die Sterne verblichen. Der kalte Tag brach an. Die Sonne erhob sich. Der Fuhrmann saß noch immer sinnend im Herdwinkel, wie er die ganze Nacht, das Haupt in den Händen, dagesessen war. Die ganze Nacht lang hatte das treue Heimchen am Herd gezirpt, gezirpt, gezirpt. Die ganze Nacht lang hatte er seiner Stimme gelauscht. Die ganze Nacht lang hatten die Hausgeister sich emsig um ihn bemüht. Die ganze Nacht lang war ihr Bild im Spiegel liebenswert und untadelig gewesen – außer wenn jener Schatten darüberfiel.

Als es heller Tag war, raffte er sich auf, wusch sich und kleidete sich an. Er konnte nicht seiner gewohnten munteren Tätigkeit nachgehen – er war nicht in der Stimmung dazu –, aber das machte nicht soviel, denn da es Tackletons Hochzeitstag war, hatte er für einen Stellvertreter gesorgt, der seine Runde übernahm. Er hatte vorgehabt, mit Tüpfelchen am Arm fröhlich in die Kirche zu gehen, doch daran war jetzt nicht zu denken. Heute war auch *sein* erster Hochzeitstag. Ach, nie hätte er gedacht, daß dieses Jahr so enden würde!

Er hatte erwartet, daß Tackleton ihn in aller Früh besuchen würde, und so war es auch. Der Fuhrmann war erst ein paar Minuten vor seiner eigenen Haustür auf und ab gegangen, als er die Chaise des Spielzeughändlers die Straße hera[f]fahren sah. Als sie näher kam, bemerkte er, daß Tackleton sich zu seiner Hochzeit feingemacht hatte und daß sogar sein Pferd mit Bändern und Blumen geschmückt war.

«John Peerybingle!» begann Tackleton mit Beileidsmiene. «Wie geht's Euch heute, mein Guter?»

«Ich habe keine angenehme Nacht verbracht, Meister Tackleton», erwiderte der Fuhrmann kopfschüttelnd, «denn mein Gemüt war sehr verstört. Aber jetzt ist es vorbei. Könnt Ihr eine halbe Stunde Zeit für mich erübrigen? Ich möchte mit Euch reden.»

«Zu diesem Zweck bin ich hergekommen», sagte Tackleton, während er abstieg. «Sorgt Euch nicht um das Pferd. Wir werden die Zügel an den Pfosten hier anbinden, und wenn Ihr ihm ein Maulvoll Heu vergönnt, wird es ruhig warten.»

Der Fuhrmann brachte einen Futtersack aus dem Stall, und sie gingen ins Haus.

«Euere Hochzeit findet ja erst am Mittag statt, wenn ich recht bin?» fragte der Fuhrmann.

«So ist es», versetzte Tackleton. «Wir haben reichlich Zeit.»

Gerade als sie die Küche betraten, klopfte Tilly Slowboy an die Kammertür des Fremden, die gleich nebenan lag. Eines ihrer stark geröteten Augen (denn Tilly hatte die ganze Nacht geweint, weil ihre Herrin weinte) war ans Schlüsselloch gepreßt. Sie hämmerte laut an die Tür und schien sehr erschrocken.

«Bitte, niemand will mich hören!» rief Tilly, als sie die beiden Männer erblickte. «Wenn nur niemand hingegangen ist und tot und gestorben ist, bitte!»

Diesen menschenfreundlichen Wunsch begleitete Miss Slowboy mit neuen heftigen Schlägen und Stößen gegen die Tür, doch ohne jedwedes Resultat.

«Das ist doch sonderbar!» sagte Tackleton. «Soll ich hineinschauen?»

Der Fuhrmann, der sein Gesicht von der Tür abgewandt hatte, bedeutete ihm stumm, zu tun, wie ihm beliebte.

So kam Tackleton Tilly Slowboy zu Hilfe. Auch er pochte und hämmerte, und auch er erhielt nicht die mindeste Antwort. Doch er verfiel auf die Idee, die Türklinke zu versuchen, und sie gab sofort seinem Druck nach. Er guckte hinein, steckte den Kopf hinein, ging hinein und kam alsbald wieder herausgerannt.

«John Peerybingle!» flüsterte er dem Fuhrmann zu. «Ich hoffe, es ist in der Nacht nichts – nichts Übereiltes geschehen?»

Der Fuhrmann drehte sich hastig nach ihm um.

«Er ist nämlich weg!» rief Tackleton. «Und das Fenster ist offen. Ich konnte keine Spuren entdekken – es liegt ja kaum höher als der Garten –, aber ich hatte Angst, daß irgendein – ein Kampf stattgefunden hätte... He?»

Er drückte das ausdrucksvolle Auge beinahe vollständig zu, so scharf blickte er den Fuhrmann an, und er verdrehte das Auge und das Gesicht und seine ganze Person gleichsam zu einem Schraubenzieher, als wollte er die Wahrheit aus ihm herausschrauben.

«Ihr braucht nichts zu befürchten», sagte der Fuhrmann. «Er ist gestern abend in diese Kammer gegangen, ohne daß ich ein Wort mit ihm gesprochen oder ihn mit einem Finger berührt hätte, und seither ist niemand hier eingetreten. Wenn er weg ist, ist er aus eigenem Willen gegangen. Ich würde frohen Herzens dieses Haus verlassen und als Bettler von Tür zu Tür ziehen, wenn ich das Vergangene ungeschehen machen könnte, wenn er niemals gekommen wäre. Doch er ist gekommen und wieder gegangen – und ich bin mit ihm fertig.»

«Hm! Nun, ich meine, er ist noch recht gut davongekommen», sagte Tackleton und setzte sich.

Doch sein Hohn war an dem Fuhrmann verloren. Der setzte sich gleichfalls und bedeckte einen Augenblick lang das Gesicht mit der Hand, ehe er zu sprechen fortfuhr.

«Gestern abend», sagte er schließlich, «habt Ihr mir meine Frau gezeigt, meine Frau, die ich liebe, wie sie heimlich...»

«Und zärtlich!» warf Tackleton ein.

«... wie sie heimlich an der Verkleidung dieses Menschen mitwirkte und ihm Gelegenheit gab, allein mit ihr zusammenzusein. Ich glaube, es gibt keinen Anblick, der für mich schlimmer gewesen wäre. Und ich glaube, es gibt keinen Menschen auf Erden, von dem ich ihn mir so ungern hätte zeigen lassen.»

«Ich gebe zu, daß ich immer meinen Verdacht hatte», sagte Tackleton, «und das hat mich hier unbeliebt gemacht.»

«Doch da Ihr es mir einmal gezeigt habt», fuhr John Peerybingle fort, ohne auf ihn zu achten, «und da Ihr meine Frau, die Frau, die ich liebe...» Seine Stimme, sein Blick, seine Hand wurden ruhiger und fester, wie er diese Worte, offenbar in einer bestimmten Absicht, wiederholte. «Da Ihr sie nun zu ihrem Nachteil so gesehen habt, ist es nur recht billig, daß Ihr sie jetzt auch mit meinem Auge seht und in meine Brust blickt und meine Meinung darüber erfahrt. Denn die steht fest», sagte der Fuhrmann, ihn eindringlich anblickend, «und nichts kann sie nunmehr erschüttern.»

Tackleton murmelte ein paar allgemein zustimmende Worte – daß es nötig sei, dies oder jenes zu rächen –, doch er war von der ganzen Art seines Gefährten eingeschüchtert. So schlicht und ungeschliffen sie war, lag soviel Hoheit und Würde darin, wie nur die großmütige Seele, die in dem einfachen Mann wohnte, sie vermitteln konnte.

«Ich bin ein einfacher, rauher Geselle», sagte der Fuhrmann, «und es gibt wenig, was für mich spricht. Ich bin nicht klug, wie Ihr wohl wißt, und ich bin nicht mehr jung. Ich habe mein Tüpfelchen geliebt, weil ich sie in ihres Vaters Haus aufwachsen sah und wußte, was für ein kostbarer Schatz sie ist. Seit vielen, vielen Jahren ist sie mein ganzes Leben. Es gibt wohl manchen Mann, mit dem ich mich nicht vergleichen darf und der doch mein Tüpfelchen niemals so lieben könnte wie ich!»

Er schwieg und tappte leise mit dem Fuß auf den Boden, bevor er weitersprach: «Ich dachte oft, wenn ich auch nicht gut genug für sie bin, würde ich ihr doch ein guter Mann sein und sie vielleicht besser zu schätzen wissen als ein anderer, und so redete ich mir selbst zu, bis es mir möglich schien, daß wir heiraten könnten. Und schließlich kam es dazu, und wir heirateten.»

«Ha!» sagte Tackleton mit bedeutsamem Kopfschütteln.

«Ich hatte viel über mich nachgedacht. Ich hatte mich geprüft und wußte, wie sehr ich sie liebte und wie glücklich ich sein würde», sagte der Fuhrmann, «aber ich hatte – das weiß ich erst jetzt – *ihre* Person nicht genügend in Betracht gezogen.»

«Eben!» rief Tackleton. «Leichtsinn, Frivolität, Wankelmut, Eitelkeit! Das alles hattet Ihr außer acht gelassen. Nicht in Betracht gezogen. Ha!»

«Ihr tätet besser dran, mich nicht zu unterbrechen, solang Ihr mich nicht versteht», sagte der Fuhrmann streng, «und davon seid Ihr weit entfernt. Wenn ich gestern noch den Menschen, der etwas gegen sie zu sagen wagte, mit einem Faustschlag niedergestreckt hätte, würde ich ihm heute ins Gesicht treten, und wenn es mein eigener Bruder wäre!»

Der Spielzeughändler sah ihn verblüfft an.

Der Fuhrmann sprach in milderem Ton weiter: «Hatte ich denn in Betracht gezogen, daß ich sie – in ihrer Schönheit und Jugend – von ihren jungen

Gefährten und den harmlosen Lustbarkeiten trennte, deren größte Zierde sie war? Daß ich den kleinen Stern, der so hell wie kein anderer leuchtete, in mein dumpfes Haus einschloß, um ihn Tag für Tag zu meiner langweiligen Gesellschaft zu verdammen? Hatte ich in Betracht gezogen, wie wenig ich zu ihrem sprühenden Wesen paßte und wie lästig ein schwerfälliger Mensch wie ich ihrem lebhaften Geist fallen mußte? Hatte ich in Betracht gezogen, wie wenig ich es mir zum Verdienst anrechnen konnte, daß ich sie liebte, da doch jeder, der sie kannte, es tun mußte? Nein, niemals. Ich nützte ihre hoffnungsfrohe Natur und ihr heiteres Gemüt aus und nahm sie zur Frau. Hätte ich es doch nie getan! Das wünsche ich um ihretwillen, nicht um meinetwillen.»

Der Spielzeughändler sah ihn an, ohne mit der Wimper zu zucken. Auch das halbgeschlossene Auge war jetzt offen.

«Gott segne sie für die tapfere Frohmut, mit der sie ihr Opfer vor mir zu verbergen suchte!» rief der Fuhrmann aus. «Und der Himmel verzeihe es mir, daß ich mit meinem langsamen Verstand nicht früher draufkam! Armes Kind! Mein armes Tüpfelchen! Daß *ich* nicht draufkam, da ich doch sah, wie ihr die Tränen in die Augen schossen, wenn von einer ähnlichen Ehe wie der unseren gesprochen wurde! Wohl hundertmal sah ich das Geheimnis auf ihren Lippen zittern, ohne den geringsten Argwohn zu fassen! Armes Mädchen! Wie konnte ich jemals hoffen, daß sie mich liebgewinnen würde? Wie konnte ich je glauben, daß sie mich liebgewonnen hatte!»

«Sie prahlte allzu auffällig damit», sagte Tackleton. «Sie stellte es so auffällig zur Schau, daß – um

Euch die Wahrheit zu gestehen – gerade dies mich mißtrauisch machte.»

Damit betonte er die Überlegenheit von May Fielding, die wahrhaftig niemals ihre Liebe zu ihm, Tackleton, zur Schau stellte.

«Sie hat sich bemüht», sagte der arme Fuhrmann mit größerer Bewegung, als er sie bisher gezeigt hatte. «Ich beginne jetzt erst zu begreifen, wie treulich sie sich bemüht hat, mir eine gute, pflichtbewußte Frau zu sein. Wie lieb sie immer war! Wieviel sie für mich getan hat! Wie tapfer und gut ist doch ihr Herz! Das Glück, das ich unter diesem Dach genossen, möge es bezeugen! Die Erinnerung daran wird mir ein Trost sein, wenn ich hier allein bin.»

«Allein?» wiederholte Tackleton. «Ei! So gedenkt Ihr doch die Konsequenzen zu ziehen?»

«Ich gedenke mein möglichstes zu tun, um meinen Fehler wiedergutzumachen», entgegnete ihm der Fuhrmann. «Zumindest kann ich sie von der täglichen Qual einer so ungleichen Gemeinschaft und von dem Zwang, diese Qual zu verbergen, befreien. Soweit es in meiner Macht liegt, soll sie frei sein.»

«Ich glaube, ich höre nicht recht!» rief Tackleton und riß und zerrte an seinen großen Ohren. *Euren* Fehler wiedergutzumachen! Das könnt Ihr nicht gesagt haben!»

Der Fuhrmann packte Tackleton am Kragen und schüttelte ihn wie ein Rohr im Winde.

«Hört mich an, Mensch!» rief er. «Und paßt auf, daß Ihr mich recht versteht! Spreche ich deutlich genug?»

«Sehr deutlich!» erwiderte Tackleton.

«Als ob ich's ernst meinte?»

«Als ob Ihr's sehr ernst meintet!»

«Ich bin die ganze Nacht hier am Herd gesessen», rief der Fuhrmann, «auf dem gleichen Fleck, wo sie so oft saß und mir ihr liebes Gesicht zuwandte. Ich habe mir ihr ganzes Leben, Tag für Tag, vergegenwärtigt, ich habe sie in ihrem ganzen Tun und Lassen vor mir gesehen. Und bei meiner Seele, sie ist unschuldig, so wahr es Einen gibt, der über Schuld und Unschuld richtet!»

Wackeres Heimchen am Herd! Treue Geister des Hauses!

«Zorn und Mißtrauen haben mich verlassen, und nur mein Kummer ist zurückgeblieben», sagte der Fuhrmann. «Ein früherer Verehrer, der besser zu ihrer Natur und ihren Jahren paßt als ich – den sie vielleicht gegen ihren Willen meinethalben aufgeben mußte –, kehrt in einem unglücklichen Moment zurück. Von seinem unerwarteten Anblick überrumpelt, ohne recht zu wissen, was sie tut, macht sie sich an seinem Betrug mitschuldig, indem sie ihn vor mir verbirgt. Gestern abend sprach sie mit ihm, wie wir es sahen. Das war nicht recht. Doch abgesehen davon ist sie unschuldig, wenn es auf Erden überhaupt eine Wahrheit gibt!»

«Falls das Euere Meinung ist...», begann Tackleton.

«Dann gebe ich sie frei!» rief der Fuhrmann. «Ich segne sie für die vielen glücklichen Stunden, die sie mir geschenkt, und verzeihe ihr den *einen* großen Schmerz, den sie mir angetan hat. Möge sie frei sein und den inneren Frieden finden, den ich ihr wünsche! Hassen wird sie mich nicht – vielleicht wird sie mich sogar ein wenig liebgewinnen, wenn ich die schwere Kette, die ich geschmiedet habe, um mein Gewicht erleichtere. Heut vor einem Jahr habe ich sie, ohne an ihr eigenes Glück zu denken, ihrem Heim entrissen. Heut soll sie dorthin zurückkehren, und ich werde ihr nicht länger lästig fallen. Ihre Eltern kommen uns heute besuchen – wir hatten dieses Treffen zu Ehren unseres Hochzeitstages vereinbart –, und sie soll mit ihnen in ihr altes Heim zurückkehren. Ich kann ihr dort wie überall trauen. Sie verläßt mich ohne jeden Makel und wird ohne jeden Makel weiterleben, dessen bin ich sicher. Falls ich sterben sollte – vielleicht solange sie noch jung ist; ich habe in den letzten Stunden viel Lebensmut verloren –, wird sie wissen, daß ich sie bis zum letzten Augenblick geliebt und ihrer gedacht habe. Das ist das Ende der Szene, die Ihr mir gezeigt habt, und das Spiel ist aus.»

«Nein, John, es ist nicht aus! Sag nicht, daß es aus ist! Es ist noch nicht ganz zu Ende! Ich habe deine edlen Worte gehört. Ich konnte mich nicht davonstehlen und tun, als hätte ich nicht gehört, was mich mit so tiefer, tiefer Dankbarkeit erfüllt! Wart nur noch ein klein bißchen! Sag nicht: ‹Es ist aus›, bevor die Uhr das nächste Mal schlägt!»

Sie war kurz nach Tackleton eingetreten und unbemerkt bei der Tür stehengeblieben. Sie würdigte Tackleton keines Blicks, sondern sah unverwandt ihren Mann an, doch sie hielt sich möglichst weit von ihm entfernt und kam keinen Schritt näher, obwohl sie mit heftiger Bewegung sprach. Welcher Gegensatz zu ihrer sonstigen Art!

«Die Uhr, die mir die vergangenen Stunden noch einmal schlägt, kann der beste Uhrmacher nicht machen», entgegnete der Fuhrmann mit einem matten Lächeln, «aber sei's drum, wenn du es so haben willst, mein Lieb. Es kommt nicht darauf an, sie wird bald schlagen. Ich würde dir noch in ganz anderen Dingen zu Gefallen sein.»

«Nun also, ich muß jedenfalls gehen», murmelte

Tackleton, «denn wenn die Uhr wieder schlägt, sollte ich schon auf dem Weg zur Kirche sein. Guten Morgen, John Peerybingle. Ich bedauere, um das Vergnügen Euerer Gesellschaft zu kommen. Ich bedauere auch den Grund und den Anlaß dazu.»

«Habe ich deutlich genug gesprochen?» fragte der Fuhrmann, der ihn zur Tür begleitete.

«Deutlich genug!»

«Und Ihr werdet Euch erinnern, was ich gesagt habe?»

«Nun, wenn Ihr mich zu der Bemerkung zwingt», versetzte Tackleton, nachdem er vorsichtshalber zuerst in seine Chaise gestiegen war, «dann muß ich sagen, es war so gänzlich unerwartet, daß ich es wohl nicht so leicht vergessen werde. Weit entfernt!»

«Um so besser für uns beide», versetzte der Fuhrmann. «Lebt wohl. Ich wünsche Euch Glück!»

«Ich wünsche, ich könnte Euch das gleiche wünschen», erwiderte Tackleton. «Da ich es nicht kann, sage ich Euch Dank. Ganz unter uns (wie ich Euch schon sagte, he?), glaube ich nicht, daß ich mein Eheleben weniger vergnüglich finden werde, weil May sich bisher nicht allzu diensteifrig und überschwenglich gezeigt hat. Lebt wohl! Laßt es Euch gutgehen.»

Der Fuhrmann sah ihm nach, bis er in der Ferne kleiner erschien als die Blumen und Bänder seines Pferdes in der Nähe. Dann wandte er sich mit einem tiefen Seufzer um und schritt wie ein gebrochener Mensch, der keine Ruhe findet, unter den Ulmen im Garten hin und her; er wollte erst ins Haus zurückkehren, wenn die Uhr zum Schlagen ansetzte.

Sein kleines Frauchen drinnen schluchzte indessen bitterlich, trocknete aber dazwischen oft ihre Augen und hielt inne, um auszurufen, wie gut er doch wäre, wie vortrefflich er doch wäre! Ein- oder zweimal lachte sie sogar, und zwar so herzlich, so triumphierend, so verrückt (denn sie weinte dabei die ganze Zeit weiter), daß Tilly ganz entsetzt war.

«Huuuh, bitte nicht!» rief die arme Tilly. «Das ist ja, um das Baby tot und begraben zu machen, wahrhaftig, bitte!»

«Wirst du es manchmal herbringen, seinen Vater besuchen?» fragte Tüpfelchen, sich wieder einmal die Tränen trocknend, «weißt du, wenn ich nicht mehr hierbleiben darf und wieder bei meinen Eltern wohne?»

«Huuuh, bitte nicht!» heulte Tilly mit weit aufgerissenem Mund und zurückgeworfenem Kopf (sie sah in diesem Augenblick Boxer ungemein ähnlich). «Huuuh, bitte nicht! Huuuh, warum sind alle hin und haben alle mit allen geredet und getan und alle so unglücklich gemacht! Huu-u-uuh!»

An diesem Punkt schickte sich die weichherzige Tilly an, in ein solches Gebrüll auszubrechen, daß sie unfehlbar das Baby geweckt und ernsthaft alteriert hätte (vermutlich bis zu Konvulsionen), wenn ihr Blick nicht unversehens auf Caleb Plummer gefallen wäre, der seine Tochter an der Hand hereinführte. Dieser Anblick rief ihr ausgesprochenes Schicklichkeitsgefühl wieder wach. Sie stand noch einen Moment mit offenem Mund da. Dann stürzte sie zu dem Bettchen, in dem das Baby schlief, und begann einen wahren Veitstanz darum herum aufzuführen, während sie gleichzeitig Kopf und Gesicht in den Leintüchern versteckte, und dieses sonderbare Gehaben schien ihr große Erleichterung zu verschaffen.

«Mary!» rief Bertha. «Du bist nicht bei der Hochzeit!»

«Ich habe ihr schon gesagt, Ihr würdet zu Hause sein, Madam», flüsterte Caleb ihr zu. «Ich hab gestern abend so was gehört. Aber Gott bewahre!» rief der kleine Mann, zärtlich ihre beiden Hände ergreifend, *mich* kümmert's nicht, was sie reden, ich glaube ihnen nicht. Viel ist nicht von mir da, aber das bißchen ließe sich eher in Stücke reißen, als etwas Schlimmes von Euch zu glauben!»

Er legte den Arm um sie und herzte sie, wie ein Kind eine Puppe aus seiner Werkstatt hätte herzen können.

«Bertha hat es heut nicht zu Hause ausgehalten», fuhr Caleb fort. «Sie hatte Angst vor dem Glockenläuten, sie wollte der Hochzeit nicht so nahe sein. Drum sind wir zu guter Zeit aufgebrochen und hergekommen. – Ich habe viel nachgedacht», fügte er nach einer Pause hinzu, «und wußte kaum, was ich tun sollte, so bittere Vorwürfe habe ich mir gemacht für all den Schmerz, den ich ihr angetan. Jetzt bin ich zum Schluß gekommen, daß es besser wäre, ihr die Wahrheit zu sagen – wenn Ihr so gut sein wollt, mir beizustehen, Madam. Wollt Ihr dabeisein und mir beistehen?» fragte er, von Kopf bis Fuß zitternd. «Ich weiß nicht, wie es auf sie wirken könnte, ich weiß nicht, was sie von mir halten wird. Vielleicht wird sie nichts mehr von ihrem alten Vater wissen wollen. Aber sie soll nicht länger getäuscht werden, und ich muß die Strafe auf mich nehmen, die ich verdient habe.»

«Mary, wo ist deine Hand?» rief Bertha. «Ach hier!» Und sie drückte sie an ihre Lippen und zog sie unter ihrem Arm hindurch. «Gestern habe ich die Leute reden gehört, du hättest etwas Schlimmes getan. Aber sie irren sich!»

Tüpfelchen schwieg.

Caleb antwortete an ihrer Stelle: «Sie irren sich!»

«Ich wußte es ja!» rief Bertha triumphierend. «Ich hab's ihnen auch gesagt! Kein Wort wollte ich von ihren Reden hören. *Dir* einen Vorwurf machen!» Und sie drückte die Hand und die zarte Wange an ihr Gesicht. «Nein, so blind bin ich nicht!»

Ihr Vater trat an ihre Seite, während Tüpfelchen, deren Hand sie festhielt, an der anderen stand.

«Ich kenne euch alle», sagte Bertha, «besser als ihr meint. Aber keine so gut wie sie, nicht einmal dich, Vater. Nichts ist für mich so wirklich und so wahr wie sie. Wenn ich in diesem Augenblick sehend würde, könnte ich sie, ohne daß man mir ein Wort sagte, aus der größten Menschenmenge herausfinden. Mary, meine Schwester!»

«Bertha, mein liebes Kind», begann Caleb, «ich habe etwas auf dem Herzen, das ich dir sagen möchte, während wir drei allein sind. Hör mich gütig an! Ich muß dir ein Geständnis machen, mein Liebling.»

«Ein Geständnis, Vater?»

«Ich bin von der Wahrheit abgewichen und in die Irre gegangen», sagte Caleb mit einem kläglichen Ausdruck in seinem verwirrten Gesicht. «Ich bin von der Wahrheit abgewichen, weil ich dir eine Guttat erweisen wollte – und das war grausam von mir.»

«Grausam?» wiederholte sie verwundert.

«Er klagt sich zu hart an, Bertha», sagte Tüpfelchen. «Du wirst es ihm selbst sagen. Du wirst die erste sein, die es ihm sagt.»

«Er sollte grausam zu mir sein!» rief Bertha mit ungläubigem Lächeln.

«Nicht mit Absicht, Kind», sagte Caleb. «Aber grausam war ich, wenn es mir auch erst gestern klargeworden ist. Meine geliebte blinde Tochter, hör mich an und verzeih mir! Die Welt, in der du lebst, sieht nicht so aus, wie ich sie dir darstellte. Die Augen, denen du vertrautest, haben dich getäuscht.»

Sie wandte ihm noch immer ihr staunendes Gesicht zu, doch sie wich einen Schritt zurück und schmiegte sich enger an die Freundin.

«Dein Lebensweg war rauh, mein armes Kind», fuhr Caleb fort. «Ich wollte ihn dir ebnen. Ich habe Gegenstände verändert, Menschen verwandelt und viele Dinge, die es nie gab, erfunden, um dich glücklicher zu machen. Ich habe dir manches verborgen, dich in Täuschungen gewiegt – Gott verzeihe es mir! – und dich mit meinen Phantasien umgeben.»

«Aber lebende Menschen sind keine Phantasien!» rief sie hastig und wich erbleichend noch weiter vor ihm zurück. «Die konntest du nicht ändern!»

«Doch, Bertha! Es gibt einen Menschen, den du kennst...»

«O Vater! Wie kannst du sagen, daß ich ihn kenne?» rief sie vorwurfsvoll. «Was kann ich kennen? Wen kann ich kennen? Ich habe keinen Führer – ich bin blind...»

In ihrer Herzensangst streckte sie die Hände aus, als müsse sie sich ihren Weg ertasten, und schlug sie dann verzweifelt vors Gesicht.

«Die Hochzeit, die heute gefeiert wird», sagte Caleb, «ist die Hochzeit eines harten, geizigen, mitleidlosen Mannes, der uns beiden, mir und dir, mein Kind, seit vielen Jahren ein unbarmherziger Herr ist. Häßlich von Aussehen, häßlich von Gemüt, kalt und gefühllos. In jedem Punkt anders, als ich ihn dir geschildert habe, in jedem Punkt!»

«Ach, warum hast du mir das angetan!» schrie die Blinde wie unter unerträglichen Folterqualen. «Du hast mein Herz mit Liebe erfüllt, und jetzt kommst du wie der Tod und entreißt mir alles, was ich liebe! Ach, Himmel, wie blind ich bin! Wie hilflos und verlassen!»

Ihr Vater stand mit gesenktem Kopf da und bot ihr keinen Trost außer seiner Reue und seinem Schmerz.

Doch sie war kaum in ihre leidenschaftlichen Klagen ausgebrochen, als das Heimchen am Herd zu zirpen begann – nicht laut und fröhlich, sondern in so leisem, klagendem Ton, daß sie allein es vernahm. Es klang so traurig, daß ihr die Tränen kamen; und als die Erscheinung, welche die ganze Nacht neben dem Fuhrmann gestanden hatte, nun hinter ihr auftauchte und auf ihren Vater hinwies, strömten sie wie Regen herab.

Sie vernahm die Stimme immer deutlicher und war sich in ihrer Blindheit des Wesens bewußt, das ihren Vater umschwebte.

«Mary», sagte die Blinde, «beschreibe mir mein Heim. Sag du mir, wie es in Wirklichkeit aussieht.»

«Es ist ein armseliges Heim, Bertha, armselig und kahl. Dach und Wände sind kaum mehr imstande, den Regen und die Winterkälte abzuhalten. Das Haus ist so schlecht gegen Wind und Wetter geschützt, Bertha», fuhr Tüpfelchen mit klarer, leiser Stimme fort, «wie dein armer Vater in seinem Rock aus alten Säcken.»

Die Blinde erhob sich in großer Erregung und führte die Freundin beiseite.

«Und die Geschenke, die ich so sorgsam bewahrte! Es schien, als brauchte ich mir nur etwas zu wünschen, da war es schon da, und ich hielt es so lieb und wert! Woher kamen die Geschenke, Mary? Hast du mir sie geschickt?»

«Nein.»

«Wer denn?»

Doch sie wußte es schon, und die Freundin sah es und schwieg. Die Blinde schlug wieder die Hände vors Gesicht, doch mit einer ganz anderen Gebärde.

«Einen Augenblick noch, liebste Mary, nur einen Augenblick! Komm noch etwas mehr hierher – sprich leise. Du sagst die Wahrheit, das weiß ich. Du wirst mich auch jetzt nicht täuschen, nicht wahr?»

«Nein, Bertha, nein!»

«Ich weiß es, du hast Erbarmen mit mir. Mary, sieh hin – wo wir eben noch standen – wo mein Vater sitzt – mein Vater, der so voller Liebe und Mitleid ist – und sag mir genau, was du siehst.»

Tüpfelchen verstand sie gut und hob an: «Ich sehe einen alten Mann, der von Kummer gebeugt auf dem Stuhl sitzt und das Gesicht in den Händen verbirgt. Als sollte sein Kind ihn trösten, Bertha.»

«Ja, ja, es wird ihn trösten! Sprich weiter!»

«Er ist ein alter Mann, von Sorge und harter Arbeit abgezehrt, ein hagerer, niedergedrückter, grauhaariger Mann. Ich sehe ihn jetzt verzweifelt und verzagt, als hätte er den Kampf aufgegeben, aber ich habe oft und oft gesehen, wie er tapfer und unbeirrt für sein großes, heiliges Ziel kämpfte. Ich ehre sein graues Haupt und segne ihn.»

Die Blinde riß sich von ihr los. Sie warf sich vor

ihrem Vater auf die Knie und barg das graue Haupt an ihrer Brust.

«Ich habe mein Augenlicht wieder! Mein Augenlicht ist mir neu geschenkt!» rief sie jubelnd. «Ich war blind, und jetzt sind mir die Augen aufgegangen. Ich habe ihn nie gekannt! Wenn ich bedenke, daß ich hätte sterben können, ohne meinen lieben, liebevollen Vater je richtig gekannt zu haben!»

Caleb fand keine Worte, um seine Bewegung auszudrücken.

«Es gibt auf Erden keinen edlen, kühnen Mann, den ich so innig lieben und so hingebend verehren könnte wie ihn!» rief die Blinde, ihn umschlingend. «Je grauer sein Haar, je abgezehrter seine Züge, desto inniger liebe ich ihn! Jetzt darf niemand mehr sagen, daß ich blind wäre. Keine Falte in diesem Gesicht, kein Haar auf diesem Haupt, das ich nicht ewig in meine Gebete und Danksagungen einschließen werde!»

«Meine Bertha!» brachte Caleb mühsam hervor.

Die Tochter liebkoste ihn unter den zärtlichsten Tränen. «Und in meiner Blindheit hatte ich ihn so falsch gesehen! Tag für Tag war er an meiner Seite, immer nur um mich bemüht, immer nur für mich besorgt, und ich wußte nichts von ihm!»

«Der flotte, stattliche Vater in seinem schönen blauen Mantel ist nun dahin, Bertha», sagte der arme Caleb.

«Nichts ist dahin!» antwortete sie. «Nein, nein, liebster, liebster Vater! Alles ist da – in dir. Der Vater, den ich so innig liebte und dennoch nie genug liebte, weil ich ihn nicht kannte! Der Wohltäter, den ich zu verehren und lieben begann, weil er mir so große Teilnahme bezeugte! Alle leben sie in dir, nichts ist mir gestorben. Die Seele von allem, was mir lieb und teuer war, ist hier – hier, mit dem verhärmten Antlitz und dem grauen Haupt! Und ich bin *nicht* blind, Vater, ich bin endlich nicht mehr blind!»

Das Gespräch zwischen Vater und Tochter hatte Tüpfelchens ganze Aufmerksamkeit in Anspruch genommen, doch als sie jetzt einen Blick auf den kleinen Mäher mitten in seiner maurischen Wiese warf, sah sie, daß die Uhr in den nächsten Minuten schlagen würde, und verfiel augenblicklich in den Zustand höchster Aufregung und Unruhe.

«Vater», sagte Bertha zögernd. «Mary...»

«Ja, mein Lieb», erwiderte Caleb. «Sie ist hier.»

«Aber an ihr hat sich nichts verändert, nicht wahr? Von ihr hast du mir nie etwas erzählt, das nicht wahr wäre?»

«Ich fürchte, ich hätte auch das getan, wäre es nur möglich gewesen, sie besser darzustellen, als sie ist», sagte Caleb. «Aber wenn ich sie überhaupt ändern wollte, hätte ich sie zum Schlechteren verändern müssen. Niemand könnte sie besser malen, als sie ist, Bertha.»

Die Blinde hatte ihre Frage mit größter Zuversicht gestellt, aber ihr Entzücken über die Antwort und die Zärtlichkeit, mit der sie die Freundin aufs neue liebkoste, waren ganz reizend anzusehen.

«Immerhin könnten größere Veränderungen eintreten, an die du gar nicht denkst, Bertha», begann Tüpfelchen behutsam. «Günstige Veränderungen, meine ich. Veränderungen, die uns allen große Freude bringen. Du wirst nicht allzusehr erschrekken, wenn so etwas passieren sollte, und dich nicht aufregen, nicht wahr? Höre ich nicht Räderrollen auf der Straße? Du hast ein feines Ohr, Bertha. Ist das ein Wagen?»

«Ja, ein Wagen, der sehr schnell herankommt.»

«Ich – ich – ja, ich wußte, daß du ein feines Ohr hast», rief Tüpfelchen, die Hand aufs Herz drückend und offenkundig in größter Hast weiterplappernd, um sein heftiges Pochen zu verbergen. «Ich – ich habe es oft bemerkt – auch gestern, wie du sofort den unbekannten Schritt heraushörtest... Aber warum du eigentlich sagtest – ich erinnere mich genau an deine Worte, Bertha –, warum du eigentlich halb erschrocken fragtest: ‹Welcher Schritt ist das?› – und warum er dir eher auffiel als ein anderer Schritt –, das weiß ich nicht. Doch wie ich eben sagte – auf dieser Welt können jeden Augenblick große Veränderungen eintreten – ja, große Veränderungen, und wir tun gut daran, auf alles gefaßt zu sein...»

Caleb, der wohl merkte, daß die Worte nicht minder ihm galten als seiner Tochter, wunderte sich darüber und sah mit noch größerem Erstaunen, daß sie vor Angst und Aufregung kaum zu atmen vermochte und sich an einen Stuhl klammerte, um nicht umzusinken.

«Es ist tatsächlich ein Wagen!» keuchte sie. «Und er kommt rasch näher – immer näher – ganz nahe! Jetzt hält er wahrhaftig vor unserem Gartentor! Und jetzt kannst du einen Schritt vor der Tür hören – ist es nicht der gleiche Schritt wie gestern, Bertha? Und ob!»

Sie stieß einen lauten Jubelruf aus, während sie rasch zu Caleb hinüberlief und ihm die Hände vor die Augen hielt. Im gleichen Augenblick stürmte ein junger Mann herein und warf übermütig seinen Hut in die Luft.

«Ist es vorbei?» rief Tüpfelchen.

«Ja!»

«Und alles gut gegangen?»

«Ja!»

«Liebster Caleb, erkennt Ihr die Stimme? Habt Ihr nie eine ähnliche Stimme gehört?» rief Tüpfelchen.

«Wenn mein lieber Junge im goldenen Südamerika am Leben wäre…», begann Caleb zitternd.

«Er ist am Leben!» schrie Tüpfelchen, die Hände von seinen Augen lösend und begeistert hineinklatschend: «Seht ihn nur an! Seht ihn, wie kräftig und gesund er vor Euch steht! Euer eigener lieber Sohn! Dein eigener lebender, liebender Bruder, Bertha!»

Alle Ehre der kleinen Frau in ihrer jubelnden Begeisterung! Alle Ehre ihren Tränen und ihrem Lachen, während die drei einander um den Hals fielen! Alle Ehre der warmen Herzlichkeit, mit der sie den sonnverbrannten, stattlichen jungen Seemann mit dem dunklen Lockenhaar begrüßte und durchaus nicht ihren rosigen kleinen Mund abwandte, sondern ihm gestattete, einen freimütigen Kuß darauf zu drücken und sie an sein freudepochendes Herz zu pressen!

Und Ehre dem Kuckuck – warum nicht gar? –, der wie ein Einbrecher aus dem Türchen des maurischen Palastes herausstürmte und angesichts der verehrten Anwesenden zwölfmal den Schluckauf bekam, als hätte er ihnen zu Ehren ein Gläschen zuviel getrunken!

Der Fuhrmann, der gerade eintrat, wich, als er sich in dieser Gesellschaft sah, verblüfft zurück – was ihm niemand verdenken kann.

«Schau nur, John, schau!» rief Caleb jubelnd. «Mein geliebter Junge ist aus dem goldenen Südamerika zurückgekehrt! Mein eigener Sohn! Den du damals so großzügig ausgestattet und zur See geschickt hast! Dem du stets ein so guter Freund warst!»

John wollte schon freudig die Hand des jungen Mannes ergreifen, als irgendein Zug in seinem Antlitz die Erinnerung an den tauben alten Mann in seinem Wagen erweckte.

«Edward! Warst du's?» rief er, einen Schritt zurücktretend.

«Jetzt erzähle ihm alles!» rief Tüpfelchen. «Erzähle ihm alles, ohne meiner zu schonen, denn ich will nichts, was ich getan, vor ihm beschönigen!»

«Ich war es», versetzte Edward.

«Und du konntest dich verkleidet in das Haus deines alten Freundes stehlen?» rief John vorwurfsvoll. «Ich kannte einst einen freimütigen, offenherzigen Jungen – wie viele Jahre ist es jetzt her, Caleb, daß wir von seinem Tode hörten und, wie wir glaubten, alle Beweise dafür erhielten? –, der einer solchen Verstellung nicht fähig gewesen wäre.»

«Ich hatte einst einen edelmütigen Freund, der mir mehr ein Vater als ein Freund war», gab Edward zurück, «der niemals mich oder einen anderen Menschen verurteilt hätte, ohne ihn zuvor anzuhören. Dieser Freund wart Ihr, und darum glaube ich, daß Ihr mich auch jetzt anhören werdet.»

Mit einem verstörten Blick auf seine Frau, die sich noch immer möglichst weit von ihm entfernt hielt, erwiderte der Fuhrmann: «Das ist wohl nur recht und billig. Sprich.»

«Zuerst müßt Ihr eines wissen», begann Edward, «als ich in sehr jungen Jahren von hier fortzog, liebte ich und wurde geliebt. Auch sie war damals noch sehr jung und kannte vielleicht (wie Ihr möglicherweise sagen werdet) ihr eigenes Herz nicht. Doch ich kannte das meine, und es war in Liebe zu ihr entbrannt.»

«Du!» rief der Fuhrmann. «Du!»

«Ja, ich», entgegnete der andere, «und sie erwiderte meine Liebe. Ich glaubte es schon damals, und heute bin ich dessen sicher.»

«Gott helfe mir!» rief der Fuhrmann. «Das ist schlimmer als alles andere!»

«Ich hielt ihr die Treue», fuhr Edward fort, «doch als ich nach vielen Jahren und mancher Not und Gefahr voll froher Hoffnung zurückkehrte, um mein Teil unseres alten Versprechens einzulösen, hörte ich, zwanzig Meilen von hier entfernt, daß sie mir untreu geworden und ihre Hand einem anderen, einem reicheren Mann zugesagt hatte. Ich gedachte ihr keine Vorwürfe zu machen, aber ich wollte sie sehen und mich selbst davon überzeugen, daß es unwiderruflich wahr sei. Insgeheim hoffte ich, daß man sie gegen ihren eigenen Wunsch und Willen zu dieser Verbindung gezwungen hätte. Es wäre nur ein schwacher Trost gewesen, aber doch ein Trost. Ich kam also her, um die Wahrheit zu erfahren. Um einerseits selbst ungehindert zu beobachten und nachzuforschen und andererseits auch ihr keine Schwierigkeiten zu bereiten, verwandelte ich meine Person – Ihr wißt wie – und wartete an der Landstraße – Ihr wißt wo. Ich erregte keinen Argwohn in Euch und auch nicht in ihr (er wies auf Tüpfelchen), bis ich ihr hier am Herd meinen Namen ins Ohr flüsterte und sie mich in ihrem ersten Schrecken beinahe verriet.»

«Doch als sie begriff, daß Edward am Leben und zurückgekehrt war», schluchzte jetzt Tüpfelchen, die während der ganzen Erzählung nur darauf gebrannt hatte, das Wort zu ergreifen, «und als sie seine Absicht erfuhr, da überredete sie ihn, sein Geheimnis unbedingt bei sich zu bewahren. Denn sein alter Freund, John Peerybingle, war viel zu offenherzig und zu ungeschickt zu jeder Verstellung – da er ja überhaupt so ein ungeschickter, schwerfälliger Mensch ist», sagte Tüpfelchen, halb lachend, halb weinend, «um es nicht zu verraten. Und als sie – nämlich ich, John!» schluchzte die kleine Frau, «ihm alles erzählte – wie seine Liebste ihn für tot gehalten – und wie ihre Mutter sie schließlich zu einer Heirat überredet hatte, die die gute alte Seele für vorteilhaft hielt; und als sie – nämlich wieder ich, John! – ihm sagte, sie wären noch nicht verheiratet (wenn auch sehr nahe daran), und sie würde sich nur um ihrer Mutter willen aufopfern, denn sie liebte ihn nicht, und als er bei dieser Nachricht vor Freude fast verrückt wurde; da sagte sie – nämlich ich, John! –, sie würde sich wieder zur Zwischenträgerin machen, wie sie es in alten Zeiten oft getan hatte, John, und seine Liebste aushorchen, ob alles, was sie – nämlich ich, John! – sagte und glaubte, auch richtig wäre. Und es *war* richtig, John! Und sie kamen zusammen, John! Und sie wurden getraut, John, es ist noch keine Stunde her! Und hier steht die Braut! Und möge Grimm und Tackleton als Junggeselle sterben! Ich bin so glücklich, liebste May, und du sollst auch so glücklich werden!»

Sie war ein unwiderstehliches kleines Frauchen (wenn das vielleicht auch nicht hierhergehört) und nie so absolut unwiderstehlich gewesen wie jetzt in ihrer Begeisterung. Und niemals gab es so reizende, herzgewinnende Glückwünsche wie die, mit denen sie sich selber und die glückstrahlende Braut überschüttete.

Unter dem Aufruhr der Gefühle in seiner Brust war der redliche Fuhrmann wie betäubt dagestanden. Nun wollte er auf sie zustürzen, doch Tüpfelchen streckte die Hand aus, um ihm Halt zu gebieten, und wich wieder vor ihm zurück.

«Nein, John, noch nicht! Du mußt alles hören. Du darfst mich nicht liebhaben, bevor du jedes Wort, das ich zu sagen habe, gehört hast. Es war unrecht, daß ich ein Geheimnis vor dir hatte, John. Ich bereue es sehr. Ich dachte, es wäre nichts Schlimmes dabei, bis ich mich gestern abend auf meinen Schemel zu deinen Füßen setzte. Doch als ich an deinem Gesicht erkannte, daß du mich mit Edward im Lagerhaus gesehen hattest, und als ich begriff, was du dachtest, da wußte ich, wie leichtsinnig und unrecht ich gehandelt hatte. Aber, John, mein Liebster, wie konntest du, konntest du nur so etwas denken!»

Armes kleines Frauchen, wie bitterlich sie wieder schluchzte! John Peerybingle wollte sie in seine Arme reißen, aber nein, sie ließ es nicht zu.

«Bitte, hab mich noch nicht lieb, John! Noch lange nicht! Wenn ich mich über die bevorstehende Heirat betrübte, Liebster, war es nur, weil ich mich an die junge Liebe von May und Edward erinnerte und weil ich wußte, daß ihr Herz nicht Tackleton gehörte. Das glaubst du mir doch, John, nicht wahr?»

John wollte wieder zu ihr hinstürzen, doch sie gebot ihm aufs neue Halt.

«Nein, bitte bleib dort drüben, John! Wenn ich dich manchmal auslache, John, und dich ungeschickt und schwerfällig und einen Schafskopf nenne, ist es nur, weil ich dich so liebhabe, dich und deine Art, und ich möchte dich um kein Haar anders haben, und wenn du morgen König werden solltest!»

«Hurra!» rief Caleb mit ungewohnter Kraft. «Ganz meine Meinung!»

«Und wenn ich von ältlichen, langweiligen Leuten rede, John, und so tue, als wären wir ein gesetztes altes Ehepaar, das eintönig durchs Leben trottet, ist das nur, weil ich so ein albernes kleines Ding bin, und manchmal macht es mir Spaß, eine Art Komödie aufzuführen, verstehst du: Theater zu spielen.»

Sie sah, daß er sich wieder in Bewegung setzte, und hielt ihn noch einmal zurück, doch diesmal wäre sie fast zu spät gekommen.

«Nein, hab mich nicht lieb, John, bitte wart noch ein paar Minuten damit! Was ich dir vor allem sagen will und mir bis zuletzt aufgespart habe – mein lieber, guter, großherziger John, als wir kürzlich über das Heimchen sprachen, lag es mir schon auf den Lippen, dir zu gestehen, daß ich dich im Anfang, als du mich herbrachtest, nicht ganz so lieb hatte wie jetzt – daß ich ein bißchen Angst hatte, ich könnte dich nicht ganz so liebgewinnen, wie ich es hoffte und erflehte, weil ich doch noch so jung war, John! Aber, liebster John, ich habe dich von Stunde zu Stunde und von Tag zu Tag immer lieber gewonnen, und wenn ich dich noch mehr lieben könnte, als ich es schon tue, hätten mich deine edlen Worte heut früh dazu gebracht. Aber es ist nicht möglich. Alle Liebe, die in mir ist (und es war eine Menge, John), habe ich dir schon längst geschenkt, wie du es verdienst, und kann dir nicht mehr geben. Und jetzt, mein lieber, guter Mann, nimm mich wieder an dein Herz. Hier ist mein Heim, John, und du darfst mich nie, nie wieder von hier wegschicken!»

Wer nicht gesehen hat, wie Tüpfelchen nach dieser Rede dem Fuhrmann um den Hals fiel, wird mir nicht glauben, wie beglückend es sein kann, ein reizendes kleines Frauchen in den Armen eines anderen Mannes zu sehen. Es war das vollkommenste, vollendetste, gefühlvollste Bild aufrichtiger Liebe, das man sich nur denken kann.

Der Leser darf versichert sein, daß der Fuhrmann von einem wahren Taumel der Begeisterung erfaßt war. Und er darf versichert sein, daß Tüpfelchen es gleichermaßen war. Und er darf versichert sein, daß alle es waren, Tilly Slowboy mit inbegriffen, die vor Freude heiße Tränen weinte und, da sie ihren jungen Pflegebefohlenen in den allgemeinen Austausch von Glückwünschen mit einzuschließen wünschte, das Baby der Reihe nach einem jeden in die Hand drückte, als wäre es etwas zu trinken.

Doch nun war aufs neue ein Wagen vor der Tür zu vernehmen, und jemand rief, daß Grimm und Tackleton wieder da sei. Tatsächlich trat gleich darauf der würdige Herr ein, sehr erhitzt anzusehen und in großer Hast.

«Zum Teufel, was soll das heißen, John Peerybingle!» rief Tackleton. «Ich sollte meine Zukünftige vor der Kirche treffen, doch dort ist sie nicht, und ich könnte schwören, daß ich an ihr vorbeifuhr, während sie auf dem Weg hierher war. Ei, da steht sie ja! Um Vergebung, Sir, ich habe nicht das Vergnügen, Sie zu kennen, aber wenn Sie die Güte hätten, die Hand der jungen Dame freizugeben – sie hat heute vormittag eine wichtige Verabredung.»

«Aber ich kann sie nicht freigeben», sagte Edward. «Ich denke nicht daran.»

«Was soll das heißen, Sie Lump?» rief Tackleton.

«Das heißt: da ich Ihren Ärger durchaus begreife, bin ich heut morgen so taub für grobe Reden, wie ich es gestern abend für alle Reden war», versetzte Edward lächelnd.

Der Blick, den Tackleton ihm zuwarf! Und wie er plötzlich zusammenfuhr!

«Es tut mir leid, Sir», sagte Edward, Mays linke Hand und insbesondere ihren Ringfinger in die Höhe haltend, «aber die junge Dame kann Sie nicht in die Kirche begleiten. Sie werden Sie sicher entschuldigen, wenn Sie hören, daß sie heute bereits dort war.»

Tackleton blickte scharf auf den Finger und zog dann ein kleines Päckchen in Silberpapier, das offenkundig einen Ring enthielt, aus der Westentasche.

«Miss Slowboy», sagte Tackleton, «wollt Ihr so freundlich sein und dies hier ins Feuer werfen? Danke.»

«Eine frühere Verpflichtung, eine sehr alte Verpflichtung, hat meine Frau daran gehindert, ihre heutige Verabredung mit Ihnen einzuhalten», sagte Edward.

«Mr. Tackleton wird mir Gerechtigkeit widerfahren lassen und bestätigen, daß ich ihm alles getreulich berichtet habe», sagte May errötend, «und daß ich ihm oftmals sagte, ich könnte es niemals vergessen.»

«Oh, gewiß! Zweifellos!» versetzte Tackleton. «Ganz richtig! Nichts dagegen zu sagen! Mr. Edward Plummer, vermute ich?»

«Das ist der Name», bestätigte der Bräutigam.

«Ich hätte Sie tatsächlich nicht wiedererkannt, Sir», sagte Tackleton, nachdem er ihn scharf gemustert hatte, mit einer tiefen Verbeugung. «Meine besten Glückwünsche, Sir!»

«Danke, Sir!»

«Mrs. Peerybingle», sagte Tackleton, sich unvermittelt der jungen Frau zuwendend, die neben ihrem Mann stand, «ich bitte Euch um Entschuldigung. Ihr habt mir keinen guten Dienst erwiesen, aber ich bitte Euch um Entschuldigung. Ihr seid besser, als ich dachte. John Peerybingle, es tut mir leid. Ihr versteht mich, das genügt. Alles in Ordnung, meine Damen und Herren, und durchaus zufriedenstellend. Guten Morgen!»

Mit diesen Worten verzog er sich und verweilte nur noch einen Augenblick vor der Tür, um den Blumen- und Bänderputz vom Kopf seines Pferdes zu entfernen und dem Tier einen Rippenstoß zu versetzen – offenbar zur Information, daß eine Programmänderung stattgefunden hatte.

Nun wurde es natürlich zur dringenden Pflicht, den Tag so zu begehen, daß er auf ewige Zeiten als hoher Fest- und Feiertag in den Peerybingle-Kalender einginge. Dementsprechend machte sich Tüpfelchen unverzüglich an die Herstellung eines Festmahls, wie es dem Hause und jedem Beteiligten zur unvergänglichen Ehre gereichen mußte; nach kürzester Zeit steckte sie bis zu ihren grübchengezierten Ellbogen hinauf im Mehl, und da sie John, jedesmal, wenn er in die Nähe kam, unbedingt einen Kuß geben mußte, war auch sein Rock bald weiß. Der gutmütige Kerl wusch den Salat und schabte die Rüben und zerbrach die Teller und stieß die Töpfe auf dem Herd um, daß das kalte Wasser ins Feuer zischte, und machte sich auch sonst auf jede Weise nützlich, während ein paar berufsmäßige Hilfskräfte, die man auf Tod und Leben hastig in der Nachbarschaft zusammengetrommelt hatte, in sämtlichen Türen und Winkeln ineinanderrannten sowie jedermann überall über Tilly Slowboy und das Baby stolperte. Tilly übertraf sich selbst, und ihre Allgegenwärtigkeit war der Gegenstand der allgemeinen Bewunderung. Um zwei Uhr fünfundzwanzig bildete sie ein Hindernis im Gang, um Punkt halb drei eine Menschenfalle in der Küche und um zwei Uhr fünfunddreißig eine Fußangel in der Speisekammer. Der Kopf des Babys wurde zum Prüfstein und Test für jedes erdenkliche Material, ob animalischer, pflanzlicher oder mineralogischer Natur; alles, was an diesem Tag irgendwie verwendet wurde, kam zu irgendeinem Zeitpunkt mit dem Kopf des jungen Peerybingle in enge Berührung.

Dann galt es, eine große Expedition aufzustellen und auszusenden, um Mrs. Fielding aufzusuchen, vor dieser vortrefflichen Dame kläglich Buße zu tun und sie – notfalls mit Gewalt – in glücklicher und versöhnlicher Stimmung herbeizuschaffen. Als die Expedition dann auf sie stieß, wollte sie zunächst überhaupt nichts hören und sagte nur unzählige Male: daß sie diesen Tag hätte erleben müssen! Und war weiterhin zu nichts anderem zu bringen, als immer wieder zu verlangen: «Jetzt legt mich ins Grab!» – was unpraktikabel erschien, weil sie weder tot noch etwas Ähnliches war. Nach einer gewissen Zeit verfiel sie in einen Zustand unheimlicher Ruhe und bemerkte, als die unglücklichen Umstände in der Indigo-Branche eingetreten waren, hätte sie sofort vorausgesehen, daß sie ihr Leben lang jeglicher Schande und Beschimpfung ausgesetzt sein würde, und wäre nur froh, diese Meinung bestätigt zu finden. Dann bat sie, sich mit ihr keine Mühe zu machen – denn was wäre sie denn? Ein Niemand, du meine Güte! – Man solle vergessen, daß ein so niedriges Wesen wie sie existierte, und keine wie immer geartete Rücksicht auf sie nehmen! Von dieser bitter sarkastischen Stimmung ging sie zu einer zornigen über, in welcher sie die bemerkenswerte Äußerung tat, daß sich auch ein Wurm krümme, wenn er getreten würde. Hernach verfiel sie in sanfte Wehmut und sagte, hätte man sie nur ins Vertrauen gezogen, welch vortreffliche Ratschläge hätte sie doch erteilen können! Diesen kritischen Umschwung ihrer Gefühle benützte die Expedition, um ihr um den Hals zu fallen. Und sehr bald darauf hatte sie ihre Handschuhe angezogen und befand sich im Zustand untadeliger Vornehmheit auf dem Weg zu John Peerybingles Haus; neben sich, in Papier verpackt, eine Staatshaube, die fast ebenso hoch und ganz so steif war wie ein Bischofshut.

Dann wurden Tüpfelchens Eltern erwartet, die in ihrer kleinen Chaise kommen sollten und sich verspätet hatten. Befürchtungen wurden geäußert, und man hielt häufig nach ihnen Ausschau; wobei Mrs. Fielding grundsätzlich in die falsche und moralisch unmögliche Richtung blickte und, als man sie darauf aufmerksam machte, die Hoffnung äußerte, sie dürfe sich wohl die Freiheit nehmen, zu schauen, wohin sie Lust hätte. Endlich trafen sie ein: ein rundliches, kleines Paar, das so gemütlich und vergnüglich herantrottete, wie es eben in Tüpfelchens Familie lag. Und es war geradezu etwas Wunderbares, Tüpfelchen und ihre Mutter nebeneinander zu sehen. Sie waren einander so ähnlich!

Dann mußte Tüpfelchens Mutter ihre Bekanntschaft mit Mays Mutter auffrischen, und Mays Mutter bestand unentwegt auf ihrer Vornehmheit, während Tüpfelchens Mutter nie auf etwas anderem stand als auf ihren flinken, kleinen Füßen. Und der alte Tüpfelchen – um Tüpfelchens Vater so zu nennen, ich habe nämlich seinen richtigen Namen vergessen, aber das schadet nichts – nahm sich Freiheiten heraus und schüttelte ihr auf den ersten Blick die Hand; in einer Haube schien er nichts weiter zu sehen als ein Stück gestärkten Musselin, und von der Indigo-Branche ließ er sich nicht imponieren, sondern sagte, das sei jetzt eben nicht zu ändern; so daß Mrs. Fielding ihn, alles in allem, als einen gutmütigen Menschen ansah – aber so ungeschliffen, Liebste!

Wie Tüpfelchen in ihrem Hochzeitskleid die Honneurs machte – den Anblick hätte ich um keinen Preis versäumen mögen! Nein! Und auch den guten Fuhrmann nicht, der mit strahlendem roten Gesicht ihr gegenüber am anderen Ende der langen Tafel saß – noch den frischen, sonngebräunten Seemann und seine schöne Braut und überhaupt keinen aus der ganzen Gesellschaft. Und schon gar nicht das Essen, denn es war eine so herzhafte Mahlzeit, wie der Mensch sie sich nur wünschen kann, und noch weniger die übervollen Becher, aus denen sie tranken. Den ganzen Hochzeitstag hätte ich nicht versäumen wollen!

Nach dem Essen gab Caleb das Lied vom schäumenden Pokal zum besten. Und so wahr ich lebe und noch ein paar Jahre am Leben zu bleiben hoffe – er sang sämtliche Strophen durch!

Gerade als er die letzte Strophe beendete, ereignete sich ein höchst unerwarteter Vorfall.

Es klopfte an die Tür, und ein Mann mit einer schweren Last auf dem Kopf stolperte herein, ohne auch nur «Mit Verlaub» oder «Um Erlaubnis» zu sagen. Er stellte das Ding auf den Tisch, ganz symmetrisch in den Mittelpunkt der Äpfel und Nüsse, und sagte: «Mr. Tackletons Empfehlungen, und indem er keine Verwendung für den Kuchen hat, könnt ihr ihn ja essen.»

Mit diesen Worten stapfte er wieder hinaus.

Man kann sich vorstellen, daß die Gesellschaft einigermaßen überrascht war. Mrs. Fielding, bekanntlich eine Dame von ungewöhnlichem Scharfsinn, vermutete, der Kuchen sei vergiftet, und erzählte des längeren von einem Kuchen, der, soviel ihr bekannt war, ein ganzes höheres Töchterpensionat blau verfärbt hätte. Doch sie wurde durch Zuruf überstimmt und der Kuchen von May mit großer Feierlichkeit und unter lautem Jubel zerschnitten.

Ich glaube, sie hatten noch nicht den ersten Bissen gekostet, als es wiederum an die Tür klopfte und derselbe Mann mit einem großen Paket unterm Arm erschien.

«Mr. Tackletons Empfehlungen, und er schickt ein paar Spielsachen für das Baby. Sie sind nicht häßlich.»

Worauf er wieder hinausstapfte.

Der ganzen Gesellschaft wäre es äußerst schwergefallen, Worte für ihre Verblüffung zu finden, auch wenn sie massenhaft Zeit dazu gehabt hätte. Die hatte sie aber nicht, denn der Bote hatte kaum die Tür hinter sich geschlossen, als wieder ein Klopfen ertönte – und niemand anderer eintrat als Tackleton in Person!

«Mrs. Peerybingle», sagte der Spielzeughändler mit dem Hut in der Hand, «es tut mir leid. Es tut mir noch mehr leid als heute früh, denn ich hatte Zeit, darüber nachzudenken. John Peerybingle, ich habe ein säuerliches Temperament, aber einem Mann wie Euch zu begegnen – das versüßt einen unwillkürlich. Caleb! Das ahnungslose kleine Kindermädel da hat mir gestern, ohne es zu wissen, ein Rätsel aufgegeben, dessen Lösung ich jetzt herausgekriegt habe. Ich schäme mich, wenn ich bedenke, wie leicht ich Euch und Euere Tochter an mich hätte fesseln können und was für ein Idiot ich war, sie für einen zu halten! Freunde, alle miteinander, mein Haus ist heut abend sehr vereinsamt. Ich habe nicht einmal ein Heimchen am Herd, ich habe sie alle verscheucht. Laßt Gnade für Recht ergehen und erlaubt mir, an euerer fröhlichen Gesellschaft teilzunehmen!»

Nach fünf Minuten war er ganz heimisch. So einen gemütlichen Kerl hatte man nie gesehen! Um Himmels willen, wie hatte er es sein Leben lang angefangen, nicht zu merken, welches Talent zum Gemütlichsein er hatte? Oder hatten die Elfen die Verwandlung bewirkt?

«John, heut abend wirst du mich nicht wegschikken, nicht wahr?» flüsterte Tüpfelchen.

Er war sehr nahe daran gewesen!

Es fehlte nur noch ein Hausgenosse, um die Gesellschaft komplett zu machen, und auf einmal war er da, sehr durstig vom raschen Lauf, und machte verzweifelte Anstrengungen, seine Schnauze in ein enges Krüglein zu zwängen. Er war die ganze Zeit neben dem Wagen einhergerannt, höchst entrüstet über die Abwesenheit seines Herrn und erstaunlich rebellisch gegen dessen Stellvertreter. Nachdem er eine Zeitlang im Stall des Wirtshauses herumgelungert und vergebens versucht hatte, das alte Pferd zu der Meuterei zu bewegen, daß es auf eigene Faust heimkehrte, war er in die Schankstube eingetreten und hatte sich vor dem Feuer hingelegt. Doch plötzlich war er zur Überzeugung gelangt, daß der Stellvertreter ein Schwindel wäre, den man ruhig im Stich lassen könnte, und so war er aufgesprungen und geradewegs nach Hause gerannt.

Zum Schluß gab es einen Tanz. Mit dieser allgemeinen Mitteilung würde ich die Sache auf sich beruhen lassen, wenn ich nicht einigen Anlaß zu der Vermutung hätte, daß es ein höchst erwähnenswerter Tanz mit ganz ungewöhnlich originellen Figuren war. Er kam auf die folgende merkwürdige Weise zustande:

Edward, der Seemann – und ein prächtiger, schneidiger, freimütiger Geselle war er –, hatte ihnen verschiedene erstaunliche Dinge von Papageien und Bergwerken und Mexikanern und Goldstaub erzählt, als es ihm plötzlich einfiel, aufzuspringen und ein Tänzchen vorzuschlagen; denn Berthas Harfe war da, und sie spielte so schön, wie man es selten zu hören bekommt. Tüpfelchen (die sich sehr hübsch zu zieren verstand, wenn sie wollte) sagte, *ihre* Tanztage seien vorbei; ich persönlich glaube, weil der Fuhrmann behaglich seine Pfeife schmauchte und es ihr die größte Freude machte, bei ihm zu sitzen. Daraufhin hatte Mrs. Fielding natürlich keine andere Wahl, als zu sagen, *ihre* Tanztage seien vorbei, und alle sagten das gleiche. Außer May. May war gern dazu bereit.

So erhoben sich Edward und May unter lautem Beifall, um ein Solo zu tanzen, und Bertha spielte ihre lustigste Melodie.

Nun also! Ob man mir's glaubt oder nicht – sie tanzen noch nicht fünf Minuten, als der Fuhrmann seine Pfeife weglegt, Tüpfelchen um die Taille faßt, mit ihr davonstürmt und loszutanzen beginnt, daß es wirklich erstaunlich anzusehen ist. Kaum daß Tackleton das erblickt, schießt er zu Mrs. Fielding hinüber, faßt sie um die Taille und tanzt mit ihr los. Kaum daß der alte Tüpfelchen das erblickt, springt er auf, wirbelt Mrs. Tüpfelchen mitten unter die Tänzer und tanzt allen voran. Kaum daß Caleb das erblickt, packt er Tilly Slowboy an beiden Händen und rast mit ihr los; wobei Miss Slowboy nicht von der Überzeugung abzubringen ist, Tanzen bestünde darin, daß man hitzig zwischen die anderen Paare fährt und möglichst oft mit ihnen zusammenstößt.

Horch! Wie das Heimchen mit seinem Zirp-zirp-zirp in die Melodie einstimmt und wie der Kessel summt!

Aber was ist das? Während ich ihnen noch fröhlich lausche und mich gerade nach Tüpfelchen umdrehe, um einen letzten Blick auf die liebe kleine Gestalt zu erhaschen, hat sie sich mitsamt allen anderen in Luft aufgelöst, und ich sitze allein da. Nur ein Heimchen singt am Herd, ein zerbrochenes Kinderspielzeug liegt auf dem Boden, und alles andere ist verschwunden.

Nachwort

Charles Dickens (1812–1870) ist mit gutem Recht der Shakespeare des neunzehnten Jahrhunderts genannt worden. Beide, der Romancier und der Dramatiker, schufen in ihrem Werk eine Welt von ungewöhnlichem Reichtum an Situationen und Charakteren, die selbst für ein heutiges Lese- und Theaterpublikum noch nichts von ihrem Reiz eingebüßt hat. Allerdings: Die Welt des Elisabethaners Shakespeare umfaßt alle Länder und Zeiten vom Rom Caesars über das Dänemark Hamlets bis zum Märchen-Athen von *A Midsummer-Night's Dream*. Diejenige des Viktorianers Dickens dagegen beschränkt sich weitgehend auf England im letzten Jahrhundert (davon ausgenommen sind einzig zwei historische Romane und einer, der in Amerika spielt).

Aus heutiger Sicht erscheint es wie eine Laune der Weltgeschichte, daß das Erscheinen des ersten Buchs von Dickens (1836) praktisch mit dem Amtsantritt von Königin Viktoria (1837) und so mit dem Beginn einer entscheidenden Epoche der englischen Geschichte zusammenfällt: Unter Viktoria wurde England zur wirtschaftlichen und militärischen Großmacht und zum Zentrum eines weltweiten Kolonialreiches; unter ihr wandelte sich England aber auch von einem Agrar- zu einem Industriestaat mit all seinen positiven und negativen Aspekten. Heute ist man geneigt, die düsteren Seiten dieser Epoche besonders kritisch zu sehen: Elendsquartiere, Schmutz, mangelnde Hygiene, Krankheiten, Armut, Unwissenheit, Kinderarbeit und Kriminalität, um nur einige zu nennen. Im Unterschied zu vielen Zeitgenossen konnte Dickens seine Augen vor diesen Übeln nicht verschließen: Angetrieben von einem ausgeprägten sozialen Gewissen wurde er nie müde, sie in seinen Werken mit spitzer Feder anzuklagen und so für ihre Beseitigung zu kämpfen. Er erreichte dies um so eher, als sein Leserpublikum vorwiegend aus dem durch Handel und Wirtschaft groß gewordenen Bildungsbürgertum, also den einflußreichen Schichten, bestand: aus Leuten, die lesen konnten und auch Zeit zum Lesen hatten. Wenn Dickens sie einerseits mit realistischen Schilderungen der sozialen Zustände seiner Zeit schockierte und aufrüttelte, so kam er andererseits auch ihren Erwartungen entgegen: England hat eine lange, letztlich auf den Puritanismus zurückgehende Tradition der unterhaltsamen Erbauungsliteratur, die von Bunyans *Pilgrim's Progress* (1678) über die Romane Defoes und Richardsons im achtzehnten Jahrhundert bis weit in die neuere Zeit reicht. Mit seiner Tendenz, zu moralisieren, seinem Hang zur Sentimentalität, seinen idealisierenden Darstellungen des Familienlebens und seiner Prüderie in geschlechtlichen Dingen reihte sich Dickens in diese Tradition ein und fand damit bei seinen Zeitgenossen großen Anklang. In der heutigen Zeit ist es jedoch gerade dieser Aspekt seines Werks, der dem Leser als ausgesprochen «viktorianisch» erscheint und ihm oft Mühe bereitet. Dickens als Sozialkritiker dagegen, als Humorist, Satiriker und als Schöpfer unvergeßlicher Charaktere ist so «modern» wie eh und je.

1837 veröffentlichte Dickens seinen ersten Roman, *The Pickwick Papers;* 1870 starb er über der Arbeit am fünfzehnten, *The Mystery of Edwin Drood*. Neben diesem umfangreichen Werk, für das er heute vor allem bekannt ist, betätigte er sich aber stets auch als Erzähler, Journalist und Redaktor. Schon mit sechzehn Jahren begann er seine schriftstellerische Laufbahn als Gerichtsreporter; von 1833 an veröffentlichte er außerdem in verschiedenen Zeitungen und Zeitschriften kurze Skizzen «über das tägliche Leben und alltägliche Menschen» – so der Untertitel der Sammlung *Sketches by Boz,* die 1836 erschien. Sie sollte für Dickens' Karriere als Romancier eine entscheidende Rolle spielen: Ein Verleger wurde auf den offensichtlich begabten «Boz» aufmerksam und gab ihm den Auftrag, humoristische Kurztexte zu Illustrationen des damals bekannten Zeichners Seymour zu verfassen. Dickens nahm an – doch aus den geplanten Begleittexten entstanden die *Pickwick Papers!* Dem Erstling folgten in kurzer Zeit *Oliver Twist* (1837/38), *Nicholas Nickleby* (1838/39) und weitere Werke im Abstand von meist zwei bis drei Jahren.

Für seine Romane erfand Dickens eine Publikationsart, die sich sofort als populär erwies und später oft nachgeahmt wurde: Vor ihrer Veröffentlichung als Buch erschienen sie alle in wöchentlichen oder monatlichen Fortsetzungen, und zwar als Beiträge in Zeitschriften oder in Form billiger Broschüren. Dickens, der eine Familie von zuletzt zehn Kindern zu ernähren hatte und vom sofortigen Ertrag seiner Arbeit abhängig war, wählte diese Publikationsform vor allem aus kommerziellen Gründen: Die so veröffentlichten Werke brachten ihm wesentlich mehr ein, als wenn sie von Anfang an in verhältnismäßig teuren gebundenen Ausgaben erschienen wären. Überdies war es ihm so möglich, einen Roman in Druck zu geben, bevor er ihn beendet hatte.

Abgesehen von diesem ökonomischen Gesichtspunkt läßt sich der Fortsetzungsroman auch im Licht von Dickens' Anfängen als Geschichtenerzähler betrachten. Die Handlung der frühen Werke, vor allem der *Pickwick Papers* und des *Nicholas Nickleby,* besteht im wesentlichen aus lose verknüpften, lediglich durch den oder die Titelhelden zusammengehaltenen Episoden, die dem Leser viel besser in Erinnerung bleiben als der Roman als Ganzes. Dickens hatte wohl hauptsächlich die einzelnen Fortsetzungen – quasi Erzählungen – vor Augen und kümmerte sich erst in zweiter Linie um den Gesamtzusammenhang. Seine späteren Romane entwickeln sich zwar weit über dieses einfache Muster des Episodenromans hinaus zu höchst vielschichtigen Gebilden; doch neben ihnen nahm stets auch die Erzählung einen wesentlichen Platz in seinem Schaffen ein.

Dickens' heute bekannteste Erzählung, *A Christmas Carol,* «Ein Weihnachtslied», ist zugleich die erste, die er im Hinblick auf eine Veröffentlichung zu Weihnachten schrieb. Es ist nicht genau bekannt, wie er auf die Idee der Weihnachtsgeschichten kam; gewiß ist aber, daß diese ihm Gelegenheit boten, sozialkritische Themen auf eine etwas leichtere und versöhnlichere Weise zu behandeln, als er es in den Romanen zu tun pflegte. Angeprangert werden in *A Christmas Carol* der Geiz und die Hartherzigkeit eines reichen Geschäftsmannes und die Not der von ihm Abhängigen. In Dickens' Zeitungsartikeln und auch in den Romanen wird ein solcher Gegenstand ernsthaft und auf bitter-satirische Weise behandelt, hier aber erhält er die Form eines Märchens mit glücklichem Ausgang. Im Untertitel wird diese Erzählung eine «Gespenstergeschichte» genannt, und es ist in der Tat ein märchenhaftes Gespenst, das Ebenezer Scrooges Bekehrung bewirkt, indem es ihn mit Visionen der vergangenen, gegenwärtigen und zukünftigen Weihnacht konfrontiert und ihm einen einsamen, elenden Tod voraussagt. Dickens versteht es, dieser auf den ersten Blick unglaubwürdigen Bekehrungsgeschichte eine psychologisch überzeugende Grundlage zu geben. Scrooge steht der Firma «Scrooge und Marley» vor, die noch immer so heißt, obwohl der Partner Marley vor sieben Jahren gestorben ist. Scrooge identifiziert sich aber dermaßen mit seiner Firma, daß er auf beide Namen hört. Und nun ist es niemand anders als Marley, der ihm im Traum quasi als Alter ego, als Verkörperung des eigenen schlechten Gewissens, erscheint und ihn mit Visionen plagt, die den Misanthropen und Geizhals in einer Nacht zum freigebigen Menschenfreund werden lassen. *A Christmas Carol* ist also weit mehr als eine Gespenstergeschichte: Unter der «sensationellen» Oberfläche steckt wie im Volksmärchen eine Moral, die zudem noch psychologisch begründet ist.

Zum Märchencharakter des *Christmas Carol* gehören auch die Schilderungen üppiger, ja überschwenglicher Weihnachtsfreuden im Familien- und Freundeskreis mit Essen, Trinken, Tanz, Spielen und viel Gemütlichkeit. Diese Art von Weihnachtsfeier war natürlich nicht Dickens' Erfindung, aber in ihrer Verbindung von häuslichem Glück und tätiger Nächstenliebe übte sie eine unwiderstehliche Anziehungskraft auf ihn aus. Durch Darstellungen wie im *Christmas Carol* half er mit, sie literarisch zu verklären und ihr damit eine Form zu geben, die den Engländern noch heute vertraut ist.

Die Mischung von märchenhafter Gespenstergeschichte, Sozialkritik und Weihnachtsseligkeit erwies sich als höchst erfolgreich: Vom Erscheinen des *Christmas Carol* Ende November 1843 bis zu Weihnachten wurden 6000 Exemplare verkauft – und die Nachfrage war damit noch lange nicht befriedigt. Dickens erkannte sofort die geschäftlichen Möglichkeiten seines Rezeptes und verwendete es auch für Weihnachtsgeschichten in den Jahren nach 1843. Abgesehen vom Erscheinungsdatum und dem im weitesten Sinne «weihnächtlichen» Thema der Nächstenliebe haben die Nachfolger von *A Christmas Carol* zwar nicht mit Weihnachten zu tun, doch profitierten sie vom Erfolg des Erstlings und wurden gesamthaft als *Christmas Books* bekannt.

Von den oben erwähnten drei Ingredienzien der *Christmas Books* dominiert im *Christmas Carol* das Gespenster- und Märchenhafte, in den 1844 in Italien geschriebenen *Chimes* jedoch die Sozialkritik. Dickens attackiert in dieser Erzählung zeitgenössische Theorien, wonach die Armen von Natur aus schlecht und verderbt und damit wert- und nutzlose Mitglieder der Gesellschaft seien. Der bittere und unversöhnliche Ton der *Chimes* fand nur beschränkte Zustimmung, denn vom *Christmas Carol* her war man anderes gewohnt! Es ist deshalb wohl kaum zufällig, daß Dickens in seiner nächsten Weihnachtsgeschichte, *The Cricket on the Hearth*, «Das Heimchen am Herd», viel von seinem dritten Ingrediens verwendete: der Schilderung trauten Familienlebens mit – wie sich am Ende herausstellt – kleinen Sorgen und großen Freuden. Übernatürliches und Sozialkritik sind dagegen nur noch in Spuren vorhanden: Der die Handlung begleitende gute Hausgeist, das Heimchen, erinnert von ferne an Marleys Geist; und der hartherzige Spielzeugfabrikant Tackleton (auch er verkörpert übrigens eine Firma: «Gruff und Tackleton») ist ein zur Randfigur gewordener und leicht zu bekehrender Scrooge. Mit *The Cricket on the Hearth* traf Dickens den Geschmack seiner großen Leserschaft genau: Die Erzählung wurde zur beliebtesten seiner Weihnachtsgeschichten. Beredtes Zeugnis ihrer damaligen Popularität ist neben der großen Auflage die Tatsache, daß sie in siebzehn verschiedenen Dramatisierungen auf den Bühnen von London erschien – und dies innerhalb eines Monats nach der Herausgabe.

Dickens' letzte *Christmas Books, The Battle of Life* (1846) und *The Haunted Man* (1848), kommen nicht mehr an ihre Vorgänger heran, doch profitierten sie noch von der Beliebtheit der ersten drei Bände: Beide Erzählungen wurden in je über 20 000 Exemplaren verkauft. Dickens war zu jener Zeit wieder mit einem Roman beschäftigt (*Dombey and Son,* 1847/48) und fand kaum noch Zeit, sich daneben etwas anderem zu widmen. Als er 1849 die Arbeit an *David Copperfield* aufnahm, konnte von anderen Projekten vollends keine Rede mehr sein.

Als Dickens 1853 begann, aus seinen Werken öffentlich vorzulesen, erwiesen sich die *Christmas Books* als ideale Vorlesetexte. Leicht gekürzt ergaben die ersten drei Erzählungen Lesungen von etwa zwei Stunden Dauer und machten Dickens in seinen späteren Jahren als Vorleser und «Schauspieler» (die Erzählungen enthalten viele «Rollen», die er genußvoll ausspielte) mindestens so berühmt wie als Verfasser. Dickens' erste Lesungen dienten wohltätigen Zwecken, doch ermunterte ihn der überwältigende Erfolg, ab 1858 auf professionell organisierte, gut bezahlte Vortragstourneen durch England und Amerika zu gehen. Neben Ausschnitten aus den Romanen bildete jeweils eines der *Christmas Books,* meist *A Christmas Carol,* das Pièce de résistance jeder Lesung. Dickens gab sich bei diesen Auftritten allerdings so aus, daß sie seiner Gesundheit stark zusetzten und nicht unwesentlich zu seinem frühen Tod beitrugen: 1870 brach er auf seiner Abschiedstournee durch England zusammen und starb bald darauf.

Die *Christmas Books* waren bereits zu Dickens' Lebzeiten dreimal (185f2, 1859 und 1868) gesammelt veröffentlicht worden, doch ihr Erfolg hielt auch nach seinem Tod an. Sie bilden heute einen integralen und vielgeliebten Teil des Gesamtwerks, und es ist nicht zuletzt ihnen zuzuschreiben, daß Dickens überhaupt als Verfasser von Erzählungen bekannt ist. Im kurzen Vorwort zu den Sammelausgaben ist noch einmal auf das Anliegen hingewiesen, das er mit den *Christmas Books* verfolgen wollte: «Mein Hauptziel war, durch eine phantasievolle dramatische Erzählung, die sich aus der Stimmung der Jahreszeit ergab, Mitgefühl und Nächstenliebe zu wecken, die in einem christlichen Land nie fehl am Platz sind.»

Andreas Fischer

MANESSE BIBLIOTHEK DER WELTLITERATUR

Thematische Anthologien

«Sag' ich's euch, geliebte Bäume…»
Texte aus der Weltliteratur
Auswahl von Federico Hindermann

Engel
Texte aus der Weltliteratur
Herausgegeben von
Anne Marie Fröhlich

Gärten
Texte aus der Weltliteratur
Herausgegeben von
Anne Marie Fröhlich

Legenden
des 19. und 20. Jahrhunderts
Herausgegeben von René Strasser

*Sämtliche Bände in
Leinen und Leder lieferbar*